摸金传人

消失的师兄

10

XIAO SHI DE SHI XIONG

罗晓 著

MO JIN CHUAN REN

SPM 南方传媒 | 广东人民出版社

·广州·

图书在版编目（CIP）数据

摸金传人．10 / 罗晓著．—广州：广东人民出版社，
2023.9
ISBN 978-7-218-16373-4

Ⅰ．①摸… Ⅱ．①罗… Ⅲ．①长篇小说—中国—当代
Ⅳ．① I247.5

中国版本图书馆 CIP 数据核字（2022）第 251884 号

MO JIN CHUAN REN · 10

摸金传人·10

罗 晓 著

出 版 人：肖风华

责任编辑：李力夫
责任技编：吴彦斌　周星奎
策划编辑：祁　鑫　吴　冰
装帧设计：天下书装

出版发行：广东人民出版社
地　　址：广东省广州市越秀区大沙头四马路 10 号（邮政编码：510199）
电　　话：（020）85716809（总编室）
传　　真：（020）83289585
网　　址：http：//www.gdpph.com
印　　刷：廊坊市海涛印刷有限公司
开　　本：710mm×1000mm　1/16
印　　张：18　字　数：250 千
版　　次：2023 年 9 月第 1 版
印　　次：2023 年 9 月第 1 次印刷
定　　价：40.00 元

如发现印装质量问题，影响阅读，请与出版社（020-85716849）联系调换。
售书热线：（020）85716833

目 录
Contents

目 录
Contents

第一章
镇店之宝

趁着新下了雪,朱笑东、胖子和高原便想出外走走,两人走着走着便又到了潘家园,进了一个看起来有些古朴的店门。店里的袁老头见三人眼光不凡,又颇有气派,便拿出了自己颇为得意的一件宝贝——一块田黄石印章,只是朱笑东看了却并没有答话,而是笑着望向了胖子。

胖子想了想,从袁老头手里接过那枚田黄石印章,一边把玩,一边问:"这玩意,得多少钱啊!"

袁老头算是看出了胖子这家伙的本来面目,笑了笑,淡淡地说:"如果你诚心想要,你可以开个价让我听听。"

胖子摇了摇头,跟了朱笑东这么久,玉石翡翠他倒是认得,但质地种属、孰优孰劣,他却是一窍不通。

只是胖子这家伙嘴不示弱,见袁老头这么说,当下便说道:"其实,田黄石呢,我家里也有两块,比你这个大,成色更好,是正宗极品帝王黄，石形、石质、石色、石皮以及萝卜纹、红筋格等，无一不是万里挑一……"

胖子没说完，袁老头就笑了起来。还万里挑一，真正懂得田黄石的高手是不会这么说的，至少，不会去计较石形、石色，有萝卜纹、石皮及红筋格这三样，况且在行业当中，行话将帝王黄叫作"田黄冻"，胖子这么说，自然是把底儿抖搂给袁老头了。

朱笑东见状淡淡地笑了笑，对袁老头说："袁掌柜的，我这兄弟喜好满嘴跑火车，最爱胡说八道，您老不必计较，不过，由于田黄石自古以来就属于珍品，仿冒之法自然层出不穷。据我所知，最简单的一种就是用产于寿山一带的其他石种，如掘性高山石、掘性坑头、掘性都成、鹿目格、善伯洞、溪蛋、牛黄蛋、连江黄等来冒充。这些石种表象类似田黄石，但自身各有一些独特的特点，如鹿目格没有萝卜纹，而'鸽眼砂'、善伯洞具有'金沙地'和'花生糕'，溪蛋无萝卜纹、无红筋格，牛黄蛋没有萝卜纹且比重大，连江黄比重大且干燥易裂等，与真正的田黄冻石相比，这些都是一目了然的。不过，这些石种虽然不如真正的极品田黄冻，但是依旧有不错的收藏价值。至于其他的什么拼接法、塑料仿制法和山石仿制法等，我就不去说了。"

袁老头脸上呵呵一笑，心里却是吃了一惊，这个年纪轻轻的人说得没错，自己拿出来的确实是一块掘性坑头石，价值虽然同样不菲，但是与极品田黄石相比确实是相去甚远，要说价值，能卖出田黄石十几二十分之一，那就算是遇上了个大大的傻子。

袁老头干笑了一阵，知道是遇上了高人，当下收回那块所谓的田黄石印章，说道："看来一般的东西还真不入贵客法眼，这样吧，我这里有块外国人寄存的真正田黄石，两位可以看看。"

说着，袁老头转回身去，进到里间，不过片刻就拿出一个巴掌大小、三寸来高的锦缎盒子。朱笑东一看这盒子，顿时微微变了脸色。

袁老头极为慎重地打开盒子，里面躺着的是一尊田黄石福星雕像，一个寸许来高、手持如意的福星，眉目神态惟妙惟肖，喜态可掬，长须欲飘，历历可数，衣服皱褶清晰可见，连如意上的云纹图饰这样的细微之处都雕刻得精细入微。

胖子一见到这尊田黄石福星，顿时跳了起来。

袁老头一见终于有让朱笑东动容的东西，心里忍不住一阵得意。

"这样玩件儿，说实话，乃是我们店里的镇店之宝，不知道是否能入两位的眼？"袁老头得意地说。

这店虽说是古玩店，但是真正的好东西其实没有什么，也没人敢把好东西摆到明面上来，把这田黄石福星作为镇店之宝，倒也不为过。

"不怕两位笑话，这尊福寿双全，自打我们请进来之日起，也有两三位客人看过，可惜的是，他们不识货，给不起那个价钱……"袁老头继续说道。

胖子定了定神，插嘴问："你们要的是什么价？"

袁老头捋了一下颚下的胡须，不紧不慢地说："这个吗，不瞒二位说，那三位客人，出价最低的是四千五百万元，最高价的出到七千五百万元，因为他不肯再加五百万元，所以我们的生意没能做成。"

朱笑东算是听明白了，这镇店之宝如果要买的话，最少不得低于八千万元，不过，这袁老头盘进这尊福寿双全，不知花费了几许。

如果按照朱笑东在铺子里的经验，盘进来这样的好东西，成本肯定不低，最低八千万元才能卖，那成本恐怕不会低于七千来万元。

像这样的东西，转手赚上几百上千万元虽然不是什么了不得的大事，但也需要极其高昂的成本。

最关键的是，这福寿双全本来就是朱笑东的手笔，只不过他一分钱没要，白白送给那个并肩战斗过的"战友"杰克逊了，不知道为什么会出现在袁老头手里！

胖子虽然对玉石的成色、质地一窍不通，但是朱笑东的手笔他可是一清二楚，再说，这玩意儿送给杰克逊的时候，他可是肉痛了好几天，现在袁老头一拿出来，他哪里还会顾及那么多，直接就从袁老头手里拿了过来，细细欣赏了起来。

朱笑东虽然不在乎钱，也不在乎这块已经送出去的礼物，但是出自自己手的东西就如同自己的孩子，一看到就有种特别亲切的感觉，而且他也好奇了起来，杰克逊是怎么回事，居然把这东西给卖了！

朱笑东问这东西怎么得来的，让他万万没想到的是，袁老头居然神侃了起来："话说某年，乾隆皇帝微服私访，那皇帝是谁，是真龙天子，是龙，行有诸天神佛相伴，夜有二十八星宿相随，一切妖魔鬼怪、邪祟鬼魅不能近身。一天，这位乾隆大爷来到一个地方……"

胖子在一边打岔："您老不会说这玩意儿跟乾隆老爷子有关吧？那我们可要好好听一听。"

胖子说着，给朱笑东打了个眼色，让他暂时别露出神色，倒要看看这位袁掌柜的能把这块福寿双全说成什么样的宝贝。

"……乾隆皇帝有些困了，就安营扎帐倒头睡觉，这一睡居然做了个梦，梦见玉皇大帝赐给他一块黄色的石头，还赐给他'福寿田'三个大字。乾隆梦醒之后，觉得这是一个祥瑞之兆，但是却对'福寿田'三字百思不得其解，于是便召集左右大臣，将梦境叙述出来让大臣们给自己圆梦。一位大臣听后连忙跪倒禀告，称'福寿田'三字应以'福州、寿山、田黄石'为解，玉皇大帝赐的一定是产于福州寿山的田黄石，乾隆皇帝听后极为高兴。从此，每年元旦祭天大礼中，乾隆皇帝都要在供案上供一块田黄石，以祈求上苍保佑……"

胖子在一边笑了起来，朱笑东得到那两块田黄石之后，胖子就去找过一些资料，虽然只是偶尔看过几眼，但是这乾隆皇帝梦见寿山石这一节，胖子还算是仔细看过，不过，这跟手里这块福寿双全又有什么联系呢？

袁老头没正面回答胖子的疑问，而是继续摇头晃脑地说："知道国宝三联玺吧，清末的那位皇帝可是什么都不要，逃亡之际独独带了三联玺，可见这玩意儿的珍贵之处，这才是国宝……"

听这袁老头的口气，似乎这福寿双全可以与三联玺并肩媲美，这倒让朱笑东有些脸红，田黄石珍贵这是不错，自己雕刻的手艺倒也不差，但那三联玺可是举世闻名的文物、国宝，这福寿双全和那东西实在是不能相提并论。

"错！"袁老头伸出右手食指，指着天花板阻止了朱笑东想要说出来的话，"就因为它不能复制，属于不可再生性的绝品，所以，凡是经雕镂的艺术品都可以当作文物看待。这玩件儿和文物之间的区别，两位不会不知道吧……"

胖子差点就把一口茶水喷了出来，自己能胡说八道，没想到这袁老头的神侃几乎达到了"大神"级别，照这样忽悠，真不知道有多少人被他弄到晕头转向，最后乖乖掏钱。

还好，这是看到出自朱笑东的手笔，倘若要是换了另外一件不熟悉的东西，恐怕两人立刻就要诚惶诚恐起来了。

本来，朱笑东想问问袁老头到底是怎样从杰克逊手里把这块福寿双全弄过来的，可是袁老头一直不给他这个机会，一个人在那里滔滔不绝，有如黄河泛滥之水铺天盖地，一发不可收拾。

"……实不相瞒，你们仔细瞧瞧这雕工、这刀法，古风许许，很明显带有明代大师的风范，从这一点上讲，这尊如意福星可以说是空前绝后、举世无双，比那三联玺，呵呵……不说有过之而无不及，但是起码也能并肩媲美……"

朱笑东实在忍不住了，问了袁老头一个问题："这雕工、刀法我也就不说了，可是这料却是质地稍逊于极品田黄的'银裹金'田石，而且是一块新料，无论如何也不可能与那举世闻名的三联玺相提并论吧？"

"错！"袁老头再次伸出右手食指，阻止朱笑东再说下去。

"……田黄的起源众说纷纭，其实，田黄石被发现的历史是很短的，在明代早中期都还没完全为人们所认识，也就是说，田黄石的运用，兴盛于明代中期之后，如此短暂的时间，根本没有新旧料之分，我们看的就是质地、造型以及雕刻技法……"

"从质地上来说，这如意福星的用料质地是可以与田黄冻并肩媲美，造型寓意深刻，是为福寿如意，正符合中国人的文化、心态，而这雕刻技法，虽不说前无古人后无来者，也可以说是登峰造极，比现在的'北姚南马'更胜一筹……"

胖子乐呵呵地插嘴："您老认识'北姚南马'？"

原本正侃得云山雾罩的袁老头冷不防被这一打岔，还没转过弯来，当下就说："虽然'北姚'就在京城，可惜此公成名之后便少有露面，我等凡夫俗子哪里有那个缘分；'南马'我倒是见过一面，呵呵……"

胖子张嘴就要表露自己就是"北姚"姚观心的门下，只是一看朱笑东的脸色，到了嘴边的话又吞了回去。

朱笑东沉默了片刻，才跟袁老头说："袁老，我承认这尊'福寿双全'拿在您老手里，价值绝对能达到最大化，可惜的是，这个玩件我真不想买……"

胖子一听说朱笑东没打算买回自己的东西，连声急问："东哥，这……你真的忍心……哎，你什么意思……"

袁老头天南海北、天上地下地一通神侃，本来以为已经把朱笑东跟胖子两个人侃晕了，都在计划要什么样的价钱了，没想到最后朱笑东居然来了句"我真不想买"，什么意思！

"这么说吧……"朱笑东微微沉吟了一下，才继续说了下去，"如果袁老有意出手的话，我可以跟袁老换……"

"跟我换？"袁老头一双眼睛鼓了起来，几个人来这里这么久，不买东西也就算了，大不了就当闲来无事，跟年轻人聊一会儿天，没想到这年轻人居然要跟自己"换"，这不是扯淡吗？

胖子一听顿时长出了一口气，不过一瞬间又想到，就算是拿东西来换，又会拿什么东西来换！翡翠、黄金，还是那些古玩？

袁老头是做生意的，见不着白花花的真金白银，他会跟你换？何况朱笑东手上什么东西都没有，拿什么跟人家去换？

　　胖子这边狐疑不已，袁老头倒是冷冷笑了笑说："跟我换，那也不是不可以，我这是做生意，倘若没有赚头，哼哼……如果你们只是没这份财力，大可把我这里当作歇脚的地方，反正我一个人守在这里，也是闲得无聊。"

　　朱笑东笑了笑："我不敢说能让袁老满意，但是起码也得让袁老不觉得吃亏才是，我相信袁老看了我那东西，肯定答应跟我换的，只是这样东西放在宾馆里了，我这就过去拿，一小时之后我再过来……"

　　朱笑东这么一说，袁老头倒是有些好奇起来，怎么看也觉得他不会是招摇撞骗之徒，而且，说是要跟自己以物换物，这话说得自信无比，看不出来有半点那种常见的眼光漂浮、神色虚伪之态。

　　何况，袁老头暗示他们可以大大方方抽身走人，朱笑东不但没有如预想中的借机脱身，反而十分自信地认为自己一定会跟他交换。如此说来，这个朱笑东如果不是行骗的高手，就是手里有货了。

　　袁老头想了想，又淡淡地笑了笑："有空没空那不重要，我都在这潘家园打滚四十多年了，一多半的时间就是在这铺子里度过的，你如果真有好东西，拿过来让我瞧瞧，也不会有什么不妥！"

　　朱笑东站了起来，很客气地说："那好，一小时之后，我就再来打扰袁老一次。"

　　说罢，拉起还对那福寿双全恋恋不舍的胖子，出了袁老头的这"老苑"。

　　"东哥，你这是怎么回事？那福寿双全你是不想要了还是怎么的？交换，你拿什么东西去交换啊？一小时，就算是回到铺子直接取，时间也不够啊……"胖子一边走一边埋怨。

朱笑东头也不回，哼哼笑着说："你说过，今天该请我去撮上一顿的，这话还算数？"

"当然算数，不过有个前提，你得把那福寿双全给我拿回来，要拿回来了，山珍海味满汉全席，你爱吃什么就吃什么，要拿不回来，哼哼……"胖子一脸愤然。

"成！不过我也有个小小的要求，得向你要一件东西，你要是不肯，别说我不会再去，就算我去，也拿不回来那福寿双全！"朱笑东很认真地说道。

胖子瞪了他一眼："好，除了我的钱和我这颗脑袋，你要什么只管说，胳膊、大腿、屁股上的肥肉，你只管挑！"

朱笑东气结："你还真是要钱不要命，我拿你胳膊、腿的干什么，你愿给，我还不敢要呢，我可没心情照顾你一辈子……"

一边说，一边游目四望，见不远处有个小小的饭馆，朱笑东便径直奔去。

潘家园的小饭馆也绝对不是简单的地方，这里聚集的几乎都是隐形的富豪，吃吃喝喝只不过是表面上的事情，很多人是边吃边谈生意，而且是古玩、古董类的。一边吃喝一边做生意，这几乎是古玩商里的一大特色了。

既然是这样的地方，这小饭馆当然不会只简简单单地卖些小吃，接待的客人都是有钱的人，菜肴酒水不精致、不华贵，能伺候得了这些人？

朱笑东要了雅间，让胖子点起了酒水、菜肴，这才跟胖子说：

"我要你刚盘下来的那件手链珠子……"

胖子心里一松："就要这串珠子啊，呵呵，我还以为是我别的什么，看把我给吓了一跳！不过东哥，我这珠子可是两万多元钱啊，你是不是……嘿嘿……要不，这顿饭，算是你请……"

一口气差点儿把朱笑东给噎死过去，这胖子！

好一会儿才缓过来："你到底给不给，来句痛快点的，我可没那么多时间跟你磨叽！"

胖子掏了自己心肝子似的好不容易才从兜里把那条檀木珠串手链拿出来，拿在手上，还瞅着朱笑东，只盼他能改变一下主意。

朱笑东有些等不及了，顾不得高原在场，一伸手直接就要从胖子手里去抢。

胖子死死地拽着檀木手链："东哥……要不，咱们再想想别的办法，这……这手链，我……我才刚刚拿在手，都还没捂热呢！"

朱笑东一根根地掰开他的手指，将手链拿了过来，才长出了一口气，一边细看，一边安慰胖子："胖子，你拿着这手链打算卖多少钱？我看最多也不会超过五万元，对不对？五万元钱，待会我算给你……"

胖子买这手链本来就是为了赚钱，只是到底能卖多少钱，能有多大的利润，心里确实没底，朱笑东说五万元，应该不会是开玩笑的，转手就能赚上将近三万元，胖子心里自然是高兴不已，蚊子再小也是肉啊！

朱笑东懒得顾及胖子，将那珠串儿拿在手里沉思了片刻，解开红丝绳，取下其中几颗比较圆润的珠子放进衣袋，然后把剩下明显带有刚出土痕迹的八九颗珠子重新穿好，又接上红丝绳。

稍微把玩了一下，才从钱夹里拿出来一根如同银针一样的东西，插在一颗珠子上。

这时，高原感觉肚子有些不适，上了洗手间。胖子呆呆地想着这五万元钱到底该不该要朱笑东拿出来，偏巧，这时王晓娟又打电话过来，说是秦洋的父母已经从陶都到了京城。

秦洋的父母是应胖子所邀，来京城处理秦洋应得的那笔财产的，原本是说好从云南回来就可以过来解决的，不知道他们是怎么回事，一直拖了这么久，现在才赶过来，不过既然来了，就还得去招呼才是。

秦洋的父母是坐火车过来的，人还在西客站，没办法，不知道胖子等人的具体住址，就先打了个电话过来，胖子只得麻烦杨薇先去接应一下。

等胖子一通电话打完，时间差不多过了四十分钟，回头去看朱笑东，没想到朱笑东跟高原两个人早就已经开吃了，一桌子精美的菜肴，两个人赌气儿似的消灭了一大半。

胖子呼天抢地，扑到桌子上风卷残云一般，绝对不给两个人再次下手的机会。还好，这个时候，朱笑东跟高原两个人就放下了筷子，摸着肚皮看猴戏似的看着胖子把剩下的菜肴一扫而光。

胖子把最后一片菜叶吃在嘴里，意犹未尽地看了看一桌子的空盘子，最后才哀叹了一声，王晓娟也真是，这电话早不打晚不打，偏偏这节骨眼上来打，还啰唆了半个多钟头，害得他才吃到一半多点儿，这桌子菜可是两万多元钱啊！

看胖子连盘子里的最后一口菜汤都吞下了肚子，朱笑东站了起来，笑眯眯地拉着高原转身走了，买单的事情就留给了胖子。

这回可是让胖子狠狠地出了一回血。

看着一张脸都快绿了的胖子，朱笑东跟高原两人忍俊不禁。

离一个钟头只差三十一秒，朱笑东再次踏进"老苑"。

这时，店里多了两个人，一男一女，看样子是夫妻俩，四十来岁的年纪。

见朱笑东极为准时地踏进"老苑"，袁老头脸上露出一丝惊讶，稍微怔了怔，便招呼三人入座，不论如何，他守时守信这一点，袁老头还算是挺佩服的。

袁老头直接指着那四十多岁的一男一女说，那一男一女是他的儿子、儿媳，今天有空，顺道过来坐坐，算是看望老人。

一句多余的寒暄也没有，朱笑东直接拿了那串剩下九颗珠子的手链放到电火炉上面的桌子上，示意袁老头先瞧瞧。

袁老头只看了一眼，立刻就觉察出来这串九颗珠子的手链是刚刚出土的东西，直接凭肉眼看，估计也就是百来年前的东西，值钱倒是能值上一些钱，但是要算成文物还是不可能的。

如果朱笑东要拿这九颗珠子的手链来换田黄石，除了脑袋有毛病，就是想要巧取豪夺了！

朱笑东淡淡地一笑："袁老，我这东西确实算不上好东西，但是要换取那块福寿双全，我不敢说绰绰有余，至少袁老拿去，挣个个把月的生活开支还是可以的……"

袁老头冷冷一笑，拿出那个装福寿双全的盒子，往桌子上一放，逼视着朱笑东："你可知道现在田黄石的价值？"

"知道！"朱笑东微笑着回答，"人说一两田黄三两金，但是现在行情看涨，一两田黄一斤黄金也是值得起的，不过，那是指的极品田黄冻石……"

袁老头冷笑不已，想看看他还能耍出什么花招。

袁老头的儿子却是握着电话，注视着事态的发展，要是稍有不对劲，估计立刻就会报警或者是召集来大批的人马。

弄得胖子都忍不住有些心虚，不过高原倒是一脸无所谓，他相信就算是生意做不成，朱笑东也绝对不会无理取闹，更不会做任何没理由的、丧尽天良的事来。

朱笑东依旧淡淡地笑着，很有礼貌地对袁老头说："袁老，姑且不论这块田黄石的质地是不是极品，也不管这雕工手艺精湛与否，我想问一句，您这块田黄石不知道是不是从一个叫杰克逊的外国人手里得来的？"

原本冷笑不已的袁老头陡然一惊，文物古董买卖，像这种正规店面，那手续比朱笑东他们典当铺子的手续都要严格，买家、卖家的名字，那可是必须签在买卖合约上的。

就因为是正规店面，杰克逊把这块福寿双全卖给这"老苑"，当然会留下自己的姓名，不过，这些买卖合约是商家的商业机密，外人是绝对不会得知的，这不但关系着买家的货源，还关系着买卖物品的价值。

如果不是官方，可以说任何外人都不可能看到这些东西，袁老头之所以吃惊，除了怀疑有人泄了自己的秘密之外，还担心朱笑东就是官方的人，这两样事情，只要有一样发生在自己身上，轻则破财，重则身败名裂。

看着袁老头的脸色瞬间数变，他儿子拿着手机的手忍不住抖了一下，差点就把电话扔了出去。

朱笑东依旧淡淡地笑了笑："袁老不必紧张，我来这里真的只是想要把这块福寿双全换回去，一点别的意思都没有。"

"要不这样吧！"他顿了顿，才继续说，"为了表明我的诚意，我想袁老能够仔细看看这串珠串儿，如果觉得这串珠串儿值不起这福寿双全的价值，袁老一句话，我们立刻走人。请袁老过目……"

朱笑东说着，拿起那串珠串儿手链，恭恭敬敬地递到袁老头面前。

袁老头虽然是又惊又疑，还是勉强接过了那串珠串儿手链，按照经验，先放到鼻子下面闻了闻气味，确定是刚出土不久的东西，然后才慢慢回到柜台子里边，拿个放大镜，连焦距都没对准，随便晃了一下就算是看过了，然后用仪器检验那就更简单了，随便摆弄了两三下，花了不到三分钟，就拿着珠串儿出来了，表示已经检验完毕。

既然"检验"完毕，那还得对朱笑东有个"交代"，这样才能算是正正规规的，殊不知朱笑东就是开典当行的，虽然与这正规的古玩行业不属一种，但也算是一门，正常的仪器检验哪里会是两三分钟就能完事的，少说也得要半个小时呀。

袁老头这么做，哄得了不懂行的人，却是连高原这样的人都哄不过去，这敷衍得也太过明显了。

朱笑东看着袁老头拿着珠串出来，叹了一口气，这世上还真就有这样的人，明明自己想要拿个好的东西换回自己差一点的，偏偏就没人识货。

袁老头"检验"完毕，倒是客气了起来："小哥，你这珠串儿的确能值些钱，如果有意出手的话，我倒是可以出个高价，五万元，算是我跟小哥儿有缘，怎么样？"

珠串儿能值五万元左右，这是朱笑东早就预料到的事，不过，那是在一个多小时以前，现在……

胖子瞪着一双眼，岔开一双手的手指，举到眼前晃了晃，才说："不对啊，你这五万元才几个零，我这珠串儿，少说也得值这个数……"

说着，胖子收起左手，右手攥了个拳头，伸出食指，学着先前袁老头的姿势，指着天花板画了一个圈。

袁老头轻笑了一声，说："小兄弟，你这是一万元还是十万元？如果你只要一万元，我不会说打嘴的话，我一口价给了五万元，如果你想要十万元，哼哼，我就只好请你先到别家去看看，呵呵……"

朱笑东轻轻地咳了一声，盯着袁老头说："我想袁老是弄错了，我这兄弟的意思是说，这珠串儿，应该要一个亿！"

"你……"袁老头"你"了一声，忍不住仰天大笑了起来。

袁老头的儿媳有些轻蔑地看着朱笑东，丢了一句："你以为这是什么，珍珠的、玛瑙的，还是翡翠的，就算是，能值得起一个亿？知道五万元跟一个亿的区别吗？神经病！浪费我们的时间……"

袁老头的儿子却是乐了起来，这人想钱想疯了吧！

朱笑东却不为所动，依旧只是淡淡地说道："袁老说过，福寿双全除了质地是田黄石外，雕工技艺也不错，不过，我想要问问，同样是出自那人之手的微雕，而且是九幅字画的微雕，不知道是不是能够值得起一个亿？如果说，袁老认为同样是出自一个人之手的九幅微雕字画都还不足与福寿双全相提并论的话，呵呵……那就算我们走错了门，倒也真该去别处看看再说。"

"微雕……"本来仰天大笑的袁老头顿时低下头来，盯着朱笑东，"你是说这串珠子是九幅微雕……"

"微雕……"胖子吃了一惊，一把将珠串儿从桌子上抢了回来，看也不看直接就放回贴肉的口袋里，又拉着朱笑东，"东哥，我可没想到你会玩儿这一手，走走走，这什么破福寿双全，我们不要了……"

袁老头的儿媳不屑地瞥了一眼胖子："你们演，接着演啊，微雕，你那样子，就差没长得像微雕了……"

说着，照例"喊"了一声。

朱笑东站了起来，对盯着自己的袁老头说："杰克逊出手的田黄石雕刻是我送给他的，只是不知道什么原因他要出手，我本来只想要问问这件事情。说到换，因为那是我的，我想换回来只不过是想以后见到杰克逊再次赠送给他而已，如果说为了钱，呵呵，这福寿双全顶多值一千万美金，这是他当时说过的价钱。"

"你说是你的，有什么凭据，你能拿出来这样的东西？你们这样的混混我见得多了，为了钱，你们什么事做不出来，什么话说不出来？"袁老头的儿媳不放过任何一个可以诋毁朱笑东的机会。

胖子怀里揣着珠串儿手链，早就不愿在这里待下去了，什么福寿双全不双全，还杰克逊，真要遇上那老小子，不踹他几脚、揍他几拳那算是客气的了，丢什么玩意不好，把福寿双全丢在这里。

所以，胖子不住地催促朱笑东，想赶紧离开这里再说："不就是个破福寿吗，回去再弄上一个不就得了，又不是没材料，田黄的、翡翠的、羊脂白玉的，你咋弄都成，爱雕多少雕多少。"

袁老头却算是听出味儿来了，最近有小道消息，说是出了个青年俊杰，一手雕刻技术无人能出其右，每出一件作品都价值连城，名气几乎要与"北姚南马"齐驱并驾，莫非……

如果这个年轻人真的就是那位的话……

真要是他，那今天这事，不说自己死命把进屋的财神往外推，要是传开了去，自己在这一行闹出了一个天大的笑话，恐怕到时候生意都会少很多。

谁愿意把自己的好东西往一个不识货、不识人的买家手里送？

袁老头脑袋上顿时冒出了一层细密的汗水，这怪不得人家，朱笑东可是有言在先，而且是一再申明，绝对不会让自己吃亏，可是自己就一心想着敷衍了事，没有正经八百地看一眼那珠串儿，这……

"两位小哥，两位小哥，请坐下慢谈……"袁老头深深吸了一口气，决定不管换与不换、成与不成，都先把事情问个清楚再说。

"你说这是你雕刻的，你有什么凭据？"袁老头急切地问道。

朱笑东淡淡地笑了笑："要说凭据，我倒没留下什么明显的凭据，不过，如果袁老曾经仔细看过的话，在玉如意的云纹里有'天赐福寿'四个大字以及'朱笑东赠'四个小字。不好意思，在最后那个'赠'字完工时，我睡意袭来，忍不住就偷了个懒，最后那一横，我就只是斜斜地点了一个点。其他的方面，我也说不出来有什么明显的凭据……"

云纹里有八个字，这袁老头倒真没看出来，不过朱笑东这么说，如果真有这八个字，就已经足够说明一切了，哪里还用得着其他什么凭据。

袁老头从来不知道这玉如意上有八个字，这如意福星自己没看过三十遍，也看过二十遍，根本就没看见有什么字，但是朱笑东说得这么有鼻子有眼，他也就有了一些疑惑，这所谓的八个字在哪里？

"在玉如意的正面，福星手指尖下面。"朱笑东说。

袁老头半信半疑，但是神色比先前要客气多了，一面恭恭敬敬地招呼胖子先坐下来。一面打开福寿双全的盒子，将福寿双全取了出来。

胖子虽然不乐意，但是朱笑东不肯配合，他也没办法，再说，他也是见不得人家温言软语的客气，虽然心里不痛快，但还是坐了下来，不过，他可就打定了主意，自己这怀里的九颗微雕檀木珠子不换了，叫爹都不换了！

袁老头见胖子坐了下来，当下转头要他儿子重新泡上一壶好茶，自己却到了柜台里头，去检验朱笑东所说是否属实。

按照所说，袁老头很快就找到了那八个字，这时，他才真正吃了一惊，"天赐福寿""朱笑东赠"八个字，不但有，而且字迹遒劲、刚健有力，如同两块印章，一上一下、一大一小，大的一块几若一粒灰尘，小的一块更是几不可见。朱笑东所说"赠"字最后他偷了个懒，把最后那一横点成了一个斜斜的点，也一点不虚。

最让袁老头吃惊的是，这几个字完全是用内画雕刻的手法，极为巧妙地隐藏在福星的手指之后的，饶是他前前后后看了不下数十遍，都没能发现这里有两处字迹，如果不是朱笑东说出来，恐怕再不会有人知道这个秘密。

袁老头心里一阵激动，当下确信这个年轻人所说非虚，自己看了几十遍都没发现的东西，他只是随口就说了出来，就算不是他亲手雕刻出来的，也绝对与这田黄石福星有着不浅的关系。

稍微顿了顿，袁老头打定主意，不管怎么样，先看看那微雕檀木珠串儿再说，如果他们没有说谎，真是九幅微雕字画，那可就是真正的好东西了，不要说拿到手，就算是能看上一眼，那也是莫大的荣幸。

回过头来，袁老头更加殷勤了一些，好言好语对胖子说了个不停，当然，主要是想看看胖子手里的那串珠串儿。

胖子起先不肯，只是架不住袁老头的恳求，而且，袁老头的儿子也从袁老头脸上看出了蹊跷，明白过来这两个人手里是真的有货，自然是早就收了电话从旁协助，袁老头的儿媳妇也把不屑换成了"咯咯……"的媚笑。

朱笑东不配合胖子，在袁老头父子等人猛烈的火力面前，胖子心不甘情不愿地败了阵，总算是慢慢吞吞地交出了那串珠串儿。

袁老头拿了珠串儿，迫不及待地重新去检查，这一检查，顿时彻底叹服了，这是这么多年来第一次见到这么好的东西！

九颗珠子，九幅字画，每一幅都是精品，画中雕刻的刀法或正或奇，线条或起或伏，有疏有密，如行云流水，气韵贯通，或实或虚，变化无穷。

字也是好字，篆、楷、隶、行、草，每种字都有。篆体字行笔圆转、线条匀净、长上密下，给人以纯净简约的美感；楷体字用笔精到，顿挫分明，线条节奏感极强，笔画自然随意，活泼流动；隶书字却又细劲雄健，端严而峻逸，方整秀丽兼而有形，以为清超却又遒劲，以为遒劲却又肃括；行书字可以用"点画秀美，行气流畅""清风出袖，明月入怀""飘若浮云，矫若惊龙""遒媚劲健，绝代所无"来形容；草书笔走龙蛇，飞动自然，如骤雨旋风，随手万变。

小小的一串珠串儿上面，几乎可以说是囊括了书法字体的所有形态。古檀香木珠配微雕字画，而且达到九幅之多，如要说价值，这已经是无可比拟了。

袁老头看到最后，陡然从心底冒出来一个声音，要把这东西搞到手，花多大的代价也必须搞到手！

无论是把这东西用来经营赚钱，还是用来收藏，绝对都是能赚到一大笔钱的好东西，相比之下，那块田黄如意福星就变得轻微了不少。

田黄石如意福星是新料，也就是说没多大的历史价值，这一点袁老头心知肚明，不是极品田黄冻，这一点袁老头更是明白。雕工手艺不错，但是坏就坏在那八个字上面，要是没有那八个字，凭着袁老头的嘴功，把价钱再侃上一成半成不是难事，但是有了那八个字，再怎么能侃，也就只能如此了。

反倒是这古色古香、真正刚刚出土不久的檀木珠串儿更有价值，只要稍加炒作，那钱肯定就会哗哗地往自己的腰包里流淌。

孰轻孰重，袁老头心里自然一清二楚。这个人是不是最近小道消息里传说的那个人，现在都已经不重要了，就算是去巴结也不一定有用，人家不见得会买账，重要的是这两样东西都是能赚钱的好东西！能赚钱，怎么样去赚得到钱，才是当前最重要的。

看完所有的珠子，袁老头又沉吟了半晌，才拿着珠串儿慢慢地回到胖子等人面前，小心翼翼地把珠串儿放在桌子上。

"两位小哥，我有个请求，不知道当讲不当讲……"袁老头沉吟了好一会儿，才慢慢开口。

胖子一伸手，抓了珠串儿就想放回自己的口袋，生怕再被这袁老头抢了去似的："袁老，我这哥们儿最近遇上了点烦心的事，脑瓜子不大灵光，您老大人有大量，别听他瞎说，这珠串儿，嘿嘿……我们今天就算是打扰了，改天我找个地方摆上一桌，给老先生您赔罪……"

朱笑东出奇地不配合胖子，笑着打断道："袁老请说！"

"我知道……这位胖小哥很是看重这手串，不过……这收藏一道，能赚了钱，把钱拿在手里……才是……"袁老头慢慢吞吞，一边措辞，一边说。

胖子皱着眉头，打断袁老头的话："袁老，您知道我这个人最看重什么？嘿嘿，不瞒您说，这手珠串儿，我是真心不卖，更不会去换那个破福星，我家里有的是田黄石，别说田黄石，翡翠石、白玉石都多得用不完，待会儿回去，来个福禄寿喜开大会，也不是什么为难的事情……"

"可是……"朱笑东沉声打断胖子，"我们先答应了要跟袁老交换的，胖子，你想食言而肥？"

胖子一下子焉了下去，现在自己的身份不同了，是姚观心门下弟子，自己脸皮厚无所谓，但是总不能拉着姚观心下水，这事要被人知道了，一开口铁定会说："姚观心门下某弟子……"把姚观心都捎带上了。

前两天才刚刚让姚观心亲自嘉奖了几句，一转眼就去给师父脸上抹一把黑，这事胖子还真不想去干。

哎！看来这名人的弟子也不好当啊！

胖子嘟囔了一句，赌气似的把珠串儿放回到桌子上。

见胖子没了言语，朱笑东转头问袁老头："我很好奇的是，杰克逊为什么将这福寿双全出手，不知道袁老能不能说说当时的情形？"

袁老头叹了一口气："我也不怕跟两位说实话，不知道怎么回事，那天我一开门，那个外国佬就闯了进来，看样子很是慌张，跟我说要出手这如意福星。你知道，现在的骗局五花八门、层出不穷，做我们这一行又很容易上当、打眼，当时我仔细检验了这如意福星，确定确实是真品，就问这外国人到底是怎么回事……

　　"只可惜的是，那外国人一口外语，不懂汉语，我们言语不通，实在是问不出来个所以然，不过我倒是明白，他来我这儿是来出手这物件儿的，所以就给了他三……六千万元，把这尊如意福星请了回来。我这里是正正规规做生意的，做生意自然是比去盘问人家私事重要，所以……"

　　袁老头所说，不尽不实，朱笑东也没有别的办法，人家是做生意的，不去盘问人家根底私事这再正常不过，至于袁老头到底给了杰克逊三千万元还是六千万元，就更没办法去理会了。

　　只是到现在为止，他心里又多了一个疑团，杰克逊到底是怎么回事，为什么会慌慌张张地卖了福寿双全？

第二章
踏雪寻宝

见袁老头说不出来个所以然，朱笑东就只能回去找杨薇问问，上次他觉得杰克逊有异，跟她说了之后，她安排了威哥找人暗中盯梢，只是威哥那边一直都没有传来什么消息。

既然袁老头这里没有消息，朱笑东也就不打算继续啰唆下去了，当下问道："袁老，你对这珠串儿有什么看法？"

问的是袁老头愿不愿意按原先所说的，拿福寿双全交换。

袁老头沉吟了片刻，很是期待地说："说实话，这两件都是宝贝，这珠串儿的确不错，如果小哥儿能够出手……我倒是愿意给个高价……"

朱笑东淡淡笑着说："对于我来说，无论是钱还是物件，那都是身外之物，要换还是要出手，你就问问我的兄弟吧，他做主！"

胖子不能置信地指了指自己："东哥，你是说让我做主……"话还没说完，手却伸向了桌子上的珠串儿。

袁老头出手飞快，按住胖子的手，几乎哀求地看着朱笑东："小哥儿，是我有眼不识金镶玉，先前有些傲慢，得罪了两位，两位大人有大量，别往心里去。不过，我的确仰慕小哥儿，希望小哥儿能留下福星、珠串儿这两样东西，希望小哥儿能成全老朽的心愿……"

什么都是屁话，一个福寿双全转手就是数千万元的利润，一串檀木微雕珠串儿更是价值惊人，袁老头仰慕的是那惊人的利润，表情语言稍微下作一点算个屁！

这一套做派，朱笑东、胖子等人是再熟悉不过的了，只是朱笑东摇了摇头，表示到底换不换、卖不卖，这权利他已经交给了胖子，胖子怎么说就怎么办。

袁老头的儿子、儿媳从来没见过袁老头对一件东西这么狂热，只是稍微想想就明白过来，那串珠串儿绝对价值不菲，所以，对胖子就更加亲热了起来，要不是袁老头的儿媳妇都已经四十开外，而胖子还才是个二十多岁的小伙儿，真说不出来那家伙会用上什么招儿。

胖子抵敌不过，只得再一次举手投降，这珠串儿现在就只能卖了，君子成人之美，既然袁老头如此殷切，那就只好忍痛割爱了，不过价钱可不能少，先前说的一个亿，这钱要是少上一分半文，珠串儿就还是胖子的。

一个亿，这不算贵，要是一整串儿一下子卖出去，当然值不了一个亿，但是袁老头，当然不会那么做，一次只拿一颗两颗出来，再稍微操作一下，九颗珠子的手链，价格能翻个番儿也说不定。

袁老头的儿子帮着袁老头给胖子转账，袁老头自己则是拿着珠串儿再次仔仔细细地检验了一番。

连胖子跟朱笑东等人银货两讫，告辞出门，袁老头也没出来送上一送。

在屋子里又是暖气又是电火炉子的，一出门，冷风一吹，朱笑东等人都不由自主地打了个寒战，还真是冷啊。

这天气使得朱笑东没来由地想起了老家陶都。

胖子虽然进账一个亿，但心里还是有老大一个疙瘩，一边走一边咕哝："我怎么会这么心软，怎么到了节骨眼儿上，就没能坚持住原则呢……"

"胖子，你就知足吧，一转手，五万元钱成了一个亿，你还要坚持什么原则？皆大欢喜还不好？"朱笑东只差没在胖子的屁股上踢上一脚。

"不对啊东哥，我怎么感觉你根本不想换回那福寿双全啊！"胖子看着满脸坏笑的朱笑东问道。

高原呵呵笑着说："胖子，你还没明白过来？小朱说你难得请了一回客，所以决定帮你把那刚刚盘进来的珠串儿出手，算是还你一个人情！对了，下次你还得请我们吃上一顿。"

胖子回味了半天，还是没搞明白，朱笑东就算是想要帮自己挣一笔钱，随便拿个物件出来送给自己，自己正大光明地去交易，那岂不是名正言顺得多，非要绕来绕去。

"你这脑子……"朱笑东实在忍不住了，伸手在胖子头上拍了一巴掌，"要在这里找真正的古物，有那么容易找得到？如果不是古物，又要值钱，也就只有木头的才能让我有机会在半个多小时里刻上四幅画五首诗了。你这脑子……"

"这么说，你从我买这手珠串儿开始就在打主意要帮我挣一笔钱了?"胖子刨根问底。

"也不全是，本来我还想着用其他的法子，碰巧进了'老苑'，见这袁老头是个比较贪心的家伙，又碰巧看到他对那个福寿双全推崇备至，我才有了具体的想法。"朱笑东笑着解释。

"哦，原来如此……奸商！没想到东哥也是个十足的奸商！"胖子嬉笑着说，"连我都被蒙在鼓里了……"

朱笑东大怒："真是好心被驴踢！帮你赚了这么大一笔，你倒说我是奸商，要早说给你听了，这戏还怎么演下去，你还骂我是'奸商'，我跟你没完……"

胖子嬉皮笑脸地继续说："对了，还有件事，东哥，我那串手链一共有十六颗珠子，你为什么不全部雕上字画，那样我岂不是可以卖个更高的价钱?"

朱笑东喉咙里一堵，几乎有股想要吐血的冲动，光是那九颗珠子就让他头昏眼花了，要不是木头质地便于雕刻，那么短的时间里，只怕一颗都难以雕刻出来，还想着把十六颗一齐雕完。

"那，东哥，你是不是能够把剩下的几颗珠子还给我……"胖子的眼神犹如饿狼，比袁老头见了微雕珠串儿的眼神还要贪婪，还要犀利。

朱笑东仰头向天，悲愤不已："天哪，我怎么会遇上你这么个贪婪的家伙……"

"大不了我再请你们二位一顿，羊肉泡馍、三鲜包子，管够!"

朱笑东跟高原两人差点就倒了下去。

真是天理何在啊!

偏偏胖子这家伙恬不知耻地继续说："东哥你们吃饱了之后，我们再去弄个大家伙，好好地赚上一大笔，嘿嘿……"

不过，羊肉泡馍也好，三鲜包子也好，三个人还是没有吃成。

天上雪花密集，落到地上却立刻就化成了雪水，在地上积成了一小滩一小滩的水洼，虽然每滩水洼里的水并不多，但是水洼密集。

因为这天儿又冷又在下雪，路上也见不到几个行人，一辆迈巴赫62疾驰了过来。

本来下雪天车速应该不能过快的，没想到这辆迈巴赫62，几乎用六十码的速度冲了过去，这一地段可是限速二十公里的，这家伙开着迈巴赫，不知道是炫富还是有急事，居然如此高速疾驰。

车子过去，带起的泥浆雪水溅了胖子一身，胖子气急败坏，跳着脚指着那辆迈巴赫大骂，还咒它立刻翻车。

说来也巧，迈巴赫还没驶出朱笑东等人的视线，"轰隆"一声巨响，还真撞上了。

前面一辆大巴车因为视线不怎么好，开得很慢，这迈巴赫直接就"吻"上了人家的车屁股。

胖子一下子由暴跳如雷变成了乐翻天，大呼："报应不爽……"

还好迈巴赫的安全措施良好，车子虽然报废了，里面的人却没受到多大的伤害。

待胖子幸灾乐祸完，走近一看，迈巴赫里爬出来一个人。朱笑东觉得这个人很是面熟，过了好一会儿才想起，这家伙就是那一次在林志文的赌石场里见到的姓严的家伙。

见是这家伙，连朱笑东心里都有些鄙夷起来。

只是这家伙仗着迈巴赫出色的性能和安全措施，一点也没伤着，爬出车子前前后后看了片刻，也懒得跟下来找他理论的大巴车司机搭话，直接拿了电话，对着电话直吼。大巴车司机见人家开的是迈巴赫，说话的气势又不弱，就知道这家伙是个角色，只得打了电话报警，然后规规矩矩地等着交警来处理。

反正是迈巴赫超速追尾，大巴车司机也就等着赔钱。

姓严的打完了电话，一抬头，见到朱笑东等人，也觉得面熟，不过刚刚他溅了胖子一身雪水，朱笑东等人过来肯定就没什么好事，所以顿时满怀戒备地看着朱笑东几人。

胖子上前，很是"关心"地问："哎呀，严老哥，怎么会是你！快让我看看，有没有被撞得缺胳膊少腿，身上有什么零件被撞掉下来……"

朱笑东在胖子腰上拍了一巴掌，人家是出了车祸，就算是幸灾乐祸也别挂在脸上啊！

朱笑东拉开胖子，又呵斥了一句，才满面歉意地对姓严的说："对不起，刚刚我们从那边过来……不说这个，严公子没什么事吧？"

本来气得鼻子有些歪了的严公了反而笑了起来："没事，这迈巴赫不错，安全措施很好，车报废了，人却一点也没伤着。"

这世上有种人就是这样，越是在逆境当中就越是摆谱，这严公子就是这种人当中的奇葩，刚刚钻出车子的时候，他可是一张脸死灰，这会儿又"绅士"了起来。

谁不知道迈巴赫62值一千多万元啊！一千多万元一下子没了，还差点把自己弄死在里面，这严公子居然还一个劲儿赞赏这车还真是不错！

"这天儿风雪这么大，几位怎么没开车子？要不，我拿点钱让你打车？"严公子很"热情"地问。

"多谢严公子了，不过，看严公子急急忙忙的，不知道是有急事，还是……"朱笑东满脸笑意，不紧不慢地问。

"啊，这个……"严公子一听朱笑东这么问，更是趾高气扬起来，连刚刚的祸事都忘记了，"有个私人拍卖会，里面有不少好东西，我想过去看看……"

严公子一边说，一边斜眼看了看朱笑东，又说："哼哼，不过那里可不是什么人都能进去的，没有几个亿的身价，可是连门都不让靠近的。不过，你要是想去，我倒可以带你去见识见识。"

那口气很轻蔑，就像是一个巨人面对一个侏儒小子，简直就是毫无忌惮的侮辱。

胖子想要窜上前来好好"恭贺"这姓严的"公子"两句，但是被高原死死地拉住，这姓严的是什么人，高原可是调查过，惹不起。即使是朱笑东也绝对是不去惹为妙，反正往日无积怨，今日就算有一点小嫌隙，也是能忍为上。

朱笑东跟姓严的打着哈哈，笑着说："既然如此，敢情是好，严公子要是愿意带我们哥儿仨去长长见识，到时候我一定摆上一桌，来酬谢严公子。"

姓严的不屑地一笑，带着三个人到那个私人会所里面去，对他来说根本不是什么难事，本来还以为把话说得满些，朱笑东必定会知趣地就此走开，没想到话都说到这份上，人家居然打蛇随棍上，厚着脸皮要他带着去"见识见识"。

等了这一阵，交警也过来了，估计是姓严的熟人，稍微跟姓严的交谈了几句，就让他先走了。

不仅如此，还调派了一辆车子让这姓严的先用。

这姓严的居然连客气话都没说上一句，转过头来，挑衅地对着朱笑东一笑。

朱笑东也丝毫不客气，既然这姓严的愿意带路，他哪有不去的道理，于是转头拉了胖子，一起坐进姓严的这临时借来的车子里。

胖子这家伙坐进了车子，嘴巴上还不客气："嘿嘿，这坐别人开的车感觉还真的不一样啊，这真是一种享受……"

只是胖子这家伙还没"享受"三分钟，姓严的就把车子停了下来，头也不回地说："下车……"

胖子一怔，还没明白过来，姓严的就自个儿打开车门下了车子。朱笑东暗暗叹了口气，只得跟着下了车。

离姓严的撞车的地方不过百来米远，要是换了其他人，早就走过来了，哪里需要大模大样地弄辆车子，白白受人一个人情，不过，这姓严的耍的就是这种派头，走哪儿都得有人对他点头哈腰。

停车的地方是一处看起来古色古香的门楼，朱红大门前有四五级台阶，台阶尽头，两个彪悍的保安不停地在大门前来回走动。

见姓严的和朱笑东一行四人上了台阶，两个保安伸手拦了一下，要求出示证件。连这家伙都要出示证件才能进去，看得出来，这朱红大门里面住的肯定是不同凡响的人物。

姓严的黑着脸，摸出来一张卡片递了过去，朱笑东眼睛尖利，只一瞬间就看清了那卡片上的名字：严铮！

保安仔细查验过了严铮的卡片，把卡片还了回去，又看了看他身后的朱笑东等人，当下一起放了行。

进了大门，几人才发现，虽然外面才两个保安，里面的可是不少，几乎随时都能碰上走动着的保安，整个一个外松内紧。

严铮头也不回，一路直走，穿过花厅直奔后堂。朱笑东跟胖子、高原紧跟在他身后，一步也不敢落下。

进到后堂，朱笑东才发现这个地方还真不是一般的宽广，七八米长、两米多宽的一张会议桌边，有不下二十个人，男女老少都有。

无一例外的是，这些坐着的人身后都有相对应的保镖，两个、三个、五个的都有，几乎是水泄不通地将会议桌围了一圈。整个厅里好几十个人，却鲜有呼喝嘈杂之声，几近森严。

严铮一路过去，不少人都略略回头一笑，算是跟他打了招呼。严铮只是微微点头，算是答礼，至于朱笑东等人却很少有人理睬，都把他们三个当作是严铮带来的保镖。

严铮一边点头答礼，一边走到前面给他预留的位置坐下，至于朱笑东等人，自然就只能站到他身后的角落里了。

这一路过来，朱笑东倒是看见了好几个熟人，比如那个性如烈火的"杨白劳"和在赌石场里见到过的老肖等人。

只是严铮坐的位置紧挨着首席，"杨白劳"等人离这个座位隔了两三个人。

不过，此时"杨白劳"、老肖两人正聚精会神地在看桌子上的一件东西，朱笑东等人又是走在他们背后，"杨白劳"根本就没在意，自然也就没打什么招呼。

长桌子的首席位置坐着一个微微发福的中年人，见到严铮坐好，才开口说话："诸位，这第二件东西大家都已经看过，现在可以出价竞拍了，底价是一千五百万元，每一百万元一个价位，请诸位开始出价。"

都已经拍到第二件物品了，怪不得严铮急匆匆地往这边赶，就算是差点把自己撞死也在所不惜。

胖子想要凑上前去看看这"第二件物品"到底是件什么样的东西。

朱笑东叹息了一声，拉住胖子："这地方，有好几十个人在里面，气氛庄重肃杀，用大腿想想都知道场合多严肃，你要不守规矩，会招来什么样的后果？"

趁着有人接二连三地报价，胖子低声说："我就是不习惯这种气氛，死气沉沉的，一点儿也不热烈，要不我们来点有料的东西，烘托烘托气氛。"

"你想被直接扔出去那也由得你，反正你刚刚进账了上亿元，就算去医院待个一年半载的，那些钱也不一定会花完！"朱笑东没好气地说道。

"东哥，你怎么就不能把我往好了说说！你还是我亲哥吗？"胖子委屈地问。

这时，最后一个竞拍的价格定格在三千五百万元上，再也没人出价了。首位上的中年人面无表情地敲了敲桌子，宣布这第二件物品算是成交了，接下来是第三件要竞价拍卖的物品。一个打扮得十分妖娆的女人用托盘托了一件物什，从首席座旁边的门进来，托盘里的物什用一方红绒布罩着，显得很是神秘。

那女的将托盘放在那中年人面前，然后转身走了出去。

中年人并不急于揭开罩着物什的红绒布，而是环视了整个大厅一周，然后又沉默了片刻，才说道："传说古代隋国姬姓诸侯见一大蛇伤断，以药敷之而愈，后蛇于江中衔明月珠以报德，因曰隋侯珠，又称灵蛇珠。楚人卞和于荆山得一璞玉，先后献给武王、文王，均以为石，和以欺君罪被砍断两足，成王登位，使人剖璞，果得夜光宝玉，因命之曰和氏璧，这就是'隋珠和璧'。不过，我这里既没有灵蛇珠，也没有和氏璧，呵呵……不过，今天这第三件要拍卖的东西也是一颗珠子，这颗珠子虽然比不上灵蛇珠，也比不上和氏璧，但却是大大有名……"

看那中年人故作幽默，慢吞吞地吊人胃口，胖子十分不满，低声对朱笑东说："东哥，你看这什么玩意儿啊！什么叫大大有名，不就是一颗破珠子吗，还能比得上我们手里的那颗六方晶系陨石钻石夜明珠……"

朱笑东不置可否，示意胖子别多嘴，先看下去再说。

"当年，除慈禧口中夜明珠广为人知外，其凤冠上二十四颗夜明珠也相当有名，我们不说慈禧嘴里的那颗，只说那凤冠上的二十四颗夜明珠。大家都知道，当年慈禧墓被盗，所有金银财宝皆被盗走，二十四颗夜明珠自然不能幸免，时至今日，陆陆续续寻回来的已有二十一颗，还有三颗依旧下落不明，这些都是国之重宝，其价值就不用我多说了。我想说的是，很幸运，前些日子，这第二十二颗夜明珠浮现于世，几经周折，终于可以与大家见面……"

中年人说着，慢慢揭开托盘上的那块红绒布。

胖子只看了一眼，不屑地"切"了一声："这家伙，又是隋侯珠，又是灵蛇珠，又是夜明珠地绕了半天，居然拿了一颗黄不拉叽的珠子出来，他这是要蒙谁啊！"

朱笑东悄悄捏了胖子一把，低声说："不懂就不要乱说，有句话叫'人老珠黄'，珍珠的矿物成分是以文石为主，还有少量的微量元素以及蛋白质和氨基酸，在长期置放过程中，会根据周围环境的温度及压力的改变发生变化，特别是在常温常压下，文石结构中的根离子堆积结构发生改变，于是珍珠的矿物组成由较不稳定的文石变成了结构稳定的方解石，这才逐渐导致颜色变深变黄。这些人都是干什么的，收藏的东西自然是年代越久才能越赚钱，要是新珠，这些人根本就看不上眼！"

胖子点了点头："倒也是这么个理儿，可是，那家伙说的是夜明珠，他这黄不拉叽的珠子难道还是夜明珠不成了？他说是慈禧老佛爷的夜明珠就真是了？那赶明儿我拉几筐过来，让他说是武则天的陪嫁珠子，我岂不是赚大发了！"

朱笑东气得半晌说不出话来，过了许久，才跟胖子说道："第一，你不会有几筐这样的珠子；第二，这是什么地方，在这里进出的都是大家，出入的玩意儿没有十个人严格鉴定过也有八个人翻来覆去审查过，你以为冒充会那么容易？"

胖子嬉皮笑脸地低声还嘴："我看东哥你是没搞明白，昨天我看了一下与夜明珠有关的书，那上面说，通常情况下所说的夜明珠是指荧光石、夜光石，它是大地里的一些发光物质由最初的岩浆喷发，到后来的地质运动，集聚于矿石中而成的，含有这些发光稀有元素的石头经过加工，就是人们所说的夜明珠，有黄绿、浅蓝、橙红等颜色，只要把荧光石放到白色荧光灯下或者日光底下照一照，它就会发出荧光。如果这就是真正的夜明珠，那我们手上那颗又该叫什么珠？是夜明珠它爸，还是夜明珠它祖宗……"

胖子的话没说完，大厅里突然一片漆黑，黑暗之中，只听见几十个人的呼吸声，没过片刻，一丝淡淡的乳白色光芒慢慢显现了出来。

想来，是两人胡说八道之际，那中年人为了演示夜明珠的神奇，让人把屋外的自然光隔绝，又拉下了大厅里的电闸，让众人见证夜明珠的真伪。

那团乳白色的光芒朦朦胧胧一团，也就能照及一尺左右的地方，在一尺之内，倒是勉强能看清那个中年人的手指活动，一尺之外的东西也就只能看个模糊不清，再远就只是一团黑暗了。

如果与朱笑东手里的"六方晶系陨石钻石夜明珠"相比，那就只能算是一颗"萤火虫"了。

胖子可是试过了无数次，"六方晶系陨石钻石夜明珠"在完全黑暗的条件下，光团几乎可以达到五米开外，一米远的距离之内，足足可以让一个正常视力的人看得清报纸上的字，哪像这个所谓的第二十二颗夜明珠这般朦朦胧胧的，毫无光华可言。

只是没过片刻，黑暗之中便传来一片"啧啧"之声，想来是在座的诸人都忍不住惊叹了起来，而且，还有些人在说："太美了……""太漂亮了……""真神奇……"之类的谄媚之声。

这到底是不是慈禧老太太的第二十二颗夜明珠以及是不是真的夜明珠，朱笑东跟胖子两个都已经不在乎了，反正无论是不是，他们都不会去参加竞拍，至少，朱笑东不会拿几千万上亿元的钱出来买这不知所谓的夜明珠。

他是做生意的，做生意讲求赚钱，原本以为这个会所里真能有不出世的宝贝，现在这么一看，便有些失望了。

大家足足欣赏了五分钟之久，中年人才吩咐开灯，一切妥当之后，中年人才在一片唏嘘声里说道："这夜明珠大家也看过了，现在开始出价竞拍，底价是两千五百万元，五百万元一个价位，请出价……"

在座的人，诸如"杨白劳"、严铮等，都是身家极为厚实的人，其中更有一两个是福布斯榜上有名的富豪。

本来这夜明珠如此神奇，"身份"又如此高贵，按说一经竞价，应该是出价声如汹涌奔潮，价格一路扬帆飞飚。

出奇的是，这样的好东西竟然只有严铮举了一下手，出价三千万元，"杨白劳"出了个三千五百万元，然后是一个妇女出价到了四千万元，后面就安静了下来。

胖子本来期待看上一出好戏，要看看谁家不争气的屁孩儿去花个天价把那破珠子买回去，没想到场上三个人出了价后，就再也没人加价了，如此一来，便冷了场。

中年人额头上渐渐冒出了一层汗水，说道："四千万元第一次……四千万……第二次……四……"后面的话，就说不出来了。

这里虽然不是正规拍卖场，但是其规矩跟正规拍卖场一样，拿出来拍卖的东西，只要在底价之上，有人再次出了价，而又没有更高出价人的话，即使达不到预期的价格，那也必须成交。

这里是会所，来的都是有头有脸面的人，如果在交易过程中有什么不妥，那后果比正规拍卖场还要严重。

很明显，这颗夜明珠在中年人的眼里，预期的价格远远不止四千万元，如果再没人加价，这夜明珠就必须以四千万元的价格成交，而且，现在已经是最后一次报价，只要他说出来"四千万，第三次……"这颗珠子就只会以四千万的价格落入那妇女之手，如此一来，他哪有不紧张的道理。

偏偏这个时候围在长桌子边的人一片死寂，再也没有人肯加价。

"四千万元……第……三次……"

"我出四千五百万元……"在最后关头，一个声音响了起来。

这一刹那，几乎所有的目光都集中到了还举着手的朱笑东身上，只是朱笑东说完这句话之后，整个大厅再一次陷入一片死寂。

那些目光之中，惊讶的有，轻蔑的有，不能置信的有，欣喜若狂的有，暗暗咒骂的有，把每个人的态度都表现了出来。

直到这时，"杨白劳"才发现朱笑东就站在他身后不远。

大厅里沉默片刻，"哄"的一声议论开来了。

"哼哼，一个小保镖，能出四千五百万元……"

"看他那样子，他有那么多钱吗……"

"捣乱，纯属捣乱，一点规矩都没有了……"

"这是谁家的小跟班啊，狂得可以啊，居然敢在这里大放厥词……"

"拖出去，我看他是活腻歪了，不知道这是什么地方啊……"

大厅里一片议论声，反而解了首席上那个中年人的围。这时，那个中年人松了一口气，敲了敲桌子，让纷纷议论的人静了下来，然后站起身来，走到朱笑东面前，上下打量了一番。

片刻，他才淡淡地问了一句："你知道这里是什么地方吗？知道在这里搅局会有什么后果吗？"

朱笑东毫不畏惧地迎着中年人的眼神："知道，但是这里没有明文规定站着的人不能参加竞拍，对吗？"

中年人一怔，这里的确没有这样的规定，凡是能够进到这里的人，站着的一般都是保镖，都是没钱参加竞拍的，动辄数千万元，哪个保镖有这么多钱？有钱的人，坐着也不一定参加竞拍，不中意的东西谁去拍啊。

"这里的确是没有这样的规定，但是有个前提，至少你得有能拍下一件物品的能力，懂吗?"中年人盯着朱笑东，眼里有些怜悯，这个年轻人出价帮他解了一次围困，他感激，但是现实是，如果这个年轻人没有足够的经济基础，那么马上就只能躺着出去，会不会少个胳膊少条腿什么的，没人敢保证。

朱笑东淡淡地笑了笑："太多的钱我肯定拿不出来，但是我保证，如果没人再加价的话，这颗夜明珠就是我的了。"

胖子从衣袋里摸出那张卡，在手里弹了弹："大哥，你是不是该回去履行你的职责了，这么久了，也没人再加价了，就算喊四千五百万元十次都喊完了，最后应该是'成交'，对吧。"

中年人不动声色，向后面招了招手，立刻有个戴着眼镜的保安模样的人走过来，从胖子手里拿过那张卡，然后拉着胖子到桌子边上的笔记本电脑前坐下，查询这张银行卡的真实性。

这时，"杨白劳"才回过神来，一头黑线，站起来指着朱笑东骂道："龟儿子，又是你……"

老肖也跟着笑了笑："原来是你!"

旁边的人立刻交头接耳起来："原来这个小保镖跟老杨是熟人……"

"熟个屁!""杨白劳"火冒三丈，"上次，上次我跟这小王八蛋打赌，一口气输给他三个亿，我找了这王八蛋好几个月，没想到今天他倒送上门来了。"

"杨白劳"性如烈火，这是在场的人全都知道的，但是这人除了高傲自负之外，却不是一个坏人，这人对说过的话可以百分之百地负责，所以"杨白劳"这么一说，很多人就好奇了起来。

这个小保镖居然从"杨白劳"手里赢了三个亿过去，那这个小保镖是什么来路？要知道，三个亿虽然在这群人眼里不是一个大数目，但是能跟杨老头对赌，他手里少说也应该有不低于三个亿的资产吧，而且，他还赢了三个亿，也就是说，这个小保镖至少有六个亿的身家。

身价六个亿，还来干保镖？

"屁！""杨白劳"指着尴尬不已的朱笑东吼道，"别被这小子给蒙了，这家伙是方天然的女婿，天然集团最大的股东就是这小子……"

"啊……"在场的不少人都忍不住惊呼了一声，连严铮都不例外。

严铮对朱笑东只有一点点印象，算是个点头之交，但是在印象当中，朱笑东只是个小小的暴发户，就算出入林志文的赌石场，按他估计，这小子也就是个手里有千把来万闲钱，想要以小博大的暴发户而已，实在没想到，他居然是天然集团的股东。

天然集团在最近一年时间里可以说发展得十分迅速，严铮私下估计过，现在天然集团所有的资产加在一起已经不低于三百来个亿了，其实力已经远远超过了自己，可是他就搞不懂了，比他还有钱的人怎么叫花子似的抱着手脚、冒着风雪在大街上逛，连辆车子都没有。

那个中年人听"杨白劳"说了朱笑东的名字和身份，顿时很是惊讶，很想对他说点什么，但还是忍住了。

朱笑东听着"杨白劳"的喝骂，微笑着道了歉。

没想到"杨白劳"骂完了朱笑东，却走到人家身边，拉起他回到自己的位置，还要老肖往旁边让了让，把朱笑东按到自己的位置上坐下，然后才让身后的保镖给自己重新找了把椅子。

　　朱笑东笑着，不肯去坐"杨白劳"的椅子，没想到"杨白劳"又是一头黑线："给我坐这儿，别忘记了，我们之间还有个赌约，今天逮着你小子了，你想溜没门儿，就算是卫家那老头子亲自过来，今天我都不买他的账……"

　　那次，在林志文赌石场里，因为朱笑东切出一块稀世红翠，一时间引得无数人走火入魔，小卫挺身而出开枪警告，解了他的围困。后来，"杨白劳"稍一打听，才知道敢在林志文的厂子里开枪的竟然是卫家的小儿子，也才明白过来为什么在那种情况之下，朱笑东都可以全身而退。

　　过了好久，"杨白劳"想起来那件事都还有些后怕，只是他这暴脾气，一说就停不住，一张嘴居然又把这事给扯了出来。

　　说说朱笑东是天然集团股东什么的倒也无所谓，反正知道这事的人也不少，没想到的是，这"杨白劳"居然把卫家都给扯了出来，这就让朱笑东叫苦不迭起来。

　　朱笑东心里最不愿意的就是别人提起这件事情，小卫是朋友不错，但是他绝对不想成为别人眼里的狐假虎威、仗势欺人的人。所以即使很多时候有很多麻烦，朱笑东也宁愿自己去解决，而不愿把小卫牵涉进去，以免落人口实，害了自己，又害了小卫。

　　大厅里的人先前听说朱笑东是天然集团的股东，都还有些吃惊，没想到朱笑东还跟卫家扯上了关系，顿时连那两个福布斯榜上有名的人物都被惊到了。

三百个亿的家产对那两个人来说也不算大数目，但是跟卫家扯上关系这事儿可不容小觑，毕竟卫家素有威名，现在的气势又如日中天，一般的人想要巴结都还找不到门儿，谁还愿意去得罪。

　　先前的愤怒、轻蔑、不满、谩骂基本上没有了，取而代之的又是一阵沉默。

　　这些人都是在权利、交易当中打滚的人，轻重利害无一不是权衡到极致，就算朱笑东不是会所成员，但是也没有规定说不是会员就不能参加竞拍，而且今天他还是严铮带来的，要得罪朱笑东，那就是连严铮一块儿得罪了。

　　敢在这块土地上同时得罪严家、卫家两家的，估计还找不出来这样的人才。

　　这时，那中年男子笑呵呵地对大家说："经过我们验证，这位小朱的确有能力参加我们的拍卖，大家看……"

　　中年男子扔了个话头，让大家自己拿主意，看这事怎么办，反正那颗夜明珠的拍卖已经中断了，大不了这夜明珠以后改走其他渠道罢了。

　　坐着的人你看看我，我看看你，就算那个女人不服，这个时候也已经是胳膊拧不过大腿了。不说一下子去得罪严家和卫家，就算是在这里跟一群有心放过朱笑东的人结下梁子，她也不敢。

　　这会儿，那些不满的人转头去看严铮，严铮脸上却是一会儿青一会儿白，很是难看，虽然大家不知他心里做何感想，但大抵都猜想是因为没给他面子。而对于朱笑东根本不是他一伙儿这事，恐怕严铮现在自己说出来也没人会相信了。

　　那边，胖子拿回了自己的卡回到朱笑东身后，本来也想要挤到他身边去坐下，无奈，除了找不到多余的椅子，也没人肯再让出位置来，于是，胖子成了整个大厅里唯一一个站得离那会议桌最近的"保镖"。

中年人回到座位，让人把夜明珠拿走，赶紧开始第四件物品的拍卖，第四件拍卖的东西是一幅《褚墨石竹图》的字画，画风呈粗、细两种面貌，笔墨苍劲淋漓，又带干笔皴擦和书法飞白，于粗简中见层次和韵味。这幅画布景繁密，较少空间纵深；造型规整，时见棱角和变形；用笔细密，稍带生涩，于精熟中见稚拙；设色多青绿重彩，间施浅绛，于鲜丽中见清雅，着实是一件难得的精品。

稍作介绍之后，中年人就报出了底价，六千五百万元，每个价位一百万元。

让中年人实在想不到的是，先前拍卖那颗夜明珠的时候，经朱笑东那么一闹，大厅里已经没有了之前那种热烈的气氛。

这里是会所，以前每一件物品出来，虽说参与的人不多，但是竞价也还算激烈，而现在，二十几个参与竞争的买家竟然大多持观望态度，加价者更是寥寥无几。

按说，这《褚墨石竹图》乃是闻名天下的四大才子之一的文徵明所作，其收藏价值可以说无以比拟，只是这一两年，古书画拍品能超出五千万元以上的实在是凤毛麟角，主要是因为古书画收藏的水太深，拍品真假难辨，一些成交的古书画总是带来争议，这就对藏家的要求较高，不少看不懂古书画的藏家或者做投资的买家大多选择观望。

"杨白劳"举了一次手，把价钱加到六千八百万元，然后挑衅似的看着朱笑东。

朱笑东苦笑不已，自己是做生意的，也就是做投资的，能赚钱的事情当然是丝毫不让，但这里是会员会所，拍卖的东西想要再拿去赚上一笔，很明显没什么利润空间。先前那颗夜明珠，如果是按照朱笑东的出价成交，几百万元的利润空间还是有的，再高，那就只能是倒贴老本的买卖。

所以，这一幅古画即使是绝品，他也没打算拿下。

"杨白劳"点点头："就知道你这家伙的嘴脸，不过你这小子还算坦诚，行，这件东西我就不跟你赌气了……待会儿，要再有好东西，哼哼，就别怪我不跟你客气！"

朱笑东苦笑，这拍卖场上本来就是血流成河、尸横遍野的战场，哪里有什么客气可讲，又有谁会跟谁客气。不过这话他可不敢说出口来，免得"杨白劳"听到又会火冒三丈。

胖子在朱笑东身后举了一次手，把价钱加到六千九百万元，后面严铮又连续两次加价，不过，这幅《褚墨石竹图》最终也就只以七千五百万元的成交价格被那妇女身边的一个买家收入了囊中。

接下来，又成交了两件物品，一件青花盏，一件琉璃彩绘瓶，拍卖价格也不高，青花盏一百八十万元，青花琉璃彩绘瓶也就只一百一十万元。

其中，只有那件青花盏拍卖的时候朱笑东出了两次价，但最终还是放弃了，一百八十万元的价格对他来说已经是溢价了，就算拿到手，也没多少利润空间。

只是朱笑东连续出了两次价钱之后，场面上的气氛似乎热烈了不少。

朱笑东不是这会所的成员，却享受着会所成员一样的待遇，这就让好几个人很是不满，尤其是先前那个女的，朱笑东每加一次价，她都赶紧跟在后面，把他给压下去，拼势力，那女的是不敢明着来，但是，拼财力、拼家产，正正当当地拼，还是没人敢说什么的。

好在不管是什么物品，只要超过了朱笑东的底线，他就立刻放弃，绝不多加一分钱。

经过了这一轮几件价值并不算太高物品的拍卖，大厅里的气氛总算是活跃了不少。

中年人见气氛热烈起来，便兴高采烈地宣布今天的重头戏正式开始，接着，让人送上来一件圆盘一样的东西。

这是边缘厚度约一公分、中间厚度超过三公分、直径不低于十五公分状似一块泡饼的六角形镂空黄金盘，上面不但有精美的雕刻，还镶嵌着六颗淡绿色、指头大小的翡翠，以及不下二十颗的红蓝宝石。

此物一出，稍一晃动，钻石、红蓝宝石和黄金折射着头顶上的日光灯灯光，光华流转，让整个大厅笼罩上一层光怪陆离、如梦似幻的氤氲紫气。

朱笑东一见这东西，顿时忍不住眼热起来。

直到这时他才搞明白，本来心里还想着既然是会员，怎么会那么寒碜，拿这些"不值钱"的玩意出来拍卖，原来只是先拿几件小件儿出来调动一下气氛，为后面真正的好东西做铺垫，想来中年人是经常使用这一套把戏，怪不得先前一群会员富豪都表现得如此冷淡。

这样东西，不用中年人介绍，朱笑东也是知道的。相传，两千多年前释迦牟尼涅槃，弟子们在火化他的遗体时从灰烬中得到一块头顶骨、四颗牙齿、一节中指指骨和八万四千颗珠状的东西，这些东西，便是舍利子，千百年来，被信众视为圣物，争相供奉。

舍利子在印度语中叫作驮都，也叫设利罗，译成中文叫灵骨、身骨、遗身，是一个人经过火葬后留下的结晶体，不过舍利子跟一般死人的骨头是完全不同的，它的形状千变万化，有的成圆形、椭圆形，有的成莲花形，有的成佛或菩萨状，有的像珍珠，有的像玛瑙、水晶；颜色有白、黑、绿、红等，有的透明，有的光明照人，就像钻石一般。

盛唐时期，佛教开始在中国盛行，唐时有七迎佛骨的盛事，佛骨所到之处，人们"焚顶烧指，百十为群，解衣散钱，自朝至暮，转相仿效，唯恐后时"。

而这六角黄金镶嵌盘中的舍利子，便是当年玄奘和尚至西域取经，带回除经书之外唯一的一件佛宝。

"杨白劳"有些惊异地看着朱笑东，仿佛在问：这东西，你怎么会知道得这么清楚？

朱笑东嘿嘿低笑："这是我最近在整理一个熟人的书籍时看到的，没想到，还真有这玩意冒出来。"

"杨白劳"不顾一片叫价声震耳欲聋，低声问："这玩意价值几何？"

朱笑东摇头："这东西，那得看个人的喜好、用途，要说价钱，那叫无价！"

本来"杨白劳"也不一定会相信朱笑东这么个毛头小伙子的，但是从中年人公布的资料来看，卖主也就知道其中四成，这是唐代之物，上嵌佛骨舍利，是为无价之宝，至于说上面那粒佛骨舍利到底是谁的，根本就不甚了了。

反而是朱笑东能将其余的六成说得一清二楚，这就由不得杨老头不信了。

"这么说吧……"朱笑东见"杨白劳"红着眼问什么叫"无价"，只得继续说，"其实，这东西从文物收藏的角度上来说，确实是无价。前些年出土了一套八件以不同质料铸造的流金溢彩古盒，里面载着的就是佛教世界千百年来奉为传世珍宝的释迦牟尼指骨舍利，这个，想必杨老不会不知道。那是国家级文物重宝，拿来收藏还差不多，要想赚钱，嘿嘿……"

"杨白劳"瞪着眼睛，看怪物一样瞪着朱笑东看了好一会儿，才很是不满地丢了一句："就知道你这小子满身铜臭，哼！"

这时，舍利子金盘的竞价已经达到了白热化阶段，从低价一亿二千万元上升到三亿七千万元，突破四个亿大关也只是弹指间的事情。按朱笑东估计，这舍利子金盘最高价值也就在四亿五千万元左右，再往上，拿来收藏还差不多，要想利润，除了再过上些年头，就只能靠操作了。

所以，这件东西对朱笑东来说，依旧是价值不大。

第三章
稀世珍藏

　　胖子忍不住有些焦躁，最近一段时间运气不错，一口气进账了好几个亿，手里有着如此巨大的资金，放在那边吃利息也不是个事，所以，这舍利子金盘虽然已经竞价到了四亿，胖子还是忍不住举了两次手，加了两次价。可惜的是，在场参加竞拍的随便拎一位出来，身价都比胖子要厚实得多，胖子加两次价，五秒钟不到直接就被湮灭在了加价者的汹涌声潮之中。

　　不但胖子，连"杨白劳"都没跟这件舍利子金盘搭上边，最终，一个跻身福布斯榜内的王姓人以五亿三千五百万元的价格夺得桂冠。

　　胖子跟"杨白劳"两人都是一脸羡慕。

　　倒是朱笑东淡然自若，还低声跟两个人说了个有趣的故事："据说，唐皇迎奉佛骨，本来是祈求佛祖保佑之意，不曾想到的是，除了第一、二次迎奉佛骨舍利没什么怪事之外，其余五次都发生在统治者自觉统治危机之时，而多数皇帝迎奉佛骨后也未能善终。武则天二次迎佛骨，当年即让位于李显，自个儿也病死了；中宗以发代身送还佛骨，同年便被妻女毒死；肃宗迎奉佛骨，次年驾崩；宪宗迎奉，当年误吞金丹死命于非；懿宗亦于迎奉佛骨舍利子三个月后驾鹤归天，不知道是应了佛祖的邀请，还是这佛骨舍利压根儿就不是祥瑞之物。"

胖子一听朱笑东这么说，呆了一呆，随后又笑逐颜开："咱们没拿下也算是好事一件了，呵呵。虽然我不是皇帝，但是一想到东哥你说的这个，心里就直发毛。"

朱笑东笑了笑，不答，转头再去看那中年人搬出来的另一件宝贝，这是一粒巨硕的钻石，体型几乎超过鸽子蛋，体型巨大也就罢了，偏偏还是一粒蓝钻。在灯光照射之下，蓝钻折射光芒，把整个大厅照耀得如同是在一片海洋之中。如此惊心动魄的蓝，让大厅里所有人的气息都为之一滞，几乎有了被呛到海水的感觉。

蓝色的钻石，它的稀有度仅次于红钻石，如今蓝钻石差不多只在南非和澳大利亚出产，成因是钻石的晶体结构中含有硼原子。

蓝钻家族最有名的是"厄运之钻"，也叫"希望之钻"，重量不超过三十克拉，不过，"希望"蓝钻石是世界上屈指可数的钻石王之一。1947 年"希望"蓝钻石的标价为一千五百万美元，自从 1947 年后，"希望"蓝钻石再没有被拍卖过……

胖子扳着指头算了算，忍不住吸了一口凉气："1947 年我还没出生，那个时候的一亿美元得是现在多少钱啊，恐怕不止要超出十个亿吧，天哪……"

"哼……""杨白劳"重重地哼了一声，"没见过世面就是没见过世面！两年前的四月份，苏富比春拍有一颗顶级蓝钻，除了是罕见的方形之外，才不到十克拉重，就成了多年来拍卖市场中最具份量的方形彩蓝钻，预估价格为九千万至一亿三千万港币。要知道，近一段时间钻石的价格一路飙升，每克拉已经高达十万到十五万元，彩色钻石每克拉的价值几近白钻石的三倍到五倍，你说三十克拉的彩色钻石只值十亿元！"

胖子不服气，扳着指头跟"杨白劳"算账："好，就按杨老你说的，一克拉钻石十五万元，彩钻翻两个跟斗吧，这也才六十万元每克拉，六十乘以三十，也才一千八百万元，对吧？我出十亿，这价钱已经很高了啊！"

"杨白劳"气得吹胡子瞪眼，指着胖子怒骂："土包子，不可理喻！"

现在遍地都是珠宝店，翡翠、钻石随时随地可见，这个胖子难道不明白？在其他三C标准相同的情况下，钻石价格与重量平方成正比，重量越大，价值越高。比如说一块好的钻石，只有一克拉可以卖出十万元的价格，但是两克拉同等质地的钻石就会上涨到三十万元，而同等质地的钻石，超过了十克拉，那就已经不是单纯看个头儿看重量，其价格也是以几何数级往上涨。一克拉钻石卖十万元，而十克拉的钻石最少也得要数千万上亿元，弄不好上十亿元都是有可能的，这个胖子会不懂？

朱笑东知道胖子是在跟"杨白劳"淘气，只是这样的场合，又是跟这"杨白劳"，要淘气挨骂那也是活该，谁让他自己没轻没重，胡说八道没完没了。

朱笑东白了一眼胖子才说："据说，南非库里南钻石矿又发现了一枚一百多克拉的蓝宝石，业内人士估计，这枚蓝宝石估价达六亿英镑，换成现在的人民币，价值应该在六十多亿人民币。"

胖子故作要晕过去："哎呀我的妈呀！这什么概念啊，也就是说，我要是能找到一块鸡蛋大的钻石，就可以上到那个什么破布撕的榜上了？哎呀，我的妈呀，东哥，那这事儿我们得赶紧商量商量，争取早日找到拳头那么大一块，不，起码得找块比鹅蛋还大的钻石，上万克拉的大块头钻石，立刻就荣登撕破布榜首，也好光宗耀祖、福荫子孙……"

"杨白劳"两只眼里都开始冒出熊熊烈火，要不是看在朱笑东分上，立刻就要喊叫保镖出来赶人。

有这两个家伙在一旁聒噪，扰乱心神，好几样东西杨老头都白白错过了，要再这样下去，今天肯定一件好东西也捞不着。

这时，蓝钻的价格已经被加到十一亿五千万元了，然而，继续加价的依然络绎不绝，想来，最终成交绝对不会低于十五个亿。

没过多久，这块蓝钻便突破了十五亿元大关，最后被严铮以一十六亿三千万元揽入怀里。

"杨白劳"看得眼馋至极，却又无可奈何，尤其是到最后关头时，就因为胖子跟朱笑东两个一唱一和地扰乱了他的心神，让他没能做出最后一击，被人白白捡了个便宜。

到这个时候，那中年人已经是笑逐颜开了，今天的拍卖又赚了个盆满钵满。

只是这个时候，中年男人手里已经再没有比这块蓝钻更有价值的东西，现在压轴大戏已经落幕。

一群人显然是意犹未尽，却也没有办法。

虽然几亿、十几亿元的东西暂时不会拿出来，但是几百万、上千万元的东西照例还是要拿几件出来的，也算是安抚安抚意犹未尽的会员的情绪，当然，按成本、利润的比例来看，这些小件反而大过那些动辄上亿、几十亿元的东西，这就是手段！

那中年人待众人情绪稍微稳定了一下，又才含笑说："今天要给大家一个意外的惊喜，大家知道，最近几年，尤其是最近一段时间，好的东西已经越来越少，实在是已经不能满足各位的需要了，但经过我们的努力，今天，我们现场额外增加两件价值不菲的东西，足以让大家尽兴。

"这第一件，是一件现代名家雕刻，田黄石质地，造型是福星，寓意福寿美满，而且，这件玩件大家可以先看看，然后我们再出价竞拍。"

中年人说完，把手里的一个小盒子推到前面的严铮面前，一听说田黄石福寿双全，朱笑东跟胖子两个一起傻了眼，居然还有这事！嘿嘿，有趣！

"杨白劳"一听是田黄石，又是现代雕刻，顿时焉了下去，一转头，却见朱笑东跟胖子两个满脸近乎滑稽的怪异，又满腹牢骚起来。

严铮今天已经到手一块蓝钻，本来不想再出手，可是一打开那福寿双全，顿时呆住了，过了许久才开口问："高老二，你是不是弄错了……"

"杨白劳"一直跟朱笑东和胖子纠缠不休，但从来没有跟他们说那个主持拍卖的中年人姓什么、叫什么名字，要不是严铮失声开口一叫，两个人还真不知道那中年人姓高，老二应该是排行，或者行内的称呼。

高老二笑了笑："严公子，我没听明白你的意思，能不能仔细指点一下……"

话说得很是客气，也没有半点讥讽的意思，这个会所所拍卖的东西都必须经过七八道关口，以保证任何物品都不是赝品，毕竟面对的是一群特殊的人群，一旦出了差错，那后果简直可以用不堪设想来形容。

也正因为质量把关极为严格，所以一场拍卖下来，不可能有取之不尽的好东西来满足所有的会员。

高老二当然相信这是真东西，只是不明白严铮所说的"弄错了"，是这田黄石福寿双全价值过低，不入严铮的法眼，还是嫌不够精美，或者是其他什么的。

严铮呆呆看了一阵，猛然间发现自己失了言，顿时脸上一红，"唔"了一声，把盒子往旁边一推，让后面的人去看，自己却皱着眉头低头沉思起来。

严铮后面的两个人看了看这田黄石福星，也是一脸茫然，不知道是怎么回事。

转眼间到了"杨白劳"手边，"杨白劳"也是吃了一惊，顿时明白严铮所说高老二弄错了的意思。

在座的大多是收藏高手，虽然不一定能够一眼看出真假，但是历朝历代的东西却是见了不知凡几，对各朝各代的大家风格可以说是了然于胸。

这东西很明显有明代大家风范，可是高老二却说这是现代名家的雕刻，然而，现代的雕刻除了"北姚南马"的作品，还有谁的作品有资格进到这里！在场的不少人手里都有现代最著名的大师"北姚南马"的作品，但是"北姚南马"的风格跟眼前这田黄石福寿双全明显不同。

这就只能说，要么是高老二那边出了错，把一件明代的东西说成是现代的，要么就是弄来了高仿品。

怪不得严铮等人看完都百思不得其解。

胖子指着田黄石福寿双全嘿嘿直乐，"杨白劳"把这东西递给老肖，转头愤怒地盯着胖子："你又在捣什么乱?"

不等胖子搭话，朱笑东赶紧抢着说："杨老别管他，我这兄弟是见不得好东西，见到什么他都要搅上一棍，那什么来着，搅屎棍……"

胖子不服，说："谁说我是搅屎棍了，这东西，这东西……"

"这东西好看是吧，待会儿我去给你买个更好的。"朱笑东不但打断了他的话头，还一肘顶在胖子的肚子上，示意他别多嘴。

谁知道胖子根本就不理睬，连撞他这一肘都不理，依旧嘿嘿笑道："这东西我们刚刚见过，就在袁……"

胖子这么一说，"杨白劳"忍不住问道："你们见过？"

朱笑东微微吐了一口气，赶紧回答说："是见过，过来的时候，在潘家园一家叫'老苑'的铺子里，那个老板拿出来给我们看过……"

"'老苑'！""杨白劳"身子一震，"你们是说，这是'老苑'出来的东西？"

胖子嘻嘻笑着说："我们不光见过，还，还……"

朱笑东怒道："还什么还，不就是让你还买了两件小挂件吗，再说滚一边儿去，别打扰杨老。"

"杨白劳"见两人神色古怪，心里感觉蹊跷，莫非这俩家伙又在搞鬼？或者，他们两个都知道这东西的来历？

要知道，每件东西的来历包含着很多信息，远的不说，最直接的就关系着竞拍时候的心态，提前知道这东西能值多少钱，心里就能有个准备。

朱笑东却是一口咬定："我们也就只是看过一眼，其他的一概不知。至于胖子，就是一连两次见到这东西，就想显摆一下而已……"

"真不知道？"

"真不知道！"朱笑东就差一点要赌咒发誓了。

现在这个场合，哪怕是朱笑东自己的手笔他也不想说出来，也不敢说出来，到现在都还有好几个人红着眼盯着自己呢，不要说说出来没人相信，就算有人相信，也肯定会搞砸。

自己参加自己物品的拍卖会，不用别人去猜，也知道是出于什么样的目的，一说出来，不但自己走不了，恐怕高老二都会受到牵连。

也就只有胖子这家伙不会顾及那么多。

这二十几个参加竞拍的人当中，也有不喜欢现代雕刻的，田黄石福寿双全到了面前，也就只是随便看上一眼，然后就放了下去，因此，细细观看的人也就只有七八个。只花了十多分钟，福寿双全就回到了高老二手里。

高老二放好福寿双全，笑盈盈地问："各位觉得这东西怎么样？"

第一个发问的就是严铮："高老二，能不能把话说得明白些，这东西我没看懂？"

其余的好几个人也随声附和，说这东西不错，但是这来历可是看得一塌糊涂，希望高老二能够说出个子丑寅卯出来。

高老二笑了笑，并没有直接回答众人的提问，而是拐了个弯，说："你们觉得这样东西怎么样？"

好几个人同时说，东西不错，的确是好东西，比手里收藏的"北姚南马"的东西一点儿也不逊色，可是，现在的雕刻大师当中，除了"北姚南马"，实在想不出来还有哪个人能有这样的手艺。

"北姚南马"的作品是大家公认的收藏佳品，即使有钱，也往往是一物难求，尤其是"北姚"的作品，其中一件也是在这里拍出来的，价钱已经高达七个多亿，这可以说是现代雕刻艺术之中的极品，要说收藏，当然是值得收藏的物品。

高老二又是一笑，才继续说道："前些日子，我跟姚观心老前辈喝茶聊天，姚老前辈恰好跟我聊起过这个人，姚老前辈是这么评价这个人的，他说此人是雕刻行业之中的奇才，到目前为止，如果是安下心来专心雕刻，多出几件作品，声望就会盖过成名多年的'北姚南马'很多……"

严铮是比较喜欢这一类物品的人，听高老二这么一说，顿时吸了一口凉气，目前，"北姚南马"的声名已经达到了极致，尤其是"北姚"姚观心，可以说是雕刻大师之中的泰山北斗，普通的雕刻师能得到他的赏识，开口说一个"好"字，此人日后就必定身价百倍。

而姚观心对高老二口里这个人的评价根本就不是一个"好"字这么简单，姚观心说"只需要多出几件作品，这个人的声名就会高过'北姚南马'很多"。这说明什么？说明这个人的作品在姚观心看来，已经高出了他本人的成就，所欠缺的不是功力火候，只是还不为世人所知而已，但是这也间接说明一个问题：高老二嘴里"此人"的作品极为稀少！

物以稀为贵，这是三岁小孩都知道的道理，比姚观心的作品都还要好，还要稀少得多，那价值不用别人说，谁都知道！

在座的人当中，哪一个不是人精，哪有听不出高老二话里意思的，也没有一个人对高老二的话有怀疑。

如此一来，众人心里就只剩下一个疑问，这个人今后会不会成名？

若能成名，那么今日所做的投资将来必定会收益不菲。

反之，则就只能保值，或者亏损。

不过，这也是没办法的事，收藏一道，本来就是风险比较大的投资行为，也就只是看投资者在不在乎这种风险。

众人在七嘴八舌地发问，胖子却拍了拍朱笑东的肩膀，嘿嘿笑着低声道："东哥，接下来，你就有得忙了，嘿嘿……"

"我忙个什么，我为什么要忙？"朱笑东没好气地低声回答。

"师傅给了你这么高的评价，你总不能把他老人家的脸给丢了吧，所以，从今以后，你得要多加努力，多出产品，不能置师傅的殷切希望于不顾，要把你青出于蓝而胜于蓝的功夫使出来，早日荣登破布撕榜首，光宗耀祖、光大师门、光照大地、光芒万丈、光……"

胖子摇头晃脑，光了个没完没了。

朱笑东又好气又好笑："光你个头，我大为光火，要再啰唆，我让你光着身子，光出大门……"

两个人叽叽咕咕地，"杨白劳"在一旁听又听不清楚，很是恼火，转头对胖子怒目而视，呵斥道："你们两个家伙，要再啰唆就给我滚远一点……扰人雅兴！"

胖子吐了吐舌头，嬉皮笑脸地跟"杨白劳"道歉："杨老，杨大爷，对不起啊，我一见到这好东西嘴巴就停不下来。何况，对这东西，我也……"

朱笑东赶紧堵住胖子的嘴，低喝："胖子，你自己也知道你这嘴贱，再要胡说八道，看我怎么收拾你？"

"杨白劳"见朱笑东一再阻止胖子说话，心下很是疑惑，看胖子这家伙好像是知道很多这田黄石福寿双全的底细，可是朱笑东却又很是顾忌，这是怎么回事？

"杨白劳"想要跟胖子问个清楚，朱笑东却又赶紧说："注意，快要开出底价了……"

一旦开出底价，立刻就会出价竞拍，"杨白劳"只得先放过胖子，把注意力转回到高老二这边。

这时，高老二已经回答完了众人的提问，接着又说："我们手里的这块田黄石雕刻的确是现代作品，这一点，我已经跟大家都说明了，也是大家都看过了的，那么现在，我们就正式开始出价竞拍。这件物品的底价是……"

说到这里，高老二顿了顿，眼睛在众人的脸上扫了一圈，见大家都已经是迫不及待，才接着说道："……八千五百万元，一百万元一个价位……"

高老二的话才出口，"杨白劳"身边的老肖第一个就举手出价："八千五百万元……"

严铮不甘示弱，举手说："八千六百万元……"

桌子对面一个老头儿很是轻蔑地看了一眼严铮，哼了一声，举手出价九千万元。

"杨白劳"不甘示弱，出了九千二百万元，先前不忿朱笑东的那个妇女把价钱上升到九千五百万元，另外几个人也都是一百万元、两百万元地在加。

严铮每一次都是眼看着已经没人再加价了，高老二都在喊"……第二次……"的时候，才一举手："再加一百万元……"

两轮叫价下来，连朱笑东都没想到，这田黄石福寿双全居然被加价到了一亿五千万元。

就连胖子都后悔不迭，早知道能拍出这个高价，当初就该一咬牙拿下它，到现在岂不是已经赚了个对半。

然而，竞拍出价还在继续。这一轮叫价，那个妇女跟严铮两个人较上了劲儿，那妇女每叫一次价就是加两百万元，而严铮这家伙则每一次都要高出那妇女一百万元，闹着玩似的，不到半个小时，竟然又把价钱抬高到一亿七千多万元。

朱笑东实在不知道严铮是在跟那妇女斗气，还是拿钱来闹着玩，正在踌躇要不要有点表示时，"杨白劳"一举手，几乎狂吼一般说道："我出两个亿……"

胖子有些眼晕，心道，两个亿啊！哎呀我的妈呀，杨老，杨大爷，您好手笔！

要说起价值，连朱笑东自个儿心里都没底，田黄石原料是他花了几百块钱买来的，这根本是属于捡漏，真实价值他不知道，福星是花了一个晚上雕刻出来的。

虽说田黄石比羊脂白玉的价值要高，但是高多少，也没有一个细致的标准，而雕刻技法，那就只能凭个人的喜好了，你喜欢，你可能觉得那就是价值连城的无价之宝，不喜欢，那就会当成一块分文不值的破石头。

这时，"杨白劳"猛地把价钱一下子加到两个亿，在朱笑东看来，多半是十分看好这田黄石福寿双全的价值了。

除此之外，他的目的就是不想跟其他人去磨叽，直接打压严铮和那个妇女，让他们没办法继续一百万、两百万地加价下去，跟小孩子过家家似的。

在竞拍出价之时，也是有很多策略可讲的，像严铮，不管别人出什么价位，他始终就只比别人高出来一百万元，采取的就是死缠烂打的方法，以最小的代价达到摧残别人的目的，属于比较阴狠的战法。而那个妇女，基本上是属于精打细算类型的，在利润最大的空间里努力与别人进行周旋。

"杨白劳"则是大开大合，每一次出击，几乎不给别人留下半点余地，属于猛打猛冲、不计得失的类型。

事实上，"杨白劳"的这个策略也算是比较成功的，他一叫价，那个妇女顿时自动退了出去。两个亿，虽然对这些人来说并不算什么大钱，但是没有把握、不是稳赚不亏的事，钱再多也不是那个扔法。

那个妇女退出之后，就剩下"杨白劳"与严铮两人苦战不休，一个猛追猛打，一个却依旧是不死不活地缠斗不已。

一众人等就只能眼睁睁地看着两个人举手出价。

待价格上升到两亿五千一百万元时，严铮焦躁了起来，轮到他出价的时候，他突然改变了策略，一下子出价三个亿！

如此一来，倒让"杨白劳"在瞬间有了一种手足无措的感觉，自己就是猛打猛冲的典型，没想到一贯半死不活的严铮反击起来，比自己还要凶猛，当真是有种强盗遇上土匪的感觉。

"杨白劳"虽然慌乱，但还是不失时机地举了一下手，只是本来想说再加五百万元的，没想到一张嘴却说成再加五千万元。

所有的人顿时发出一阵惊呼，这"杨白劳"脾气火爆，这一点朱笑东是知道的，更是所有的人都知道的。

但是这人说出来了的话却是一个唾沫一个坑，就算是说错了他也会照做不误，用杨老头的话说，这是花他自己亲手挣来的钱，花得心安，至于是亏是赚，花得值不值，就不去考虑了。

如此一来，反而使严铮没了辙，虽然不怕花钱，但是他始终还得顾及"利润"这两个字，他家世背景是不错，但那不代表就可以不加限制地无度挥霍。

按严铮计算，姚观心最出色的一件作品也才七个多亿，这个让姚观心夸赞的"大师"的作品，就算功力火候超过了他，但现在不是还没有什么名气吗，倘若到这个"大师"出了名，有了名气，到时候他来个满地开花，那岂不是就亏了。

如此一来，严铮稍一迟疑，高老二便已经宣布落锤成交！

"杨白劳"虽然后悔自己一时慌乱把五百万元错报成五千万元，但是这田黄石福寿双全终归他手，这也算是皆大欢喜的结局了。

胖子见"杨白劳"最终以三亿五千万元拍下这田黄石福寿双全，心里只有后悔，袁老头才开价八千万元，这一转手，什么开支都除去，白白净赚了两个多亿，还有什么事情比眼睁睁地看着别人赚走本该属于自己的钱财更让人懊恼的呢！

懊恼了一阵，胖子又想到，朱笑东不是给了那袁老头一串九幅字画的手串儿吗，待会儿去找他要回来。那东西，朱笑东说要一个亿的，要是直接拉这里来拍卖，怎么说也比这田黄石福寿双全贵重吧，价钱的话，那至少得四个亿！

一想到自己千辛万苦淘来一串珠串儿让朱笑东以一个亿的价格卖给了袁老头，胖子就待不住了，伸手捅了捅朱笑东，就要回去，要是去迟了，袁老头除了要涨价之外，恐怕别人也会捷足先登。

然而，让胖子没想到的是，这个时候回去依然迟了，高老二这会儿已经把那串珠串儿摆在了桌子上！

高老二的语气兴奋至极："各位，这一件是刚出土的、满清朝最后一位肃亲王善耆手中之物，其价值已经达到无法估量的地步，今天，大家有幸可以凭着公平竞价赢回这件绝世珍宝，底价是……十亿！"

所谓"亲王"，那就是跟皇室扯上关系的人，古玩界有笑话说，凡是沾了点"皇"的，就算是个马桶，那也不是一般的马桶。

虽然这只是个笑话，但是收藏者对于"皇气"的重视可见一斑。

胖子这家伙顿时一张脸都青灰起来，差点就一头栽倒在地，心里头那个恨啊，简直想要一头撞死。

这叫什么事啊，自己辛辛苦苦淘来的一串珠串儿居然是"皇家"

之物，尤其懊悔的是，他不但把这珠串儿拿给了朱笑东，还倒贴了一顿酒饭，这且不说，袁老头居然只用了一个亿就从自己手里"捡"了过去，这真是作孽！

这叫什么，没文化真可怕，看来自己以后得痛改前非、痛下决心，好好钻研古玩文物的知识了。胖子忽而又痛恨起自己，这怪不得旁人，自己当初不也就估价五万元左右吗，要不是高老二说明这是什么亲王的用品，自己不也还是认为赚了一个亿吗。

胖子幽怨之际，朱笑东却是一脸怪异，这珠串儿是百来年前的东西没错，但是他怎么也没看出来这是什么亲王的物件啊！要不然，打死他也不会从胖子手里抢过来去挣那一个亿。

真正有价值的东西，那是不能随便出手的。

"杨白劳"刚刚拍下那块田黄石福寿双全，这会儿正兴高采烈，本想要当着朱笑东的面好好地炫耀一番，一转头，看见朱笑东跟胖子两个脸色都极为不正常，本来想要问问两个人是不是不舒服，但是转而一想，这俩家伙从刚才就满脸怪异，这会儿要是再去问，惹两个人说长道短啰唆不休，那是自找麻烦，还不如听听高老二说说这亲王用过的东西到底有什么好处，怎么会底价就是十个亿。

"话说这位亲王原本是清末诸王中的佼佼者，他干练、开明、为人豪爽，在清末政坛上一向以开明著称，在清皇室成员一系列复辟活动中，肃亲王善耆扮演了急先锋的角色，先后发起过两次复辟清朝的活动，均遭失败。这样一位人物，用过的东西当然不是普通东西……"

高老二滔滔不绝，为的当然是如何提高这珠串儿的价值："说到这檀木珠串儿，大家都知道，檀香属于香味类中药，但与沉香相比，檀香属于明香，就是说它的香气比沉香扩散得厉害，隔着老远都能闻到，久闻檀香放松效果绝佳，可安抚神经紧张及焦虑，还能美容养颜……"

"好像这些都不是重点吧！"严铮仗着自己的身份，公开要求高老二说出这珠串儿为什么底价都十亿，"我记得去年，也是在这里，一串慈禧用过的翡翠珠串儿也就才拍出八个多亿，这珠串儿，哼哼……"

虽然谁都明白高老二不敢胡乱开价，但是大家心中有疑惑还是可以问出来的，毕竟这里是会员会所，这就是与正规拍卖行的区别。

高老二笑了笑："出处、来历，这个大家是不会怀疑的吧，我就说说这珠串儿为什么能有这么高的价值吧，因为……这珠串儿是举世无双的一件奇宝。大家看，这九颗珠子上面有九幅微雕字画，而且每一幅都是精美绝伦，至于是何人所雕，已经无从考究，但是，这样的珍品是我们从来没见到过的……"

高老二的话还没说完，台下已经响起一片嗡嗡声，有好几个人手里都有微雕藏品，这檀香木微雕也不算稀奇，但是一串九颗珠子的手链上面有九幅微雕字画，这倒真是没听说过。

严铮听到这里已经迫不及待，拿起那串珠串儿细细看了起来，不少人都会自带一些简单的小工具，比如放大镜什么的，严铮一路急着过来，路上又出了车祸，所以用的放大镜是坐在他旁边的那个人的。

谁知道严铮这家伙才看第一颗珠子，嘴里便"啊"了一声，其他人被这家伙突如其来的叫声吓了一跳，忍不住齐刷刷地把目光投过去。

严铮看着珠串儿，也顾不得自己的失态，才过片刻，又发出"啊……"的一声惊叹，刚刚才被吓了一跳的众人好多都差点站了起来，不明白这家伙搞什么鬼！

严铮自己额头上也渐渐冒出来一层细密的汗水珠子，这些字画太精美了，严铮是懂行的人，才看两三幅字画，他心里就已经有了个底儿，这串珠串儿不说是肃亲王用的，就算只是哪个大户人家用过的，就已经是无价之宝了。

当然，在百来年以前，普通的大户是不可能用得上这样的东西的，也就是说，这东西的确出自皇宫，没准还是哪位皇帝的赏赐之物。

这样，这小小珠串儿的价值可就不可估量了。

确实如同高老二所言，这珠串儿比慈禧用过的翡翠珠串儿的价值要高，最起码要高上一倍！

怪不得严铮禁不住"啊……啊……"地惊叫。

这一次，几乎所有的人都看了一个遍，珠串儿回到高老二手里之时，已经过了半个多小时，只是不少人额头都冒出了汗水，甚至有好几个人都已经拿出了电话，估计是在询问别人，或者是通知下家今天遇上了真正的好东西！

高老二微笑不语，小心翼翼地将珠串儿放回托盘，又等打电话的人全都收起电话，这才宣布竞拍开始，一千万元一个价位。

想不到的是，这珠串儿一开始竞价，所有的人如疯了似的，叫价声此起彼伏。朱笑东跟胖子两个似乎看到一场刀光剑影、血流成河、尸横遍野的大战。

胖子站在朱笑东背后，脚都开始颤抖了起来，手指差点就掐进了朱笑东的肩膀。

高老二说是一千万元一个价位，但是出价竞拍的人根本就没有一千万一千万出价的，动辄就是五千万元、一个亿！

即如是朱笑东等人，看到这些人不在乎钱到这个程度，也忍不住手足酸软，比在高原戈壁上急行军一百二十公里还累，还要喘不过气来。

幸好，这些人的疯狂并没坚持多久，叫价的声音便稀疏下来。

而这个时候，珠串儿的价格已经高达十八点五个亿了，远远超过了先前拍卖的那颗蓝钻的价钱。

严铮、"杨白劳"和那个妇女僵持了三分钟之后，这珠串儿以十九亿八千万元的价格落入那个妇女之手。

到此，今天的拍卖就已经全部结束，可是，一个个买家意犹未尽，只盼着还有这样的好东西出来。

可惜的是，高老二宣布今天的拍卖会到此结束，接下来就只有等下个月才能再次进行了。

看着不少的买家垂头丧气地出了大厅，朱笑东站了起来，没想到他这一站，胖子居然"咕咚"一声摔了下去。

朱笑东赶紧去拉胖子，可是胖子赖在地上不想起来，问他是怎么回事。胖子两眼含泪，只说了一句："东哥……我的珠串儿哪，十八九个亿啊，我的心……我的心痛得不行了……"

"杨白劳"黑着脸，本来想要在今天好好给朱笑东点颜色看看的，没想到人家自始至终都不肯接招，这让他很不高兴，想要临走之前再教训这两个家伙一顿，但是一看胖子摔倒在地，当下又高兴了起来，哼哼，这德行，早就说过，没见过世面的暴发户！

高原也过来帮助朱笑东扶胖子，只是刚刚才把胖子硬拽起来，高老二便走了过来，对朱笑东说道："几位，我在全聚德摆了一桌，不知道是否能赏个脸？"

朱笑东微微一怔，他对这高老二并不熟悉，高老二这开口就要摆上一桌，什么意思？

倒是胖子，一听说全聚德有酒席饭局，原本失魂落魄的他顿时来了精神，推开还扶着自己的高原，一拍胸脯说道："高大哥这话差也，我们也正好有事想要请教高大哥，哪里敢有赏脸不赏脸的，一句话，什么时候去。"

高老二看了看已经走得所剩无几的几个人，又笑了笑，说道："请教就不说了，看来几位也很忙，我们现在就过去，如何？"

胖子毫不客气地拉了朱笑东，今儿个折了本没赚到钱，混上一顿好吃的也不错，何况这还不是去混吃的，是人家恭恭敬敬地"请"的。

"杨白劳"见高老二跟朱笑东等人有事情要谈，当下再也懒得理睬，跟着老肖等人走了。

朱笑东扛不过胖子的扯拽，只得与高原一起跟在高老二身后出了大厅。

第四章
师兄行踪

因为是高老二请客，所以，胖子又往死里点了一回菜，估计少说也得十几二十来万元吧，反正是人家的钱，他一点儿也不觉得心痛。

朱笑东却是有些迟疑，毕竟他们跟高老二才第一次见面，谁知道这家伙安的什么心。

菜上齐了，酒也开了，高老二才端了酒杯，规规矩矩叫了一声："两位师叔，不好意思，今天两位师叔大驾光临，有失礼之处，这杯酒就算是赔罪了。"

正准备大吃一顿的胖子不由自主地放下筷子，惊奇地问道："师叔？这是哪儿跟哪儿，我怎么就没听明白……"

"这么说，你就是高东征高师兄的后人……"朱笑东回想起高老二所说的话，他说跟姚观心一起喝茶聊过天，而且他又姓高，是高东征的后人也就不奇怪了。

高老二笑了笑，高东征正是他的老爷子，可惜，老爷子这一段时间到国外开心去了，虽然知道师门又添了个小师弟，可是游兴未尽，这老爷子还不想回来。

　　姚观心跟高老二说过朱笑东的事情，高老二也算是久仰朱笑东大名了，虽然跟朱笑东没见过面，但是"杨白劳"在大庭广众之下说起过朱笑东的来历，高老二就知道是自己的两位师叔驾到了，不过，在当时那种情况下，他也不好表露出来。

　　胖子哈哈大笑："好好好，既然是师侄请客，咱爷……咱们就更用不着客气了，哈哈哈……"

　　怎么说高老二的年纪也比胖子大了不少，胖子这家伙自居师叔身份，一张口差点说成是"爷儿俩"，但是想想，还是改了口。

　　朱笑东倒是觉得有些意外，就算是师叔侄相逢，也用不着这般，毕竟这并不是什么了不得的事，完全没必要花上十几二十万元来认识一下师叔。

　　"其实，我确实是有两件事想要请教两位师叔！"高老二微微笑着说道。

　　今天，在朱笑东他们进入会所不久，袁老头就拿了两件东西过来，那件田黄石福寿双全，袁老头说明了是朱笑东的手笔，高老二在拍卖之时含糊地把作者一笔带过也是不想暴露朱笑东的身份，最让他想不明白的是那串檀香木珠串儿。

　　按说，以高老二从姚观心那里知道的朱笑东的情况来看，朱笑东不会没见识到把如此贵重的物件出手，可是袁老头一口咬定，确确实实就是朱笑东转卖到他手里的，这是怎么回事？

"这的确是我们出手给袁老头的，呵呵……不过，我们也……"胖子满嘴巴流油，一边吃一边说。

朱笑东想了想，止住胖子说："这事情怪不得胖子，我们只是捡了个小漏，但是说到真正认识这东西，嘿嘿，我们也是没看出个所以然。"

其实高老二心中疑惑的是，姚观心跟他说过，朱笑东在雕刻上无出其右，而且在古玩文物的辨识上也表现不俗，可是，从他卖给袁老头这串珠串儿来看，如果不是别有用心，就肯定是真没认出来。十八个多亿啊，那可不是一般的东西。

然而，朱笑东却有些顾忌，师侄什么的也没什么所谓，高老二花钱请客，肯定不会只是试探一下自己是不是真的知道一些古玩文物的来历，这背后肯定还有些什么事，他想来想去，觉得唯一的问题多半就是出在了那串珠串儿上。

高老二经营的是一个会所，这么多年来，可以说从来没出过差错，今天那串珠串儿，那些大师级的鉴定师都一口咬定是肃亲王用过的，是"皇室用品"，高老二当时就看出来一些异常之处，却不敢明说。

但是，这事儿朱笑东跟胖子等人是知道得一清二楚的，日后要是露出个什么口风，他在这一行恐怕就再也不能立足下去了，这中间的轻重高老二如何不明白。

这事他如何也不能就此放下心来，要知道，那些个会员他可是一个都得罪不起，虽说古玩道上有打眼捡漏这一说，但是在会所里出现这样的事情，那可就是欺诈会员。

朱笑东想明白了这一层，一伸手挡住正要吹嘘一番的胖子，跟高老二说："我们确实只是捡了个漏，而且我们也确确实实没估计到那串珠串儿会有这么大的价值，既然经过那么多的鉴定师检验过，那就肯定是没错的了，也只能怨我跟胖子两个有眼不识金镶玉，捡了一个小漏，却大大打了一次眼，呵呵……

"有些话也用不着明说，胖子这家伙虽然是大嘴巴一个，但是关键时候，什么话能说什么话说不得，他还是有分寸的，而高原根本就不会去管这事，更不会往外说。"

朱笑东这么说了，也就是给这个师侄吃下了一颗定心丸：这事情就这么过去了，一切以那几个大师说的为准，自己这边就是捡了小漏打了大眼，以假冒真这事儿就此揭过不提。

胖子塞了满嘴巴的菜，听朱笑东这么一说，顿时也醒悟了几分，他要是自己管不住自己这张嘴，那就是平白给这位师侄招来祸端，不说别的，冲着今天这桌饭菜，哪能把这位刚刚认识的师侄往火坑里推，对不对！

"这话说回来，往后有好东西，师侄你看是不是能够帮两位师叔一把，嘿嘿，好东西拿到黑市上去卖，怎么也赶不上师侄这里的利润。"

高老二笑了笑："这算什么难事！只要是真东西，有多少我们都可以安排，不过，这中间有些费用周折，还是要按照会所的规矩办事。"

胖子嘿嘿笑了一阵："高师侄，其实这是挺简单的事，给我们两个弄张会员卡，那不什么事都解决了。"

高老二摇了摇头，正因为是会员会所，要想成为会员，只是有钱还真不容易办到。

朱笑东在桌子底下踢了胖子一脚，又对高老二说："会员的事我们也就是想想而已，也用不着当真，不过，我们还有些事情想要问问……"

高老二说："是想问问林少华林师叔的事吧？"

朱笑东一怔："你怎么知道的？"

高老二苦涩地笑了笑："林师叔的事情一直是姚老前辈心里的一根刺，再加上前两天你们在电脑上查阅了所有林师叔的资料的事情几乎弄得天下皆知，我怎么会不知道。"

朱笑东吃了一惊，查阅林少华的资料这事情怎么会闹得天下皆知？

"现在是信息时代，哪个地方稍微有点动静，几乎用不了十分钟，关心这些事的人都会知道得一清二楚。而且最近两天，关于林师叔的事情在网上都差点被炒成头条了，我要再不知道，那岂不就成了聋子、瞎子！

"对了，据网上消息说，两位师叔已经开始做相应的准备了，不知道能不能透露一下你们具体的安排？"

朱笑东摇了摇头，林少华的事情，梁奇宝的事情，到现在为止还毫无进展，准备、安排，从何说起！

高老二笑了笑："两位师叔，我可是都从网上看到了，你们不但破译了林师叔留下来的密码，还知道了林师叔很多事情，现在可是有好几支探险队都依据两位师叔公布的资料制订了探险计划……两位师叔不可能不知道这件事吧?"

"什么?"朱笑东呆了呆,一时半会儿回不过神来,他这几天一直待在电脑旁边,大门不出二门不迈,怎么也没想到事情会发展到这个地步,当真是山中方七日,世上已沧桑。

胖子却是笑着问:"这几支探险队都有些什么人啊?嘿嘿,他们怎么会掺和这事?"

高老二说:"这件事有几个方面,那支考古队失踪,有消息透露说,他们名义上是去考查,实则是去掘探一座大型古墓,有些探险队想去浑水摸鱼,这是其一;其二,寻找那支失踪的考古队员,本来就极具神秘性和挑战性,想挑战未知探秘冒险的也肯定少不了。总之,两位师叔如果动身上路的话,肯定会遇上不少人。"

朱笑东想了想,问高老二:"这些探险队的资料都做得怎么样了,你知道多少?"

高老二摇了摇头:"这两天也有好几个人向我问过一些林师叔的事情,照我看来,他们大多都是借助两位师叔公布的资料,再辅以旧时林师叔以及原来考古队接触的一些人进行调查的,也没什么人能说出个所以然来。"

"直接来问你的都有些什么样的人,知道他们的底细吗?"胖子仗着自己是师叔,大大咧咧地问高老二。

"来问我的有三个人……"高老二老老实实地回答说,"第一个来问我的就是严铮……"

"是他!"朱笑东又吃了一惊。严铮这家伙,一向都是眼睛长在脑袋顶上的,怪不得今天他遇到自己居然少有地"客气"了一下,原来他也在关注这件事。

朱笑东不由得沉默了起来，以严铮的身份，怎么会去探这险，他又是出于什么样的目的？

"第二个就是老杨……"高老二接着说道。

胖子又插嘴问："哪个老杨，不会是先前跟东哥坐在一起那个'杨白劳'吧？"

高老二"噗"的一笑："对，就是那位老杨，老杨的真名叫杨思仁，不过，他这家伙一副火爆脾气，真名反而没多少人记得，两位师叔叫他'杨白劳'倒也是再恰当不过了，呵呵……"

想来，"杨白劳"这家伙因为他那爆竹性子得罪过不少人，可是大家又奈何他不得，听胖子不叫他"老杨"，反而叫他"杨白劳"，估计是大快人心了。

朱笑东暗想，怪不得"杨白劳"这家伙今天也是一反常态，纵然胖子一再激怒他，可他也只是嘴上呼呼喝喝，原来也是在掺和这件事情！

"还有一个人，这个人经常为我们提供物品，是个很厉害的土爬子，外号叫'银钩'，真名叫金九……"

朱笑东忍不住问了一句："明知道这金九是土爬子，你们还……"

话没说完，但是那意思却很明显，明知道金九是个盗墓贼，不但不报露，还敢收购他的东西，难道不怕穿帮坐牢？

高老二苦涩地笑了笑："这就是金九的厉害之处，此人不但跟会所里的会员有些关系，更是黑白两道通吃，一般的人奈何他不得，和他有关系的会员也不想没有他，所以近年来，这金九一直打着正规考古队的旗号四处活动。"

一听到这些，朱笑东赶紧打岔，他不想去探听这些私事，有时候，这些事知道得越多反而越危险。

高老二也自知失了言，赶紧转移话题："其实，我刚开始听老杨说是两位师叔到了，还以为两位师叔也是为这事来的。"

朱笑东点了点头，苦笑着说："这几天在家里待得闷倦，想要出来走走，没想到这一走，居然走出这么多事儿来，哼哼……"

胖子将面前的盘子一扫而光，一边扒动转盘，一边问："师侄，这几个人都问了你一些什么情况？是关于你林师叔的还是关于我们的，你说了多少给他们？"

高老二想了想，才说："总的来说，他们问的问题有三分之二是关于林师叔旧时的习惯、行踪之类的，只有三分之一的问题是牵涉到两位师叔的……"

胖子忍不住失声说道："不会吧，我们可是大名鼎鼎，从枪林弹雨里摸爬滚打出来的，他们不打听我们的情况，反而更关注林师兄？不对吧，不是你记错了，他们打听的肯定是我们……"

朱笑东没好气地瞪了胖子一眼："你有什么好关注的，只要有人愿意，你什么时候喜欢挖鼻孔，什么时候爱打呼噜，别人都会知道得一清二楚，反倒是林师兄的事情，大家现在都是心里没数，不问林师兄的事问谁的事？"

胖子不服气，使劲吞下一块红烧鲤鱼，才反驳说："也就是东哥你这样想，谁不知道以逸待劳，只要盯紧了我们，什么探险，什么浑水摸鱼，那还不是手到擒来！哪里用得着劳心费神地四处去找线索。"

高原也摇摇头："那位林师傅的线索是死的，就摆在那里，相比我们的行动，想要猜测准确却是困难得多。再说，估计也有些人等不及了，如果能独自找到线索，那岂不是抢了先机。"

胖子没词了，只得点点头说："还是高大哥分析得入情入理。对了师侄，你都知道你林师叔些什么？快跟我们也说说！"

高老二苦涩地笑了笑："其实，我跟林师叔也是一年半载才见一回面，怎么说林师叔这个人呢，在考古队离奇失踪之前，性格开朗、热心，什么事都尽力而为，自从考古队出了事，林师叔一下子就变了个人似的，给人的感觉就是从一个极端突然间走向了另一个极端。有一段日子，林师叔在我们家小住，那几天几乎都是一个人闷在房间里，不断地看书，连吃喝都顾不上。"

"你说的应该是那支考古队失踪之后不久的事吧？"朱笑东顿了顿，又说，"是不是从那次以后，你就再也没见过他了？"

高老二点点头："是！其实林师叔的年纪比我大不了多少，那个时候我也是整天瞎忙，本来想要去帮他一把，可是……"

说到这里，便停了下来，似乎因为没能去帮林少华一把，心里有些自责。

不过朱笑东知道，十几年前，高老二也已经成家立业了，那个年代，要养活一家本来就是一件很不容易的事情，没能去帮林少华一把也算是情有可原，无可厚非。

"林师兄在你们家看过哪些书，这你应该知道一个大概吧？"胖子问了一句。

想不到的是，高老二又摇了摇头："我们家老爷子也是一个比较喜欢读书的人，收藏的书籍不敢说汗牛充栋，但是一两千部还是有的。我记得，林师叔一到我们家，就一个人关在书房，也不让我们去打扰，后来林师叔走了之后，我没事去看过，根本就看不出来他看的是哪些书，哪一类的书籍。"

林少华最爱整洁，做事细腻，用过的东西都要原样放置整齐，这一点，朱笑东跟胖子两个人是知道的，高老二说不知道他看过什么书，也可以理解。

"不过……"高老二沉默了半晌，又才说道，"不过我记得，老爷子曾跟我提起过这么一件事，说是最心爱的一本线装《山海经》是林师叔走的时候借去的。因为那本线装《山海经》是乾隆年间之物，老爷子一直都是念念不忘，只是不知道林师叔拿去有什么用途。"

朱笑东跟高老二两个人对《山海经》自然是毫不陌生，即使是高原，也知道《山海经》里面讲的一些事，偏偏胖子揣着明白装糊涂，故意要给朱笑东来点儿难看。

把面前的盘子再次一扫而光之后，胖子问："东哥，按你的意思，这本《山海经》就是一部无所不包、无所不有的百科大全书？那么我们刚刚遇到的三个脑袋的美女蛇，能不能在这书里面找出来，你要真能找出来，我就服了你！"

朱笑东看了看胖子说："你还真别说，这事《山海经》上面还真有记载……"

"怎么说的？"胖子瞪着眼睛，问道。

朱笑东信口说："《山海经·中山经卷》曰：'又西三百里，曰阳山……其中多化蛇，其状如人面，而豺身，鸟翼而蛇行，其音如叱呼，见其邑大水……'"

这一下，胖子是真的傻了眼，对于子曰孟云之类的古文言文，他是最怕的，不干瞪眼才怪。

愣了半晌，才问："东哥，你这说的啥玩意，能不能跟我说清楚一点，我服也得要心服口服才是，对吧！"

高老二在一旁笑了笑，说："这段话的意思是说，化蛇，这是个人面豺身、背生双翼、行走如蛇、盘行蠕动的怪物，它的声音如同婴儿大声啼哭，又像是妇人在叱骂，化蛇很少开口发音，一旦发音就会招来滔天的洪水。《山海经·中次二经》中有记载，据说春秋时代，有农夫在魏国大梁城附近听见婴儿啼哭，找到后却发现是一个蛇形妖怪。"

胖子琢磨了半晌，表示反对："那三头美女蛇长着一张恐怖的人脸是不错，但是那是三个脑袋，不是什么双翼啊，说它的声音像婴儿哭泣这个也是不错，但是说它一开口就能招来洪水，这个就是扯淡，那家伙最后招来一片蚂蚁倒是真的。东哥你这说法不妥，不妥……"

胖子说着，忍不住摸了摸肚子，一桌子菜让他一个人干掉了一大半，要不是不好意思连口菜汤都不给朱笑东和这个刚刚见面的师侄留下，他铁定要吃个包圆。

对于他的反驳，朱笑东是没法了，现在想起来，自己遇到用常识不能理解的东西也不是一次两次，可从来没往《山海经》记载的东西上想过，现在回想起来，倒真还有些接近。

看来，这世上遇上这些奇奇怪怪东西的人还真不止他一个，而且，林少华早在很多年以前就已经开始研究这些东西了。

这一刻，朱笑东突然有些惆怅起来，这就跟当日郑平下到那个无底洞里的心情一样，虽然同样是到达了那个地方，但始终是落在了别人的后面，是踩着别人的足迹在走，如何能叫人不兴味萧索。

胖子又问了问高老二其他方面的情况，可惜的是，高老二实在所知不多，不过最后却说："虽然老爷子出国旅游去了，但是如果两位师叔有什么需要的话，尽可到我家里去走上一趟，老爷子的书房差不多都保持着原样，兴许过去有什么发现也说不定。"

话说到这里，朱笑东等人也是明白，继续讨论下去也不会有什么结果，就决定散了。走前，高老二留了电话和地址，说最近几天还有些空闲，到时候就在家里恭候两位师叔大驾光临。

分开之后，朱笑东快快不乐，胖子一顿饭吃完已经忘记了让他心痛不已的那十八个亿，只一路上央着朱笑东把所剩下的七颗珠子还给他。当然，七颗珠子少不了要有七幅画，而且，每颗珠子都要雕得满满的，赶明儿拿给师侄高老二，一转手也弄他个十亿八亿元来填补填补家用。

朱笑东佯怒着说："胖子，你这已经不叫贪心了，叫贪婪，人心不足蛇吞象，今儿个你一转手就赚了一个亿，你还有什么家用要补贴？"

胖子嬉皮笑脸地说："这沿山打猎，见者都得有一份，把我那五万元本钱除了，这剩下的钱，还不是我们三个每人一份。你说，这样一份下来，不过也就是三千多万元，要养活老婆孩子，哪里够啊!"

见胖子这么说，高原当即表示，他有工资，也是拿的朱笑东跟胖子两个人的钱，就不需要安排他这一份了。朱笑东也说，一看胖子满身铜臭，守财奴似的，这钱，他也不想去跟胖子分。

没想到嬉皮笑脸的胖子这下倒真是急了眼，说谁不要这钱就是看不起他这兄弟："咱们是兄弟，我贪钱，那是贪别人的钱，别人的钱不贪白不贪，但是咱们兄弟间有一算一，有二算二，钱算个什么，这钱算王八蛋，别让这王八蛋的钱玷污我们兄弟的情谊……"

为了不让胖子继续跳着脚骂街，朱笑东跟高原两个只好苦笑着接受了胖子的钱。

是时，风雪突骤，十米之外两不相见，几乎赶上了第一次上雪山时那光景。

回到王长江的别墅，一群人正兴奋不已，秦洋的父母都是三十多岁的人，秦洋的父亲是一个大大咧咧的工人，见秦洋回家之后，小脾气、小毛病改了不少，自然是欣喜不已，又听说这次秦洋跟着朱笑东等人赚了一大笔钱，更是乐开了花。

"秦洋这孩子现在懂事了不少，这得多亏你们的教导。"说到钱，这两口子也没怎么想，"大人、孩子能平安回来这就已经是谢天谢地了，怎么好意思再拿钱，而且这一次过来，主要是想感谢感谢你们。"

王晓娟一边埋怨胖子怎么这么久才回来，一边帮他倒开水泡热茶。

胖子呵呵地傻乐，瞅着空儿，悄悄跟王晓娟说今天又狠狠地赚了一笔。

王晓娟不信，轻轻捏着胖子的耳朵，问赚了多少，胖子嬉笑着说："三千多万元，怎么样？老公我厉害吧，呵呵……"

王晓娟放开胖子，很是轻蔑地说了句："才三千多万元，你高兴个什么劲儿啊？看把你得意的……"

嘴上这么说，但是心里却比吃了蜜还要甜。

秦洋的父母都对朱笑东说了不少的感激话，还说以后有机会让秦洋那孩子多多跟他亲热亲热。

最终把话题说到钱财的事上，胖子拿了一份清单出来，说这上面的东西都是经过鉴定师严格鉴定之后评估出来的价格，每一份也不算太多，一亿五千万元。也就是说，秦洋这一次虽然跟着几个大人历经了千辛万苦，但到头来也是满载而归。

秦洋的父母一听说有一个多亿是属于秦洋的，当时就差点晕了过去，这亿万富翁来得实在是太突然了。

原本他们也就听说是秦洋跟朱笑东等人签了个什么合同，完成了任务有奖赏，但没想到这奖赏会有这么大。

好半晌两个人才回过神来，而朱笑东绝不含糊，当场就转了一亿五千万元到秦洋父母的账号上。

直到这时，朱笑东才重重地松了一口气，帮凯斯"教训"安蒂，顺带教育教育秦洋这熊孩子的事，才总算是告一段落。

送走了秦洋的父母之后，接下来几天，朱笑东继续待在电脑旁边研究林少华的那些资料。

几天过去了，朱笑东得出了一个惊人的结论。

不但自己在追寻梁奇宝的事情，林少华也在追查梁奇宝的事情，甚至云想她们那支考古队也在追查此事。不仅如此，从一些断断续续、零零碎碎的线索看来，历朝历代都有不少人在追查这件事。

可惜的是，却没人知道究竟在追查什么，是老安的大燕国宝藏？还是"发现、创造一个地方的能力"？

直到现在，如此众多的人都在追查，却没有一个人能说得清楚，以至于自己要追查的到底是什么，都没有人能够说个清楚明白。

林少华也应该遇到过不少稀奇古怪的东西，是以现代人的常识无论如何也解释不出来的珍禽异兽。比如说，林少华几乎用了八成以上的精力记下民间传说里奇奇怪怪的神兽鬼怪，虽然朱笑东在自己整理出来的笔记里找不到他是如何看待这些东西的根据，但是高老二说过，他曾拿走过一本《山海经》，要知道，《山海经》之中大部分记载着的都是那些神神怪怪的东西。

这天天气好，朱笑东便跟杨薇商量，打算到高老二那里去瞧上一瞧，看看能不能找到一些更详细的资料。

杨薇默默地看着他，这到京城都超过一个礼拜了，原先计划把手上的事情稍微安排一下就去看方天然的，这事情一推再推，换谁谁都高兴不起来。

胖子这家伙早就想去找高老二"联络联络"感情，无奈这两天天气不好，始终没办法出门，一听说这就要去，提了一大包东西就出来了。

胖子见杨薇噘着小嘴不乐意，当下便对杨薇说："嫂子别介意，林师兄这事也十分要紧，我向伟大的领袖同志保证，今天过去小坐片刻，回来就到你们方府去叨扰几天，到时候东哥他要再敢推三阻四，就算……就算用轿子抬，我也把东哥给你送过去……"

朱笑东见杨薇甚是不乐，当下也劝道："今天就过去看看，回来一定过去，一定！还有，你也是人家的师叔母，要不今天一块儿过去？"

杨薇噘着嘴想了想，赶紧答应下来，就算是去监督吧，免得到时这家伙有个什么情况，一下子又忘记了自己说过的话。

本来应该是高原或者萧劲开车的，不过两个人今天一早就出去了，估计是有事情需要办理，朱笑东要出门一早也没安排，所以就自己开了车。

朱笑东开车，杨薇坐了副驾驶，胖子理所当然地坐了后座，还得意地笑着说："要东哥当一回车夫实在是不容易，这回，就得好好'享受'一番。"

杨薇坐在副驾驶上，心不在焉地问："如果说在高老二那里找到一些线索，这个冬天是不是就会按图索骥，直接找下去？"

朱笑东把从高老二那里听来的事情简单地跟杨薇说了一遍，最后又说："这也是没办法的事情，这件事现在又牵扯上了林师兄，还有其他的探险队想捷足先登，我们忙活了大半年，实在不想半途而废……"

胖子也在后座上帮腔："是啊嫂子，好男儿志在四方，趁现在还没什么牵累，好好地去做一些自己喜欢的事情，留作古稀之后的回忆，至少到时候不会遗憾。"

杨薇没好气地丢了一句："一丘之貉！"叹了一口气，又说道："知不知道我爸现在最大的心愿是什么？"

"是什么？"朱笑东好奇地问，一般来说，方天然他们这种上了年纪的人，最希望就是儿女有个好归宿，能够成家立业。杨薇的归宿这不是早就有了吗，成家立业，这个就更不用说了，方天然还有什么最迫切的心愿未了？

杨薇回头看了看胖子，脸"刷"的一下就红了起来，偷偷伸手在朱笑东的腰上掐了一把，然后转头望向车窗外。

朱笑东实在搞不懂方天然还有什么未了的心愿，想要去追问，倒是胖子在后面嘿嘿笑着说："东哥，其实啊，这事还真就是你的不是了，看看胖子我，家也成了，业也立了，晓娟她还挺着个大肚子，老爹、老妈、老丈人，哪个不是笑逐颜开。你看看你们两个，嘿嘿……革命尚未成功，两位同志仍需努力啊！哈哈哈……"

"胖子，你……"杨薇只觉得一股燥热从脸上迅速往下蔓延。

过了良久，杨薇才娇声怒斥胖子："你们两个才努力呢！你们两个，早就成功了呢……"

朱笑东开着车，想明白杨薇跟胖子两个说的是怎么回事，"嘿嘿"干笑了两声："那事儿，哪里是说努力就能努力的，再说，我也没少努力啊，可就是看不出成果，我有什么办法？"

杨薇气得在车子里大叫："你们两个大浑蛋，龌龊、无耻……"

这不叫还好，她这一叫，胖子几乎是搂着肚子狂笑了起来，朱笑东"呵呵"乐个不停，反正都老夫老妻了，谁还会害怕这个！

胖子也不是外人，与他一起讨论百年大计也不见外，一路说笑，按照高老二留下的地址，朱笑东开了两个多小时的车，才算找着了地儿。

　　这地方有铁栅栏与外面隔绝，里面是一栋欧式别墅，精巧、豪华，跟姚观心的家一样，老远就能闻到一股书香味。

　　估计是高老二从墙上的电子眼中看到了他们，很是高兴，特意开门迎接。

　　高家的佣仆不多，没有保镖之类的，高老二的老婆自己开了家铺子做了老板，这个时候还在铺子里忙生意，小孩正在读书，别墅里也就高老二跟一个老妈子保姆。

　　高老二直接把朱笑东等人带到高东征的书房，又吩咐老妈子上了好茶，这才寒暄起来。

　　高东征的书房确实是一间"书房"，四壁都放着书架，屋中间又另外竖着两排，书架上紧紧实实地放着各类书籍，而且这些书籍全部都一尘不染，想来打扫卫生的老妈子也很是勤快。

　　幸好这书房还算宽敞，又是朝南开了窗户，光线很是充足，中间一套单人沙发前摆放了茶几，要在这样的环境里读上一本书，倒也很有意境。

　　胖子落座，什么话都不说，倒是迫不及待地拿着他那个大包，要高老二先看看他带来的这些东西。

　　高老二也细细地看了一遍，都是黄白器物，一共七件，倒是看得出来这些东西都是真品，不过，算不上精品。也就是说，胖子带来的这些东西如果直接交给会所处理，扣除所有的费用，也就只能到手四千万到五千万元。

本来，如果是有较好的渠道，少了拍卖行的中间环节，胖子这几样东西能够到手六千万到七千万元的，那样做，麻烦和风险肯定要大得多。

胖子刚要张嘴表达不满，朱笑东在一旁说："人家开会所，也是有不小的开支的，你这几样小玩意，还不入人家法眼，你又何必……"

言下之意，胖子又不是急等着要用这几千万元，出手的价钱低了很多不说，还白白搭上高老二一个人情，何苦呢。

胖子计算了这中间的猫腻，最终还是把几样东西收了起来。

接下来，朱笑东就进入了正题。

那段时间高老二正好在外奔忙打拼，对于林少华来看书的具体细节所知有限，只知道林少华在这个书房里度过了七天七夜，吃的喝的都是已经辞工退休的另一位保姆在服侍，可惜的是，那位保姆已经不在人世了。

高东征也不愿意多问，毕竟，那个时候考古队刚刚失踪不久，要是问得多了，反而会触及林少华心底的伤痛，就连他临走拿的那本《山海经》都是出了书房之后才告诉高东征的。

"所以说，林少华在这里到底看过多少书，看过些什么样的书，到目前为止还是未知，能不能在这里找到线索，那就只有看运气以及两位师叔的能力了。"

朱笑东礼貌地谢过了高老二，高老二便退出了书房，除了不便打扰之外，他自己也还有事情需要处理。

之后，朱笑东便四顾屋子中的书架，发现这书房里的书确实不少，少说也有两三千本，各类书籍都有涉猎。

胖子一看这满屋子的书籍顿时愁眉不展，这是不是又得像在师父那里一样，把书籍分类，然后找人来找重点。

朱笑东拿了一本书，轻轻地在胖子脑袋上一敲，说："你傻啊，这么多书，你去分什么类，要是高师兄也跟'杨白劳'一个脾气，见我们弄乱他的书，还不得吃了我们。再说，我们的线索其实早就明显了，只不过是来求证一下，看看林师兄还有没有留下其他具体一点的线索而已，犯得着去大动干戈、大费周章吗？"

胖子抓着脑袋，讪讪地笑着说："既然这样，那我就只好麻烦两位革命伴侣同志了。你知道跟这些玩意儿打交道不是我的长处，一句话，革命尚未成功，你们两个同志仍需努力，嘿嘿，我就可以去睡觉了……"

杨薇佯怒："就知道吃，就知道睡，猪一样，看个书就有那么吃力吗？"

朱笑东也怒斥胖子："古人云，贪吃贪睡，不可教也，你就不能学点儿好！"

胖子嬉笑着说："倘若是嫂子要我立刻去扛二百斤东西过来，或者是上刀山下油锅，我眉头皱上一下那就算不得好汉，可是，嘿嘿，一看到这书上密密麻麻的字，我浑身就痒痒，我有密集恐惧症，所以就帮不了二位……嘿嘿，我睡觉去喽……"

说着也不管朱笑东跟杨薇两个人如何不满，自个儿躺倒在沙发上逍遥自得，摇头晃脑地高声吟道："岁月是把杀猪刀……"

朱笑东跟杨薇两个人拿胖子这家伙也没辙，除了任由他舒舒服服地躺在沙发上之外，还得忍受这家伙破着喉咙唠叨。

从书架上一路看过来，朱笑东找到几本类似林少华留在姚观心那里的书籍，是民间传说类的异趣书，也就是《聊斋》一类的书籍，不过书里记载的内容比《聊斋》要久远。《聊斋》一书成书于清朝康熙以前，而朱笑东拿的这几本书则是记载唐代时的一些奇闻逸事。而且杨薇居然找到了一本《游记》，是徐霞客所作的白话文译本。

两人拿了书回到沙发上坐下，才这么点时间，胖子就睡熟过去，当真是体胖的人心也宽。

胖子勉强睁开眼，很是不满地看着朱笑东说："你知不知道，我刚刚梦见了好多的金银珠宝，我正乐呵着，你这一摇，把我唯一的一点快乐都赶跑了，你这是不道德的行为……"

"道德个屁，赶紧的，给我看看这几本书！"朱笑东没好气地说，"然后把主要内容和精彩部分给我记下来！"说着，将两本书扔进胖子怀里。

胖子大声疾呼："东哥，我说过了，我有密集恐惧症，一看到这些密密麻麻的字，我不但浑身痒痒，而且眼皮子也只想打架，我抗议你们两个对我实行这非人的折磨……"

朱笑东两个人各自看着书，对他的抗议置之不理。

胖子见他们根本就不理睬，只得一边翻看着书，一边呼天抢地："天哪，你们这还让人活吗，你们这是摧残，惨无人道地摧残我幼小的心灵……"

第五章
老道古谈

看了一个多小时，朱笑东见杨薇跟胖子大致把书翻看完了，便放下书问："胖子，你看完了？"

胖子痛苦至极地点点头："看完了！"

"主要内容说的是什么？"朱笑东问。

"鬼！"

"最精彩的地方怎么说？"他憋住一股想要揍人的冲动，又问。

"打鬼！"

"你……"朱笑东气得不行，这一个多小时，胖子这家伙就蹦出来这么三个字！

看着朱笑东捶胸顿足的样子，胖子一脸无辜地辩解说："这书里讲的本来就是一个鬼故事，而且讲的是这鬼的生灭过程。东哥你知道我是唯物主义辩证论最忠实的拥护者，还拿这样的东西给我看，我十分有理由怀疑你的不良动机，我怀疑你这是在意图颠覆我高尚的信仰……"

要是目光能杀人，估计这会儿胖子已经在朱笑东的眼光下被斩杀过千百万回了。

杨薇叹了一口气说："笑东，按照你所说的，我看了看这本《游记》，总觉得这里面有些东西确实跟我们遇到的非常接近，只不过不是像你说的，他们也在追查某些东西，这个我就不敢断定了。

"不过其中有两则传闻看起来很有意思，一个是关于藏宝，一个是关于神奇生物。藏宝的故事是说，某天，探险家徐霞客走到某一个村子里，听说附近有宝藏，徐霞客虽然不贪图什么宝藏，但是他一路游历探险，大多数时候连饭也吃不上，如果能够找到宝藏，不但能够解决自己继续探险的经费，还能够周济穷苦百姓……"

胖子一拍大腿："对啊，老徐不愧为我们学习的楷模，我们应该高举共产主义大旗，紧跟在这些'革命'先烈身后，追求宝藏真相，发扬共产主义作风……"

杨薇白了一眼胖子，继续说："可是，他找遍了村里人说的地方，都没找到宝藏，但是却发现了一个秘密……"

一听杨薇说发现了一个秘密，胖子迫不及待地问："什么秘密?"

杨薇说："当时，徐霞客发现一件极为怪异的事，他说……其门甚隘，水由中出，人不能入，入即有奇胜……俱神龙蛰伏藏处，非惟难入，亦不敢入也说，此中神龙精怪，非有法术者，不能慑服……"

朱笑东一听这个，顿时疑惑起来，他说的这个情况跟自己一行在那个洞里遇到的何其相似，难道说，那个破桃源，此人也去游过一番?

"那以后的情况呢?"朱笑东赶紧问。

杨薇摇了摇头："再往后，这样的记载就很少了。"又说，"这书上记载，他最远的一次也到过云南，但是其后，估计是退隐了，所以再以后的线索也就没有了"。

杨薇说到这里，胖子坐了起来，很是好奇地说了一句："东哥，我有个问题憋在心里很久了，一直都想问你，但是一直没机会问出来，今天有空儿，你给我说道说道。"

"什么问题?"朱笑东心不在焉地回问。

胖子思索了一阵，才斯斯艾艾地问道："这梁奇宝的事情你到底知道多少? 现在回想起来，我们每出去一趟，好像是无意的吧，但是每一次回来细细一想，却又跟梁奇宝有千丝万缕的关系，我想来想去，怎么会有这么多的巧合呢。东哥，你能不能说明白点，这半年来，所有的事情是不是你在一手策划?"

朱笑东脸上一凝，随即笑着说："我还以为你说的是什么事情，你东哥我是什么人，对梁奇宝我可是知根知底，所有的事也还真就是我一步步在策划安排的。怎么样? 你师兄我还算是高明吧?"

一看朱笑东那一脸的坏笑，胖子反倒不相信了，要真的知根知底，还不直接跑去直捣黄龙? 用得着在这里没头苍蝇一般乱翻书籍。

"你就吹吧!"杨薇也是笑着瞪了朱笑东一眼。

"呵呵……"朱笑东笑了起来，也更加肆无忌惮，"我还真不是吹牛，人说诸葛亮、刘伯温能够前知五百年，后知五百年，如今，我朱笑东怎么说也能前知三百年，后知一百年吧，呵呵……这可真不是吹的……"

胖子斜着眼，瞥了他一眼，老实不客气地说："厚颜无耻，你忽悠，接着忽悠……"

杨薇也笑着说："吹吹吹，你怎么不把你自个儿吹嘘成太上老君，你要真有那本事，怎么不掐指一算，立刻把你林师兄的事情解决清楚?"

朱笑东果真大言不惭地说："佛家有云，凡事皆是因果循环，有其因必有其果，不是我没算出来，是我想查查这位少华师兄前世的孽缘，这样才能从根本上解决……"

看着朱笑东摇头晃脑，胖子大呼"倒牙"。

三个人正在说笑，高老二带了个人进来。一见这个人，朱笑东怔了一怔，居然是鱼传道！

前些日子，鱼传道想收朱笑东为徒，却被宛然拒绝，鱼传道说总有一天朱笑东会主动找上门去，没想到这已经快一年了，要不是见到他，朱笑东居然都把这事情给忘记了。

鱼传道忍不住仔细打量了朱笑东一番，越看却越是觉得惊奇，过了片刻才说："你这一年多里都经历了些什么啊？怎么会这样？"

胖子一看鱼传道，心里却没什么好感，一个算命的，跟自己八竿子打不着。他勉强客气了一下，算是给了高老二这个师侄一点面子，然后就把脑袋扭到一边，继续去跟杨薇与高老二两个人胡扯。

鱼传道虽然是个算命的，但他有些本事，这点朱笑东是知道的，可惜的是，经过湘南一行，他对秦所长一类的人物很是忌惮，想来这鱼传道的本事与秦所长之流同属一源，自然也就不愿意与之亲近。

不过出于礼貌，朱笑东还是简单寒暄了几句。

听朱笑东说，这一年里一直都在四处奔波，鱼传道再次仔细看了一遍，不能置信地自言自语道："改变了，你的一切都已经改变了，呵呵……我还一直惦记着你回来拜我为师，呵呵……"

朱笑东随口问："改变？什么改变了？"

鱼传道叹息了一声说："刚刚见到你之时，我算过一卦，知道你我有师徒缘分，所以才有非分之想，不想今日再看这卦，原来是我看走了眼……"

胖子在一旁嘿嘿笑着插嘴："你当然会看错，我们东哥是什么人，拜你为师，嘿嘿……就你那两下子……"

鱼传道瞪了胖子一眼，说："小胖子，你若肯赶紧回去照顾你老婆，或许你们两口子今生今世不会留下什么遗憾，倘若不然，哼哼……"

胖子见他无端提起王晓娟，顿时没了好脸色，刚要呵斥两句，没想到腰间的电话响了起来，是王长江打来的，就在刚才，王晓娟下楼梯不小心摔了一跤，不知道是不是动了胎气，直嚷着肚子很痛。

胖子一刹那脸色苍白，也来不及跟老道计较，打个招呼就起身往外跑。

朱笑东也很是担心，追出来要胖子先看看情况，打电话过来报个信。

胖子一边走一边回答说："待会儿到了医院一准儿回信。"

送走胖子，朱笑东回到书房，看了看鱼传道。

老道笑了笑："不必挂怀，小胖子的老婆一点儿事也不会有……"

朱笑东沉着脸问："这到底是怎么回事？"

老道说："其实，胖子的额头有一丝黑气，是家中妇人有小亏之相，如果处理及时也没什么大不了的，但是如果置之不理，或者处理不当，因果循环，那就不堪设想了。"

王晓娟行事大大咧咧，现在怀着孩子，有个什么磕碰那也正常，不过这事儿倒是让朱笑东想起，恐怕胖子这一段时间再也不能四处晃荡了，要不然，王长江和胖子的老爹老妈非恨死自己不可。

见朱笑东闷闷不乐，老道说起了一件事情："当日，林少华也曾是个不可多得的人才，老朽虽然跟他不是特别熟悉，但也知道他一些事情。"

一听鱼传道知道林少华的一些事情，杨薇来了兴趣，慌忙问了起来。

老道说，林少华曾经到他那里算过一卦，问的是那位云想姑娘的下落，鱼传道占了一卦，让他有些奇怪的是，卦象显示那位云想姑娘并未有生命消殂之相，但是又不属于自由之身，或许，可以解释为身陷囹圄，但是，这个"囹圄"有牢狱之意，却绝对不是真正意义上的牢狱，这个囹圄到底是个什么样的解释，他也解释不了，这就是鱼传道奇怪的地方之一。

另外，他这两天突然得高老二的请求，再为林少华算上一卦，按照卦象上显示的来解释，朱笑东这位林师兄的生辰八字已死，也就是说他应该已经是个死人了，但事实上他却活着。

既已经死了，却又活着！这话有点儿绕，但是在鱼传道看来，这并非没有可能。老道说，这个世界上让他算不出来的人只有三类，第一是从来没有过的人，也就是说这人只是虚构的，既然没有，当然算不出来。

再就是已经死去的人，已经死去的人肉身腐朽、魂飞魄散，所谓的命运已经终结，又何算之有。

最后一类人就是朱笑东这种人，这类人当中，命运似乎都不会受因果循环左右，如果要放到旧社会，这种人完全可以称得上是"仙"，一介凡人，当然不可能知道"仙"家的命运。

朱笑东忍不住苦笑着摇头，这鱼传道恐怕是老眼昏花了，一根针扎到自己，自己都疼痛不已，哪有半点儿"仙气"可言，这老道除了会装神弄鬼骗人，拍马溜须也算得上是一流了。

鱼传道却一本正经地说："这人分三六九等，'仙'就更是等级森严，传说里的彭祖、许逊、张道陵等，都是上仙、大仙，这世上还有一类散仙、地仙……"

杨薇忍住笑，朝朱笑东努了努嘴："笑东，你过来，让我也沾沾你的仙气，咯咯……"

老道摇了摇头："杨小姐，我这不是在开玩笑，'特异功能'这个现代的新名词，相信你不会陌生吧……"

朱笑东一听到"特异功能"这四个字，脸上神色不由一滞，但随即笑着说："这个词流传到现在，已经变成了'异能'，呵呵……鱼先生是不是认为我也有神奇莫测的异能？要不帮我指点指点，让我也好威风一回！"

老道微微笑着说："小朱你是不是有'异能'，这个老朽我看不出来，不过，在紧要关头，你往往能够改变自己的命运，这是不争的事实。"

杨薇笑着说："不错，我老公他的确是可以在紧要关头冷静从容地去面对危机，我想，这应该与他的经历经验有关。如果在生死关头，能够爆发出难以想象的潜力，做出常人所不能及的事情就算是神仙、算是有特异功能，那这满大街的人随便拉一个出来，不都是神仙、不都有特异功能？咯咯……这样的神仙、特异功能，未免来得太便宜了吧。"

这倒不是杨薇刻意在隐瞒什么，与朱笑东相处一年多时间，在杨薇眼里，朱笑东除了头脑灵活、阅历广泛、经历经验丰富、心理素质超强之外，还真看不出来有什么"特异功能"，有哪个地方冒着"仙"气。

但是这些都是朱笑东磨炼出来的，一个人什么事都经历过了，在常人看来，自然就觉得神奇了。

老道一时语塞，找不出更合适的理由来辩驳，只得微微笑着看着朱笑东。

朱笑东淡淡笑了笑："鱼先生也不必这样来捧我，相信鱼先生到这里来也是有事，如果有事，我们也不便打扰了。"

鱼传道怔了怔，转头对高老二说："高老板，可否容我单独跟这位朱老弟谈谈？"

高老二笑了笑，这鱼传道跟他虽然没什么深交，但也算得上是一般的朋友。现在的人，越有钱就越相信命运命相之说，老道偶尔也会给高老二算上一卦，九成九也算得准确，他也就自然愿意结交这个朋友。

见鱼传道要私下里跟朱笑东谈话，高老二便再次站起来，出了书房。

高老二走了之后，老道才说："小朱兄弟，实不相瞒，这一年多来，小朱兄弟的所作所为我也有所耳闻，一句话，我的确佩服，但是，眼下小朱兄弟陷进了一个死结中，如果小朱兄弟能够允诺我一件事情，我可以为你解开这个死结。"

朱笑东呵呵一笑，稍微一想，便已经明白鱼传道想要他允诺的是什么事情，只是摇着头笑了笑说："鱼先生既然跟高师傅是朋友，想来也知道我在早前就已经有了师门，如今要我另投师门，这件事情我实在办不到，所以只好说一声对不起了。"

鱼传道急声说："小朱，你能不能再考虑考虑，我这里真有你需要的东西！"过了半晌，又说："小朱，林少华的事现在真是个死结，如果有我，再加上你，我们师徒二人齐心协力，不久的将来，我相信一切都能迎刃而解。"

"第一，所谓死结，那只是你个人的看法而已，对我来说，只不过是所需的时日稍多一点儿而已。我不妨告诉鱼老先生，在你眼里的这个所谓的死结，其实我早就已经凭着林师兄留下来的资料找到了不少的线索……"

"还有比较重要的一点，那就是我这人不喜欢让人胁迫！"朱笑东重重地说道。

"我的东西可都是不能传世的绝学，你真不想学?"老道不死心，再次追问。

可惜的是，朱笑东依旧只是淡淡地摇了摇头。

老道沉默了片刻，说："你既然无心投入我门下，我也奈何不得，唉，我还有个请求，不知道小朱兄弟能不能答应我。"

鱼传道很是恳切，这让朱笑东有些不忍，便要他说出来听听。

老道说："这一次，你们如果要再次出去，请务必带上我，就这一个请求，希望小朱你能看在我是一个时日无多的人的分上，答应我。"

杨薇摇了摇头："走不走，去不去，这事情还是两说，再说，你老这么大年纪了，颐养天年不是更好，还想着要去风餐露宿、跋山涉水?"

老道摇了摇头，两眼露出空洞的神色，良久才说："其实，我也是云想那支考古队中的一员……"

"你也是考古队的!"朱笑东跟杨薇两个人大吃了一惊。

鱼传道也是考古队的人，这是何等出乎意料的事情。

"在我的生命之中，有过缺失的一环，或者说，应该是缺失的一段时间。"鱼传道有些痛苦。

两个人都不由得侧耳细听，既然这老道曾经是云想他们考古队的一员，这事情怎么姚观心跟高老二都不知道?

"在外人面前，我从来不敢提起我曾经也是考古队的一员，原来，我认为这件事会一直带进棺材，但是遇到了你们，我也没什么好隐瞒的了。"

老道说着，叹了一口气，接着说出一段让人感到匪夷所思的往事。

那是二十年前，鱼传道他们所在的考古队接到一份通知，说是要他们到某地集合，虽然没说明去干什么，但估计应该是去探查一所古代墓葬。

当时，与鱼传道一同前往的就有云想等四个人，到了地儿才发现，那里早有许多持枪的民兵四处巡逻，更有不少的正规军驻守。

以前，鱼传道等人探查古墓也有过这样的情况，因为那些年盗墓者猖獗，往往一个墓葬还没被考古队挖开，里面便有了横七竖八的盗洞，陪葬文物更是被盗贼抢掠一空。照当时的情形来看，鱼传道等人驻扎的地方一定是个王侯将相的大墓，所以才有如此严格的守卫。

没想到的是，他们刚刚住下，便又有人来通知说，放下一切自带的仪器装备，身上不能携带任何器具，包括有可能走漏消息的无线电、纸笔等。

事后大家才知道，这里不过是个中转站，目的就是要对前去参加这次任务的人进行严苛检查。

出了中转站，鱼传道、云想等人坐着被油布遮掩得严严实实的卡车，日夜不停地走了一个多星期，才被人从车子上叫下来。

这时，鱼传道才发现，他们正处于一座深山峡谷之中，那里的山光秃秃的，到处都是褐红色的岩石，而且群山矗立，根本不知道天南地北，身处何处。

跟他们一起来的还有另外三辆车子，都是清一色用油布遮掩得很严实的大卡车。

等卡车上的人全部下来之后，鱼传道发现这次来的很多人都是考古界极为有名的人物。这时，下来一个戴眼镜的中年人，很有派头，而且是部队里的人，这人言语不多，象征性地说了两句欢迎词，便带着鱼传道等人进到驻地。

驻地是峡谷里的一个大凹地，里面驻扎着不少军人。鱼传道等人的住处是在部队的营房中间，估计也是为了防止有人走漏消息。

他们休息了一个下午，第二天一早，昨天接待他们的那个戴眼镜的人拿了一叠纸进来，分发给鱼传道等人。几人一看那些纸张，顿时大吃一惊。

那些纸张，说简单点儿就是拿来给他们写遗书用的，考古探墓确实是有不小的风险，也常常有人因为误中墓道里的机关流血死亡，这也就只能自认倒霉，单位里拿点儿丧葬费，再给家里人送上一块光荣牌，就算了事。

像这样未曾出马先写遗书的事情却是所有人都没遇到过的，这跟上战场打仗也没什么区别，也说明鱼传道等人要去的地方实在是凶险无比，不得不把后事都交代清楚。

鱼传道等人却是没有丝毫犹豫，把该说的话写了下来，那个中年人很是高兴，吩咐他们吃完早饭就去领仪器装备。

到了这个地步，也没人能安心吃那早饭，倒是云想不断鼓励大家说，写下遗书并不等于就会死，士兵上战场不也是要留下遗书的吗，上了战场也不一定就非死不可，领导们这么做，就是要激励大家，用必死的决心去完成任务。

草草吃过了早饭，那个戴眼镜的人带着大家领了装备，依旧是坐着被遮掩得严严实实的卡车，不知道向什么地方出发。

卡车颠颠簸簸，足足开了大半天，等鱼传道几人下车来看时，才发现四周一片漆黑，他记得从营地出发的时候不过是上午九点多钟，这才走半天怎么会天黑了呢。

许久，几人才明白，他们是进入一个神秘的洞窟里面来了。

这时，洞窟里已经有了不少的人，见几人下了车，才打开手电、火把之类的照明物。鱼传道清楚地记得，在营地下车的时候，同行的一共有二十四个人，但是现在居然只剩下十五个人！

那戴眼镜的人把鱼传道等十五个人交给前来接应的一个连长，然后就转身走了。

他们经常探墓考古，对黑暗并不在乎，然而这一次，鱼传道没来由地觉得很闷、很慌张。

那个连长依旧只是简单地说了几句欢迎词，但是对于来这里的目的、任务却只字不提，简短欢迎过后，连长就带着人直接往洞里闯。

也不知道走了多久，十几个人被带到洞窟里一个比较宽敞的地方，这里堆积了不少的物品，吃的用的都有，然而，让鱼传道感到疑惑的是，除了物资，这里还放着一排担架，每个担架上都有一块白布，不用猜也知道，那担架上放的是一排死人，少说也有三四十个之多。

鱼传道很是疑惑，这个大墓里怎么会死这么多人，本来想要揭开一块白布看看的，一个拿枪的士兵当即大声呵斥不准看。随后，带鱼传道等人到这里的连长再次把他们交给了另一个大个子，然后和手下一起把那些担架全部抬走了。

大个子让鱼传道等人就地休息了好长一段时间，然后才带着一伙人继续往里走。

只是越往里走，他们越是心惊胆战，一路上不时能见到一两具没能及时抬走的尸体或者森森的白骨。

除了心惊，也越来越是疑惑，怎么会有这么多人死在这个洞里。其中一个士兵跟鱼传道是老乡，悄声告诉他，这个地方很邪，兄弟部队追逐一股土匪，不知道怎么就追到这里面来了，到现在为止，土匪没了踪影，那支兄弟部队也没了踪影，上级强调一定要追查这件事，派了好些人进来，莫名其妙死去的人很多，到现在都是死因不明。

一般来说，山洞里的毒虫、毒蛇、某些菌类孢子、有毒气体等，都是可以导致人莫名其妙死亡的。

那个士兵摇了摇头，这洞里除了这些人，很难看到其他的动物，毒气之类的也用比较先进的技术测量了，可以说不存在那些东西，就好像我们，一起的人走着走着突然倒了下去，就再也起不来了。

云想说，来的这一帮人大多是跟死人、白骨打交道的，你这么说，是想要吓唬我们。

那个士兵还想要解释，却被那个大个子狠狠训斥了一顿，还说他这是违反纪律，再要说下去立刻就会被遣送回去，送交军法处，那士兵就不敢再说下去，闭着嘴，一直往前走。

黑暗本来就会给人带来一种恐惧的压抑感，那大个子训斥了一顿士兵之后，恐惧的压抑感就更严重了。

一个个心惊胆战的，再往里走了好几个小时，终于停了下来。

鱼传道等人借着手电、火把的亮光，看清眼前的景象，顿时瞠目结舌。

洞窟的尽头，一堵黑漆漆的石墙将整个洞窟隔成了两段，石墙厚重诡异，由方桌大小的石块垒成，表面光滑，在灯火的照耀下泛起黑黝黝的诡异光芒，缝隙细微，看得出来修造这堵石墙的时候，建造者花过极大的心血。

石墙上有三个小门，小门旁边无数白骨，人、动物的骨头都有，阴森森的，不时飘出一朵蓝色的"鬼火"，倏尔又消失在黑暗之中。

到了这里，那大个子也紧张起来，其余的士兵更是紧张不已，好多人都把枪端了起来，对准了那三道黑黝黝的门。

由于这石墙之上没有任何的标记和装饰，鱼传道等人也看不出什么端倪，不过大家也知道，这里肯定不是这次需要考察的主要地方，还得往里走，穿过三道石门往里走。

这时，大个子转头向身后的鱼传道等人询问了一下意见，到底要从哪道门进去。

鱼传道很是疑惑地问那大个子，看样子应该有不少的人到过这里，怎么连走哪道门都还不清楚？

大个子沉吟了片刻才说，的确不清楚，门后面是什么情况，没人知道，进过这几道门的人，大多数都没能出来，出来的也没活过一时三刻。

鱼传道还想问一些具体情况，但是大个子说有很多事情都牵涉到机密，其他的情况也不能透露太多。

这时候，一同前来的那十几个同行就私下里议论开了，说什么的都有，也有打退堂鼓的，情形很是纷乱。

然而，云想和鱼传道等人却认为，既然已经留下了遗书，就是立下了生死状，这里的事情如果不能彻底弄个清楚，恐怕走出这洞窟都是一件难事。现在唯一的办法就是大家齐心协力，看看里面到底是什么样的情况，或许，弄清里面的事情才是唯一的出路。

议论了一阵之后，其中有个老同行站出来说，要走就走中间这道门，说着，他一马当先，往中间那道门走了过去。

后面的也有六七个人打着手电、举着火把跟了进去，只是进去不到五分钟，里面就传出来一阵阵惨叫声，这阵惨叫声让还在后面的鱼传道等人心惊肉跳，不知道里面到底发生了什么。

待一切归于平静之后，大个子重重地喘着粗气，吩咐十几个手下强行闯进去看看，没想到的是，这十几个全副武装的手下进去不久，又传来一阵惨叫。

鱼传道等人心惊胆战，忍不住往后挪开了两步，不过在惨叫声消失之后，大家就看到一个跌跌撞撞的人影从中间这道门里冲了出来。

这个人扑到大个子面前的时候，大家更是吃了一惊，侥幸逃了回来的这个人，半边脸上的肌肉已经没有了，露出白生生的骨头和一些筋脉血管，就像是被人将他半边脸上的肉活生生地撕下来一般，那样子恐怖至极。

这个没了半边脸的人极度痛苦地扑倒在大个子脚下，艰难地抬起手指了指身后的那道门，不到片刻便没了气息。

鱼传道等人仔细看了一下这个刚刚还活蹦乱跳、一眨眼就已经长眠不起的年轻人，心里像被刀子割了一下。

沉默了许久，大个子让人把这具还未变冷的尸体就地安置好，然后红着眼，问鱼传道等人到底该如何进这三道门。

立刻，剩下的这些被请来的"专家"分成了两派，一派主张先探探右边这道门，鱼传道等人却主张先进左边这道门，一时之间，两派各自引经据典，都希望说服对方，跟自己走一条道。

但是大家公说公有理，婆说婆有理，僵持了起来，后来还是大个子发话，分两路人马，双管齐下，左右两边的门道一齐进去。

鱼传道带了头，小心翼翼地走进左边这道门，大个子带了十几个人，跟鱼传道等人一起，走在他们后面。

那堵石墙并不算厚实，也就一两米，一进门，就能看到门洞尽头的石墙转角以及后面丝丝缕缕的白雾。

鱼传道走了几步，担心那些雾气有毒，便让后面的人都戴上防毒面具，然后才往里摸索前进。

那个时候的防毒面具远远没有现在的先进，就是一皮套子，眼睛部分是两块圆形玻璃，口鼻是胶套，一根管子连接着身后的过滤罐，是比较笨重的一类。

也因为这种比较落后的防毒面具，让人的视线狭窄了不少，鱼传道戴上防毒面具之后就继续往前走。

可是才走几步，就开始出现了异常。

这门洞不太宽，也就两三个人并排着走，差不多两米宽窄，而这堵石墙的厚度先前目测也不过就是两米多点，一个成年人要走过两米长的一段路，只需要几步。

可是鱼传道等人整整在这道石门里走了半个小时。

听到这里，朱笑东跟杨薇两人对望了一眼，这种情况很像他们遇到过的一个情景，就是不久前在云南黄羊沟的那个洞窟经历的。

那个洞里，有一尊河底的石像，看起来跟真人一般大小，可实际上远远不止，脸盆大的一块石头落到那尊石像头上，就像落了一片铜钱般大小的树叶。

鱼传道摇了摇头，可惜当时根本就没人意识到这件事情，大家都只注意着那一片白色的雾气，深恐突然之间从那片看不穿的白雾里扑出来什么奇形怪状的异物，都忽略了这看起来像门一样的通道里的古怪。

直到大家通过门道，站在这一片白色雾气前面，都还没人觉察到异常。

云想当时做了空气检查，见一切正常，这才让大家摘下防毒面具，摘下面具之后大家回过头来一看，顿时大吃了一惊，原本二十多人的队伍，不知不觉间就少了一半，大家回过头去找了一遍，不但没见到少了的那些人，就连那道门洞也消失不见了。

其中有几个同行的面无人色，要求大个子立刻就把这些人带出去。大个子很是愤怒，当下拿出手枪说，那些失踪的人都是他的手下，是他亲如兄弟的战友，他们不明不白地不见了，那后果不用想也知道，不说让大家去找，最起码，大家把这里的事情弄个清楚，也对得起死去的兄弟。

说着，大个子孤身一个就要往那雾气里钻，云想拉住大个子，说没这雾气时已经不知不觉不见了那么多人，这里雾气弥漫更容易走散，大家得想个法子在一起，不能再出意外。

当下有人拿出绳子，建议在每个人的腰间都拴上，在浓雾里行走就不会发生意外。大个子想了想，觉得再也没有更好的办法了，当下依照那个人说的，把绳子系在腰间，然后试探着钻进浓雾。

鱼传道叹了一口气，直到现在，想起来当时的情景，午夜梦回仍然是大汗淋漓，那雾气之中，实在是说不出的恐怖。

按说，一个洞窟里，再大始终都有个边，可是，大个子带着一行十几个人在雾气里穿行了大约两天，根本就没见到洞窟的边沿。

见不着洞窟的边沿还是其次，浓雾里除了有千奇百怪的声响，还有出人意料的杀机，仅仅是第一天就死了六个人，而且这六个人死状极惨，被无声无息剥了皮的，被开膛破肚的，突然之间就成了一具白骨的，莫名其妙就被什么东西撕成了几块的，什么样的都有，以至于当场就有人发了疯，挣开了腰间的绳子，一个人号叫着跑进浓雾深处。

后来，他们又在浓雾里摸索了许久，最后就剩下大个子、鱼传道、云想、一个大个子的手下以及鱼传道的同行。

这个时候，所带的补给和照明物已经所剩无几，大家把所有的东西集中在一起，算算也就只能坚持一天左右的时间。

就在这时，不知道怎么回事，鱼传道等人居然走出了浓雾笼罩的地方，大家正在庆幸，却发现前面是一道深不见底的深渊，后面依旧是那团浓得化不开的雾气，前无去路，退回那团雾气里也是死路一条。

万般无奈之际，大家分头去找出路，也就是这一分，众人再未能相见！鱼传道极为痛苦地说道。

"后来你是怎么出来的?"朱笑东皱着眉头问。

鱼传道摇了摇头说，当时他跟另外一个同行走的一条道，是顺着那道深渊的边上走的，没走多远，走在他身后的那个同行就痛叫了一声，他还以为是同行不小心摔倒了，待转过身来才发现，不知道怎么回事，那个同行的一双脚就只剩下两根血淋淋的白骨了，人也倒在地上，身上的衣物、肌肉渐渐化开，就像是蜡烛受到剧烈的炙烤一点点融化一般，没过一会儿就只剩下了一堆白骨。

他惊恐之余，不敢在原地久留，连滚带爬地往前跑，不知道怎么回事，也不知道自己是被撞倒了还是绊到了什么，他清清楚楚地记得，在微弱的手电光下，一个巨大无匹的黑影朝着自己当头压了下来，后来他就昏死了过去。

待他醒来的时候，发现自己已经躺在了一处草地上，后来，一个放羊人见他衣衫褴褛又伤痕累累，便救了他。

可是，当他回到原来的地方才是真正地大吃了一惊，他们单位已经撤销了五年，而且，时间也清楚表明，距离他们那次神秘的出勤已经过去了五年。

也就是说，他整整消失了五年！

但他很清楚地记得，从出发到出事也就是他昏死过去那一刻，一共不超过十天，后来醒过来养伤什么的，也仅仅就是不到十天，再后来辗转回到原籍，也不到一个星期，也就是说，他感觉不足一个月，实际上已经过了五年。

鱼传道摇了摇头，说："是我在昏死之后不知不觉过了五年！我始终想不明白的是，不要说五年，就算是五天，不吃不喝那都是会死人的，而我是怎么活过来的？"

鱼传道叹了一口气，又说："实不相瞒，我那次死过之后，自己也发生了很大的变化。"

"什么变化？"杨薇问。

"我会算命了！"鱼传道说，"你们应该知道，二十多年以前那是什么年月，算命、看相随时都是有被整的可能的，再说，我那时拿的也是铁饭碗，根本不会算命看相什么的，也不敢去沾上一点，可是，我昏死五年之后，居然对算命看相无师自通，而且是突然之间就无师自通。你们说，这是不是很怪异……"

朱笑东摇了摇头，鱼传道算命有些本事，这是他知道的，可是说突然间就无师自通，这的确是很怪异的事情。

难怪先前鱼传道说这世上还有一种东西叫"特异功能"，也一个劲地认为朱笑东就是一个特异功能的具备者，这也难怪，谁叫发生在他自己身上的事情，他自己也解释不了呢？

不过，朱笑东还是有些不明白，按说，鱼传道所在的单位就算是撤销了，他毕竟是吃铁饭碗的人，就没人出来给个交代？

鱼传道叹了口气，五年时间，有很多事情都已经改变，事后，他也去找过一些人，可惜的是，不知是出于什么原因，人家给了他几百块钱，就将他踢出了公门，他心灰意冷，从此便沦落街头，以替人看相、算命为生。

本来，云想等人的事情都一直盘踞在鱼传道的脑袋里挥之不去，初次见到朱笑东，他认为朱笑东有一种特质，或者应该说具有一种特异功能，便想着与其结为师徒，然后再去弄清那消失的五年到底是怎么回事。

"可惜……"鱼传道再次重重地叹了一口气。

"这件事情，你跟林少华师兄说过？"杨薇在一旁问道。

鱼传道点点头："说过，但只是简单地说了几句，因为当时几乎就是坐着闷罐车跑的那么几天，所以这么多年来，我们也不知道那个洞到底在什么地方，而且，估计又牵涉到一些机密，到现在为止，我也没能查出个所以然来。"

朱笑东笑了笑："既然如此，就算我们要去，又该往何处去？"

第六章
深巷恶斗

鱼传道苦笑："如果有机会，只要找到那个峡谷，我就能辨认出来，再说，那洞里，有些东西我已经是经历过的，知道怎么样去对付。"

"可惜的是，现在就连那峡谷在哪里我们都不知道，就算你记得那峡谷的地貌形状，毕竟已经过了二十多年，谁知道还有没有，你描述的那样的峡谷，在中国没有一千条估计也有七八百条，每一条峡谷有几公里、几十公里甚至上百公里，几百条峡谷加在一起，你没算算这得有多长，要在这么长的地方去寻找一个点，哼哼……我看这辈子恐怕也不一定能做到。这些都不说，当时出现了那么巨大的伤亡，万一人家一怒之下把那个洞窟给炸了封了，你能上哪儿找去？"朱笑东淡淡地说道。

刹那间，鱼传道脸上一片灰白，朱笑东说的是不可否认的实情，在当前什么线索也没有的情况下，要找一个地图上都无法显示的小点，就算是穷尽毕生之力，确实也未必能够找得到。何况，就算是找到了，又能怎么样？那个洞窟，连自己都只能走到那条深渊旁边，里面还有什么，到底是怎么回事，自己也不清楚，去找又能做什么？

老道瞬间万念俱灰，难道发生在自己身上的种种不能解释的东西就只能带到棺材里去了！

良久，鱼传道才无力地说："可是，我知道云想还没死，她还活着，而且，林少华也已经找到了那个地方，虽然他们生死相隔，但是……但是……"

"但是"什么，鱼传道再也说不下去，云想死没死，林少华是不是真的到了那个地方，这也只是他的猜测，用算卦的方式来测算他们两个人，早在三年前就已经不准了，现在已经算不出他们两个人的下落了，再说下去还有什么意义。

朱笑东跟杨薇两个人相视一笑，不再去理睬，转头继续去看那几本书籍。

鱼传道呆了一会儿，突然呵呵笑了起来："呵呵，好小子，还真是有你的，虽然你拒绝我，但是我不怪你，呵呵，谁叫我年纪大了，是个累赘呢……呵呵……"

"你……"朱笑东再次皱起眉头，略略有一丝诧异。

鱼传道接着说："你是一番好意，觉得我年纪大了，应该安享为数不多的日子，你这番好心老朽心领了。可是，如果说一个人连自己的过去都不能弄清楚的话，这人活着还有什么意思，所以我恳请你们看在老朽来日无多的份上，了结老朽一个心愿。"

"你……"杨薇也皱着眉头，失声出口。

"呵呵……"鱼传道笑着说，"两位，我早就知道两位是心地善良之人，可是两位不要忘记了我是干什么的，我是算命看相的。不瞒两位说，在老朽看来，小朱兄弟不但有了目标，而且行动计划都有可能已经拟好了，这一点老朽是看得出来的……"

朱笑东叹了一口气，刚要说什么，鱼传道却继续说："老朽我也是孤身一人，原本在二十年前就应该是个死人了，能活到现在实属意外，就算立刻去死，我也已经算是白赚了二十年。如果两位能够答应我，这二十多年来我手里也有些积蓄，虽然不多，但可以全部拿出来，赠送给二位……"

话还没说完，朱笑东便冷声打断他的话头："本来我正在考虑要不要做个顺水人情，可惜你却跟我提钱、提积蓄，哼哼……鱼先生未免把我朱笑东看得太低了吧！"

"你……"鱼传道一诧，朱笑东不会贪财，这是早在他预料之中的事，只是没想到的是，朱笑东居然如此直白、如此断然地就给拒绝了，这二十年来，还没有人这样拒绝过他的任何要求。

朱笑东摇了摇手，说："我现在还有最后一个问题没弄清楚，如果能够弄清楚，出发之日定当通知鱼老先生，至于鱼老先生去不去，那就随你的便了。"

鱼传道再次一怔，没过片刻，差点儿就涕泪纵横了，朱笑东的确是自己也看不透的年轻人！

过了片刻，他才小心翼翼地问："你所说的最后一个问题是什么问题？能不能说出来，或许老朽可以帮着参详参详。"

朱笑东放下手里的书，看着鱼传道："我的最后一个问题是，那个洞里究竟有什么？"

鱼传道一时语塞，讪讪地笑了笑，没法子回答这个问题。

不过，既然人家已经答应到时候来通知自己，自己在这里再待下去就已经没有任何意义了，鱼传道当下起身告辞，然后出了书房。

杨薇看着他的背影，轻轻倚在朱笑东身边，低声问："笑东，你真答应这鱼老头一块儿去?"

朱笑东叹了一口气,说:"人一辈子,如果有了心结,那活着也是一件很痛苦的事,如果能在他有生之年帮他解开这个结,我想……"

没想到杨薇突然变了脸,转过身来,直直地盯着他,沉声说:"笑东,你说我们是不是两口子?"

朱笑东一怔,笑着回答:"是啊,而且是老夫老妻了,你问这个干吗?"

杨薇继续沉着脸问:"那你说,你有事是不是不能够瞒着我?"

"呵呵……"朱笑东笑着说道,"我能有什么事情瞒着你……有什么事可从来没瞒过你!"

杨薇咬牙说:"你装,我就知道你会装,你说你没瞒过我什么,那好,我问你……"

"对了,有件事情我还没说出来,但是我发誓,绝对不是想瞒着你,只是这一段时间太忙,这个你知道的,一忙我就忘了,真的只是忘记跟你说了,绝对不是存心要瞒你。"朱笑东有些心虚,赶紧赌咒发誓说。

杨薇笑了笑,随即又沉着脸:"很好,看在你能主动坦白的份上,我就先不跟你计较,但是前提是,你得老老实实跟我说。"

朱笑东看着她不依不饶的,当下只得主动坦白:"林师兄的事情我确实是有了点儿眉目,但是到现在为止,我的把握也不大,你也知道,没把握的事情,我哪里敢像胖子那样胡说八道……"

"不是这件事!"杨薇断然喝道,"林师兄的事情我早就知道了,我要问的不是这件事……"

朱笑东顿时苦笑了起来:"不是这件事,那还能有什么事?是不是我的出生算不上根正苗红?是不是……"

"你装，你继续装，反正我拿你又没办法……"杨薇说着，眼圈一红，差点儿就要流出泪来，那样子，十足就是一个受了委屈的小媳妇。

　　"嘿嘿，除了这些，我还真想不出来，要不然给提个醒？"

　　"你别想，我就等着你自己坦白！"这小妮子红着眼圈，噘着小嘴，一副绝不罢休的样子。

　　朱笑东沉默了片刻，才试探着问："杨薇……是不是胖子这家伙跟你打了什么小报告，这家伙，看我不好好收拾他，简直翻了天了。"

　　杨薇转过头去，不再搭理他，显然是对这招祸水东引不感兴趣。

　　见实在是瞒不过，朱笑东只得尴尬道："是不是佟格格的事情，对不起，杨薇，你也知道的，我……"

　　杨薇转过头来，嘴角笑意微露："说，先把这件事情跟我说清楚！"

　　朱笑东讪讪地说道："那位佟格格的事情，其实，你也知道得很清楚的，我对她，我对她，这话怎么说呢。你知道，我们到长白山的时候，她的老爸为了搭救我们……后来，她老爸临死之前就把她托付给我，可是你知道，我一直都是把她当亲妹妹看待的……"

　　"你就没有过非分之想？想要吃着碗里的盯着锅里的？"

　　朱笑东叹了一口气，说："唉，我哪里敢有什么非分之想啊！就算有，那也是有那做贼的心，没那做贼的胆啊！我的为人，老婆你还不清楚！"

　　杨薇"噗"的一声笑了出来，其实佟格格的事她私下里问过胖子，确实是如同朱笑东所说，不过，不管他有没有那个贼胆，这事早点儿说出来也是一件好事。

不过，她想要从朱笑东嘴里知道的并不是这件事，从朱笑东嘴里知道了他跟佟格格的事情也算是个意外的收获。

可是，杨薇想要套问的，朱笑东依旧还是没说出来。

朱笑东还特地举手发誓，除此之外，就真的再也没有事情瞒着杨薇了。

"是吗？"杨薇淡淡地说道，"我可告诉你，有一件事情打一开始你就瞒着我，要不是这几天机缘巧合，我还真想不出来要问你这件事，你是要我说出来还是自己招？"

朱笑东在一瞬间把跟杨薇见面之后所有对自己"不利"的事情想了个遍，但始终也没想出来究竟还有什么事情是让她知道了，自己却没解释过的。

最后，只得摇了摇头，笑了笑，伸手去搂杨薇："杨薇，这几天你也忙坏了，要不我们早点儿回去，好好休息一下！"

杨薇一伸手推开他，很是严肃、很是坚决地说："今天这事情你要不跟我说清楚，我……我就……"

朱笑东实在不知道，也想不出来自己到底在什么地方得罪了杨薇，让她不依不饶到了如此地步。

杨薇等了片刻，见他呆呆地望着自己，心下不由一软，又低声说道："笑东，不管你是个什么样的人，我已经是你的人了，也决心不论发生什么事都永远站在你的身边，可是……可是有些事情，你不应该瞒着我不说……"

"现在想起来，我跟你在一起，那么多次，你不能总用一句运气好来搪塞我，是不是……"

朱笑东的脑袋一阵发麻，枉自己对自己的智商自负得不得了，杨薇现在要问的，明明就是先前听了鱼传道的胡说八道，说自己有

"特异功能"这事，没想到自己七弯八绕，居然主动跟杨薇坦白出来佟格格的事，这不是找个天大的麻烦往自己身上背吗。天哪，杨薇居然对他也用上了这一招！

朱笑东怔了片刻，很"憨厚"地笑了笑说："老婆大人明鉴，如果说我的雕刻手艺是一种特异功能的话，我就没法子否认了。另外，你老公我怎么说也算得上是个探险家，探险家的基本素质是什么？除了身体要强壮，最主要的是头脑……

"如果我身经百战从枪林弹雨里摸爬滚打出来后还粗枝大叶，像胖子那样大大咧咧的话，估计老婆你早就该嫌弃我了，对不对？所以说，鱼传道所说的什么特异功能那都是见了鬼的东西，我倒是想有点儿特异功能什么的，可我哪儿有啊！"

"是吗？"杨薇嘟着嘴，还是不信，"除非你让我寸步不离地跟着你，让我看看你说没说谎话骗我！"

"呵呵，俗话说公不离婆，秤不离砣，欢迎……啊……不是……"朱笑东实在没想到，杨薇居然给他下了一个连环套。他计划去找林少华这事，可是没把她算在内的，毕竟这事情太过凶险、诡异，他可不想到头来让杨薇有个什么不妥。

"……不是，老婆你听我说，那地方什么样你可是听鱼传道鱼老头说过了，诡异莫测、生死瞬发，恐怕比我们以前遇到过的事情都会凶险十倍百倍，我朱笑东烂命一条，可是杨薇你……到时候……"

"笑东，人说夫妻一体，你是烂命一条，我又能好到哪里去。"杨薇看着他异常紧张，心里一甜，但好不容易把他给绕进来，哪里肯就此罢休，"笑东，公不离婆，秤不离砣这可是你自己说的，再说，我还得跟你在一起监督你。哼，我就担心某些人背着我又去找那什么公主格格，到时候我向谁喊冤去！"

朱笑东也知道自己被杨薇的套儿给套牢了，当下只得苦着脸说："这事儿，反正我们现在还没决定，还是到时候决定下来再说吧，对了杨薇，亲爱的，你说，这会不会跟我们在梁三他们那边遇到的那些东西有关？"

朱笑东为了引开杨薇的注意力，肉麻得连从来不曾用过的"亲爱的"这三个字都用上了，可惜的是，杨薇根本就不肯买账，非要他来个现场表态，带上自己一块儿去。

朱笑东本来坚决不想让杨薇再次跟自己去涉险，可是杨薇的脾气他也是了如指掌，如果硬是不答应，到时候这小妮子一咬牙悄悄跟在自己身后岂不是更糟。

上次在梁三那里，自己抛开杨薇，到头来差点儿让他们葬身洞窟，一想到这事，朱笑东到现在都还心惊肉跳呢。

左思右想，实在不得已，只得说道："这件事情，我现在就这么跟你说吧，如果我一定去的话，就带着你。"

没办法，朱笑东也就只能先埋下一个伏笔，到时候，哪怕自己放弃这个计划，也不让杨薇再去冒那个险。

杨薇却笑了起来，不管怎么说，自己终于又争取到了一次机会，至于朱笑东心里的小算盘，她哪里不清楚，以他的性格，就算能忍得住一时，又岂能忍得住一世，只要有了这个承诺，到时候就不怕他撇下自己。

所以，杨薇等到朱笑东这一句话之后，也算是心满意足了。

两人回到正题，又讨论起鱼传道所说的那洞窟里到底会有什么东西。杨薇认为，洞窟里会有大型的未知生物也不奇怪，自己跟朱笑东也见过，可惜那东西到底是什么却没人正正经经看清楚过，或许，鱼传道、云想他们看到的，也应该是些差不多的东西吧。

朱笑东却很是疑惑，鱼传道说，在他的生命里，有五年的时间是消失了的，这又是怎么回事，时空隧道，还是在闹穿越，这应该跟以前看到的那些东西不沾边吧。

杨薇沉思了片刻转头问："会不会真跟时间有关？也就是说，当初鱼传道和云想等人接到的任务根本就是去探索这件事，呃，不过这应该跟考古也不搭边啊，那些东西应该是科学家们研究的才对吧？"

朱笑东还是不小心露了一句："一切谜团，都只有到了那个地方才能解释得清楚……"

这时，高老二进来，笑眯眯地请朱笑东二人出去用餐。

没想到在这书房里没过多久，就已经到了用午餐的时候，朱笑东一下子感慨起来，这真像是鱼传道所说，光阴似箭，日月如梭。

吃饭时，高老二探听了一下朱笑东的口风，问这事情有了多大的进展。朱笑东摇了摇头，叹口气才告诉他："看来，这少华师兄的事情很不简单，一时半刻也找不到入手之处，另外，这件事情牵涉极广，有可能牵扯出来一些几十年前的机密，所以，不好办啊！"

高老二也跟着苦笑了一阵。

吃完饭，朱笑东本想再在这里逗留一下，看看能不能找到更有价值的线索，可是杨薇记起王晓娟摔了一跤的事情，胖子也没打电话来说明情况，两个人还得赶回去看看才好。

向高老二告辞了，两个人叫了车子，说了地址，就直接往回赶。

来的时候是朱笑东开的车，自然是熟门熟路地记得，可是坐在这车上没多久，他就发现这辆车不是在按原路返回。

"这有什么好稀奇的！"司机头也不回地说，"按你说的路走，那可要多绕上一点三公里，而且路上也多了好几处红绿灯，我选择的是一条捷径!"

朱笑东半信半疑,偏偏这一带杨薇也不是很熟悉,也就只好任由这个司机载着两人穿街过巷。

这一路上,司机倒也开得挺快,谁知道才走了不到半个小时,车子居然在一条深邃的巷子里抛了锚,司机叹了口气说:"两位,看来这钱我是挣不到了,要不,你们重新找辆车吧……"

杨薇不肯:"你怎么能这样?钱不钱什么的我倒不说,可是你耽误了我的时间,我还急着赶路呢!"

司机打开车门,淡淡地说:"对不起小姐,我这不也是没办法吗,谁知道这车开到这里就出了毛病,这会儿我还得赶着叫拖车来,修理费还得我自己出,也够倒霉的了……"司机一边说,一边往小巷外面走。

杨薇叫道:"哎……你这人怎么这样啊?怎么能丢下我们不管……"

可是那司机连头也没回,反倒是越走越快,最后居然跑了起来。

杨薇一边叫,一边要去追,朱笑东一把拉着她,低声说:"糟了,杨薇,我们中了埋伏……"

杨薇略一挣扎,转过头来,很是诧异地问:"埋伏?什么埋伏?谁的埋伏……"

话声未落,小巷子两头无声无息地窜出来二三十个大汉,不少人手里都拿着棒球棍或者钢管。

一看这阵势,杨薇有些发蒙了,这又是得罪了哪一帮人,居然动用这么大的阵势。

有几个过路的人停了下来,想要看看热闹,那一群大汉里立刻大声呵斥:"看什么看,信不信连你们一起揍,滚!"

想看热闹的人赶紧离开，这帮人个个凶神恶煞，手里又有凶器，看着就让人害怕。

朱笑东顷刻间四顾了一下，观察现在的处境，这地方两边刚好紧挨着大楼背后，连条小胡同都没有，前方二十来米才有一个小门洞，可是那边的人更多。

根本没有出路，两头又堵上了几十个人，想要跑，除非往墙上爬，否则插翅难飞，看来这一群人是早就算计好了。

可是朱笑东有一点不明白，是谁有这么大的胆子敢在光天化日之下跟他来这一套，要不知道他是谁也还罢了，可是看样子，明摆着就是冲着他来的。

到底是谁呢！

眼看着两边的人一步步逼近，他一把将杨薇拉到自己的背后，两个人都靠着墙。

没有了后顾之忧，才对那不断逼近的人说："我说，大家伙是不是认错了人？我们往日无怨……"

有个穿着厚厚羽绒服的大个子中年人将棒球棍在手上拍了拍，毫无顾忌地笑了笑："认错人？哼哼，你就是朱笑东，就算是化成灰我也认得，少废话，我们也不要别的，就要你一双手，你自己动手还是我们来？"

杨薇被朱笑东挡在后面，趁这机会赶紧拿出电话，想要找高原和胖子，或者直接报警，可是拿出手机一看，却不由傻了眼，没电！这手机待机时间长，可是这也直接养成了她没有随时为手机充电的习惯，这节骨眼上，手机直接罢了工。

穿羽绒服的男子没说上三句话，直接就吆喝动手，二三十个人直接扬起了球棒棍、钢管扑向朱笑东。

朱笑东咬着牙，这情势，没道理可讲，反正也冲不出去，就只能一拼，好在这巷道狭窄，对方人多势众，反而没了最大的优势。

　　倒是他们两个人见惯了生死，经历过了无数次搏斗，用胖子的话说，那可是真正从枪林弹雨里摸爬滚打出来的，不仅能打，而且下手也黑。

　　这也是没办法的事情，他打过很多次狼，也真正滚过枪林弹雨，深深知道，在任何时候，跟对方仁慈那就是对自己残忍。

　　所以朱笑东不知道从哪个人手里抢来一根钢管，虽然匆忙间没能用布条绑在手上，但是那威力也十分惊人。

　　一眨眼，那个穿羽绒服的中年人脑袋上就挨了一记，连哼都没哼一声就直接倒了下去，要不是他身后的人猛地冲出来招架住朱笑东的追击，那人的脑壳铁定会直接被敲碎。

　　事情到了这个地步，朱笑东哪还会去管那么多。

　　杨薇也抽了个空子捡了一根木棒，和朱笑东并肩御敌，她虽然没有朱笑东力大劲猛，但是身手敏捷、刁钻狠辣，尽拣人身上的痛点要害出击。

　　两人虽然勇猛，但毕竟双拳难敌四手，打倒七八个人的同时，自己身上也挨了不少闷棍。

　　朱笑东皮粗肉厚，还勉强顶得住，但是杨薇就有些吃不消了。

　　再说，这还剩下的二十多个人见了血，一个个都像是疯狗一般不顾一切地猛扑，两人纵然勇猛，还是渐渐被逼得只有招架之力，没了还手之功。

　　朱笑东再将一个人放翻在地，却听见杨薇一声大叫，想来肯定是到了危险的地步，便忍不住回头去看，只是他这一瞬间的分心，就被一根棒球棍打在了手腕上，朱笑东的手腕一阵剧痛，捏在手里的钢管也脱手飞了出去。

这边，杨薇身上、手臂上挨了好几棒，再被脚下一绊，一个站立不稳直接就倒了下去。

朱笑东大叫了一声，拼着后背上挨上七八棍，转身去把杨薇拉了起来，只是这一拉，后背上何止挨了七八棍！

好几个人趁着他手里没了武器，而且又背过身去照顾杨薇的工夫，死命朝他身上招呼。

朱笑东顾不得背上、脑袋上的疼痛，拉起杨薇，一手夺过一根钢管，拼命冲开人群，大喝道："快走……"

杨薇不肯，反过身来跟朱笑东肩并着肩，边战边退。

对方的人死缠烂打，紧追着两个人不放，一排四五个人，刀枪棍棒一齐招呼，两个人实在抵挡不住。

不知不觉间，朱笑东跟杨薇退到了那个小小的门洞前，这是一扇旧式的木门，朱笑东顾不得许多，拼命挡住追兵，要杨薇去敲门。

到了这会儿，杨薇也不客气，直接一脚踹在门上，那一扇旧式的木门"呼"的一声，差点儿连门带框一齐倒了下去。

这门洞后面是一个不大的天井，里面有不少花盆，可是此时，除了两盆含苞待放的蜡梅外，其他的花盆里就剩下了光秃秃的土壤。

杨薇打开了门，只看了一眼，便知道里面是个天井，也顾不上其他，叫了一声，把朱笑东拉进了门洞。

门外的人哪里肯就此罢手，呼喝着硬往里闯。

但是门洞更狭窄，朱笑东跟杨薇守在门洞两边，进来一个就直接放倒一个，进来两个就放倒一双，不一会儿工夫，就有四个人倒在了门洞里面。

后面的人一看，干脆一拥而上，直接往里挤。

见门洞失守，朱笑东不得已再次大叫了一声，奔向天井后面的房间。

天井后面有一道玻璃门，杨薇顾不得去开，直接用手里的钢管去敲，那玻璃门"哗啦"一声碎了满地。

两人顾不得其他，直接就钻了进去。

可是一进门，他们却大大吃了一惊。

两个老头子正在房间里下棋，其中一个正是小卫的老子——卫老爷子！

另一个人是一副普通打扮的老人，应该是儿孙满堂的那种退休老工人。

卫老爷子抬头看了一眼朱笑东，将手里的棋子缓缓地放进棋盘，才说道："怎么会是你们?"

朱笑东来不及搭话，后面的人已经扑了进来，只是扑进来的人还没有什么动作，一个个便呆立住了。

两个铁塔一般的人拿着两把黑洞洞的手枪，直直对着他们的脑袋，看样子，只要他们稍微有些异动，肯定就会被子弹打个对穿。

这时候，小巷子外面响起急促的警笛声，想来是来了不少巡警。

不一会儿工夫，闯进天井里的十几个人也全都戴上了手铐，被枪指着脑袋的两个人刹那间脸色死灰，其中一个甚至"扑通"一声瘫倒在了地上。

卫老爷子这时才淡淡地对另外那个老头子说："老班长，这盘棋我又输了，哼哼……扫兴，扫兴……"

卫老爷子的老班长呵呵笑了笑："这是因为有几个小毛贼打乱了你的思路，呵呵……让我又赢了一盘……"

卫老爷子推开棋子，这才转头问道："杀人不过头点地，你们都

120

把这两个年轻人打到这份儿上了，有什么深仇大恨？"

那个还站着的人脑袋上像泼了一瓢水似的，说话都不利索起来："对对对……不起，我们也是受人指使，我跟这两位无冤无仇……"

卫老爷子淡淡地问了一句："谁的指使？"

"不不不……不知道……"站着的人回答。

"是……是……严大公子……"瘫在地上的人杀猪一样叫了起来。

"严铮……"卫老爷子脸色瞬间数变，良久才挥了挥手，两个拿枪的大汉一个推着站着的那人，一个拎小鸡一般把瘫在地上那个人拎了起来，直接交给等候在外面的警员。

过了片刻，卫老爷子看了看一头青肿的朱笑东，指了指旁边的凳子说道："坐下，我有事要问你……"

杨薇没见过卫老爷子，又心痛朱笑东身上的伤，不过，一看卫老爷子的气势，和两个铁塔一般的保镖，就知道这老头子绝非凡人，当下也不敢造次，只得扶着朱笑东坐了下去。

这时，一个精悍的中年人踏着满地的玻璃渣子走了进来，笑呵呵地说道："好家伙，两个人干趴了七个人，个个都是重伤，我还真没见过这么厉害的人，哈哈……"

"老郑……"卫老爷子不动声色，对中年人说道，"有什么话你赶紧问，这两个人待会儿还有事情要做。"

姓郑的中年人点了点头，拿出手机，打开了录音功能，然后才问了朱笑东事发经过之类的，估计算是笔录。

朱笑东把经过简单说了一遍，也就不过五分钟，老郑就录完了音。

不过，朱笑东自始至终都没提到严铮，他相信，既然这事撞上了卫老爷子，那这老头子肯定不会袖手旁观。

事实上，朱笑东自己也知道，知道自己跟卫家有关系，却还敢这样明目张胆地胡来，除了严铮，恐怕还真找不出别人。

可是他就想不明白了，他跟严铮根本是井水不犯河水，严铮为什么会来对付他？

待老郑拿着录音走之后，朱笑东跟杨薇两个人一起问出了这样的疑惑。

玻璃门碎了，后门也破了，一股寒风袭了进来，朱笑东忍不住打了个寒战。

卫老爷子看着他，沉默了良久，才说："这中间有些事情，你们不要去问，今天这事可是抓住的现行，你就放心……本来，你们两个现在身上都有伤，应该立刻就去医院，但是有句话，我不得不现在就跟你们说……"

朱笑东忍住痛说："老爷子，这点小伤小痛我还能忍得住，有什么话您说！"

"我要说的是……"卫老爷子顿了顿，才说道，"我现在遇到一些难题，能帮到你的不多，但是，我希望你能继续把那件事情调查下去！"

朱笑东明白，卫老爷子所说的那件事情就只有梁奇宝的事，这件事情虽然以前跟卫老爷子说已经结束了，但是那根本不是真正的结束，而且他也想着有些眉目了之后，再把先前的那些谬误跟卫老爷子说明，没想到今天在这种情况下见到了卫老爷子。

卫老爷子点了点头，淡淡地说："本来我也以为你调查到那个'桃源'，这事就算是到了头，没想到你到底还是明白过来了。好了，我也不多说，接下来，我希望你能克服一切困难，把这件事情查清楚。对了，还有一个人，或许对你了解这些事情有些帮助，你可以去找找看……"

"这个人是谁？"朱笑东忍着痛，一边咝咝地吸着寒冷的空气，一边问。

卫老爷子转过身去，想了片刻，才说道："这个人叫梁国华……"

一听到梁国华的名字，朱笑东心里一震，这人不是早就死在了新月谷吗，找他有什么用？不过他可不敢把这话当面说出来，那中间有好多曲折，要让卫老爷子知道了，那可不得了。

"他也是当年的参与者之一，其他的人很多都已经不在人世了，我能帮你的就只有这么多……"顿了顿，卫老爷子又说道，"对于严铮，你们不能跟他正面对抗，这里面的事情不用我多说，相信你们也能明白。好了，去吧，养好伤再去做事吧。"

"可是……那……"朱笑东还想委婉一些把梁国华已经死了的事情说出来，可是卫老爷子挥了挥手，示意送客。

他见这老头子不愿再听，只得扶起杨薇，说了一声："告辞……"然后一瘸一拐地，准备依旧从破玻璃门走天井原路返回，可是两个大汉伸了伸手，让他从前门走。

出了卫老爷子老班长的家，前面是一条比较繁华的街道，街道上明显多了一些巡警，这让两个人放下心来。

杨薇一边走，一边问："这老头儿是谁啊，这么有派头。对了，他好像知道很多事，笑东，他会不会就是小卫的爸爸卫老头儿？"

朱笑东咧嘴一笑，可是他这一咧嘴，又牵动了脸上的伤痕，痛得他直吸凉气，好一会儿才答道："你猜对了，这家伙就是卫老爷子，怎么样，够神气吧？"

"神气个屁……"杨薇没好气地说，"看着我们两个人拼死拼活

123

也不出来帮个忙，到头来还说什么'……我希望你能克服一切困难，把这件事情做到有始有终……'这算什么？一点人性也没有，还真没见过这样的人……"

杨薇学着卫老爷子的腔调，可惜她始终是个女的，卫老爷子的威严与沉稳怎么也学不来，最后学得不伦不类，滑稽至极，惹得朱笑东想笑。

杨薇接着又说："还有，那个梁国华早就死了，他还要我们去找他，这不是咒我们吗，真是的……"

从高老二家里回来，朱笑东就一直在家养伤，胖子憋了一肚子气，不住地数落朱笑东跟杨薇两个人。

"你说这叫什么事啊，平日里看你们两个精得跟猴儿似的，这回怎么就在阴沟里翻了船，被人揍成这样，你说，这事情要说出去，我胖子的脸往哪儿搁去。还有啊，那个姓严的一看就知道不是什么好东西，我这就去……"

朱笑东捂着嘴说："胖子，你给我回来……"

"可是我咽不下这口气！"胖子眼里冒着火道。

"咽不下也得咽……"朱笑东一只手按着腮帮子，指着胖子说，"胖子，你说你这样算什么？卫老爷子可是说了，我们不能正面跟严铮对抗，说得已经够明白的了，你还想去找死？行，真要去，就带着我一块儿去……"

胖子愣在原地，半晌才还了一句嘴："可是我们就这么让他给……哼……"

王晓娟在一边拉着胖子，柔声劝道："胖子，这件事情我们只能从长计议，你看啊，这卫老爷子不是都说了，不能跟那姓严的正面冲突，对吗？胖子，我们不着急，慢慢来……"

胖子心烦意乱，一摆脑袋呵斥道："去去去，你闭嘴，别在这儿烦我……"

这一喝，王晓娟很是乖巧地坐到杨薇身边，闭着嘴巴，可怜兮兮地看着胖子，连杨薇都好奇不已，王晓娟什么时候变得这么温顺贤淑了。

胖子正烦躁不已，这时，高原进来说，小卫跟唐婉刚刚打的电话，说是有事要找朱笑东，这会儿估计都快到门口了。

一听说小卫过来，朱笑东跟杨薇两个人"相扶相携"，赶紧出去迎接。

不到片刻，果然听到小卫的声音，火气很大，是在训斥高原跟萧劲："你们两个干什么吃的，让东哥被人揍了，你们知道这叫什么？这叫失职，这碗饭你们干脆不要吃了，回家种田去得了……"

也怪不得小卫恼火，当初，他们两个是小卫介绍过来给朱笑东当保镖的，干好了，小卫脸上也有光，可是，偏偏他们把事情干砸了好几回，虽然朱笑东没说什么，可是小卫这张脸往哪儿放去？所以，一见到两人，小卫就不客气地训斥了起来。

朱笑东跟杨薇两个人出来，老远叫了一声："小卫……"顿了顿，又才说，"这事怨不着高大哥跟萧大哥，是我不让他们去的。算了，咱们不谈这事，外面冷，进来进来……高大哥、萧大哥，你们也去忙你们自己的吧……记住，待会儿过来，我们一块儿吃饭。"

打发走两个人，胖子上前盯着唐婉看了好一阵，才笑着说："唐家妹子，你的伤全好了？"

唐婉娇羞地点了点头，说："多谢东哥、胖子哥，我的伤好得差不多了……"

小卫阴着脸，看着脸上涂着红药水、紫药水的朱笑东，恨恨地喘了一口气，这才跟胖子等人一起进了客厅。

"怎么样，伤得不重吧？"落了座，这才问道。

朱笑东苦笑了一下："算不上太重，我反正是皮糙肉厚。"

小卫点了点头："我今天来是为两件事，你们救了唐婉一命，我一直都没能过来跟你们说声谢谢，今天老头子让我们两个过来道一声谢……"

王晓娟挺着肚子，跟胖子两个人亲自动手为几人烧水泡茶，忙里忙外，看得唐婉挺不好意思，主动跟王晓娟一起去聊天烧茶。

其实，说是朱笑东跟杨薇两个人救了唐婉，还不如说是唐婉舍命救了他们两个人，要说谢，应该谢唐婉才对。

不过话说回来，朱笑东把小卫当兄弟，而小卫也愿意认这个大哥，大家都是一家人，谁救了谁也就不提了。

第二件事，是卫老头子的一个口信，朱笑东被人揍了一顿，卫老爷子想要问问他有什么要求没有，顺带让小卫过来看看，算是探病。

朱笑东沉默了一会儿，说："我反正皮糙肉厚，打了我也就算了，但是打了杨薇，怎么说也应该道个歉，我可以不追究他们的法律责任，也不需要他们赔偿什么，但这个道歉肯定是少不了的。"

小卫点点头，说："其实，你这个要求老头子已经料到了，但是这事情的难处也就在这个地方，你要他们道歉，这就是扫了严家的面子，目前，我们跟严家势均力敌，要他姓严的出面道歉，这事情……"

胖子不满地说道："小卫，我说你这到底站哪一头啊？他姓严的就算地位再高，也不能这么欺负人对不对！把东哥他们打成这个样子，连一句'对不起'都不站出来说一声，怎么也说不过去。佛争一炉香，人争一口气，这事情我可是想好了，就算是倾家荡产，我也跟他耗上……"

朱笑东止住胖子，叹了一口气："胖子，算了，要知道，我们一旦跟严铮耗上，小卫他们肯定不会袖手旁观，如此一来，必定会引起卫、严两家纷争，这个大局，我们不能不顾及，这事情暂时就到此为止。"

遇上这事情，也的确是没办法，卫、严两家素来不合，但是谁也奈何不了谁，如果为了自己硬让两家死磕，势必会坏了卫家大计，朱笑东也不愿意。

再说，去做又能怎样，严家跟卫家势均力敌，朱笑东跟严家去斗，说是以卵击石那都毫不过分，如果能先忍下这一口气，也未必不是件好事。

这里面的轻重杨薇早就衡量过，她心里虽然不忿，但还是勉强笑了笑说："算了，反正我们这点伤也换了他们七个重伤，想想我们还是赚了。笑东，这事情，我看也就到此为止是最好的了。"

朱笑东跟杨薇两个人身上是受了不少伤，但是对方七个人重伤，其中还有一个成了终身残废，要说赚，两个人肯定是赚了，但这事情有个前提，那就是严铮的人不能再有后续行动，朱笑东要他们出面道歉，其实也就是这个意思，可是现在连卫家也不一定能保证。那以后就只能兵来将挡、水来土掩了。

"很好……"小卫终于露出了难得的微笑，"我回去就跟老爷子这么说了，朱大哥和嫂子大人大量，这件事情已经不想再追究下去了……"

朱笑东叹了一口气，才点点头，回去怎么交代那是小卫的事情，反正他现在是无可奈何了。

笑了笑，小卫才说："很久都没享受过胖子哥的烧烤了，今天我可得好好地叨扰胖子哥一回。"

胖子快快地应了一声，让王晓娟出去代自己买上一些新鲜的菜蔬肉食回来，今儿在家里好好招待大家一顿。

小卫见胖子不肯离开，沉默了片刻，才让唐婉陪着王晓娟出去，又叮嘱唐婉，买什么倒无所谓，但是务必要照顾好王晓娟。

唐婉两个人走后，胖子才不满地对小卫说："小卫，我发现你这人越来越不地道了，你我兄弟一场，有什么话能跟东哥说，却不能跟我说，还要支开我，你还拿我当哥吗？要不，给个痛快话，要不能听，我这就睡觉去了……"

小卫呵呵一笑："胖子哥，你还是这脾气，呵呵……这话，原本我不想让你知道，但是我想了想，真要瞒着你也就对不起你了，呵呵……我们可是好兄弟。"

"那还差不多，说吧，什么事搞得这么神秘？"胖子大大咧咧地说道。

"这么说吧，老爷子的一个战友也是那件事情的参与者，在那次事件中失踪了，直到现在都生死不明，而且那次的事情死了那么多人，人怎么失踪的、怎么死的，一直都是个谜，老爷子心里惦记着他的老战友，也想把这件事情弄清楚，给他老战友的后人一个交代。不过，这件事情牵涉甚广，老爷子也不好自己出面，所以这事……"

朱笑东淡淡地回答说："我以前答应过老爷子，要给他一个交代。小卫你就不用再来解释了，不过要是有机会能够成行的话，我可能需要一些超出常规的特殊装备，希望你能给我帮个忙。"

小卫又皱上了眉头，以朱笑东的财力和关系，个人需要的探险装备完全是用不着要他帮忙的，现在说的这些东西肯定就是不允许私人拥有、携带的了。

这些东西对于朱笑东等人这次探险极为重要，上次几人在雪山上，因为手里没有枪，最后差点儿就留在那儿了，现在回想起来，小卫还心有余悸。

可是这枪，就算是小卫自己也是不敢随意乱用的。

沉默了片刻，小卫才笑着说："东哥，这件事其实我挺为难的，你知道……"

胖子在一旁一听朱笑东这次要带枪才肯去，而小卫却打了个马虎眼，忍不住说道："小卫，其实你知道，就算我们不拿枪，那姓严的也不一定没有，照目前的情况来看，恐怕只要我们出现在姓严的视线之内，那子弹就会像马蜂一样朝我们飞来。退一步说，就算姓严的不会直接灭了我们，那洞窟里的凶险也……"

在无数次的探险之中，胖子等人在这方面奉公守法，不少次都被人用枪指过脑袋，没被那黑洞洞的枪口顶过脑袋的人永远不会明白那种恐惧。

小卫瞪了胖子一眼，良久才说："那些手续问题，我可以给你们解决，但是正规的手续不会超过五个，而且你们问我要的东西我没有，我也不支持你们去碰那些东西，只是，如果实在需要……你们一定要记得，用完之后，要么直接销毁，要么上缴，要是做不到这一点，我宁可不让你们去……"

胖子嘿嘿笑了好一阵才说："小卫，你放心，我保证绝对不会出什么差错。"

小卫哼了一声，又说："还有一件事，这次如果你们发现有什么东西可以带出来，就直接交给博物馆，还可以拿到一定数目的奖金，别藏着掖着，那样子很危险。"

一说到这个，胖子又有些泄气，拼死拼活的是为了什么，不就是图捞几样好东西回来换点钱吗，可是小卫一口就把这事情给堵死了。

　　"朝廷还不使饿兵呢，你这样让我们赤胳膊上阵不说，还没有好处，那谁还会去凑那热闹。要不然谁爱去谁去，这也不准，那也不让的，到头来有个大伤小痛的还得自己花钱贴医药费。"

　　小卫笑了笑，就知道胖子会这么说便道："卫家手头也不宽裕，也拿不出来几百万几千万元，老爷子前后数年筹集了五十万元钱，算是这一次行动的差旅费用，不算多，就是一个意思而已。"

　　说着，小卫掏了一张卡出来递给胖子，胖子不客气地接过银行卡，看了看，笑着说："还算你懂事，嘿嘿，蚊子再小也是肉，这单生意胖子我接下了。"

　　朱笑东也没跟小卫客气，又把话题扯到了枪上面。

　　"小卫，说实话，对这方面，我真不知道该怎么做，但是没有这玩意，这一次……"严格来说，朱笑东担心的并不是严铮他们，而是那个未知的东西，鱼传道说过那个洞窟里有东西，但是小卫如果不愿意帮忙的话，这真是个难题。

　　小卫考虑了很久，才给出一个答复："不管你用什么办法，不管你怎么去做，反正这事我管不了，也就是说，只要别在到达目的地之前扛着枪耀武扬威就成了，至于说手里有了枪就危害社会，我相信你们不会那么做。"说完这些，又问："你们什么时候能够出发？毕竟，现在各方人马都虎视眈眈，要是启程迟了，难免会错失良机。"

　　朱笑东叹了一口气："行动之前需要筹集装备，另外，我跟杨薇两个又刚刚负伤，起码不能带伤上阵吧？往少里说这也得个把星期。"

小卫笑了笑:"也好,凡事有利也有弊,反正办手续也需要一段时间,有其他人去冲头阵也不见得是件坏事,那就等万事俱备了再启程不迟。"

随后,王晓娟跟唐婉两个人买菜回来,大鱼大肉买了不少,少不得胖子一阵劳顿。

大家吃烧烤、喝啤酒,兴尽之后送走了小卫,胖子又愁眉不展起来,王晓娟问了百十来遍,他却不肯说是什么原因。

倒是朱笑东知道胖子心里所想,瞅了个空儿,避开王晓娟跟王长江,悄悄说道:"你愁个什么劲儿,那件事我心里有底!"

胖子依旧闷闷不乐,一会儿看看朱笑东,一会儿又看看王晓娟,问道:"这事情你也有底?你知道我儿子什么时候出来?"

"你……"朱笑东一时无言以对。

倒是杨薇笑了笑,说:"生孩子也是可以计算出预产期的,一般来说,妊娠期在四十周左右,也就是常说的十月怀胎,只要算一算,也就大致知道预产期在什么时候了。"

胖子一本正经地说:"嫂子,没看出来啊,这些事你比我们家小娟都清楚,嘿嘿,你们是不是已经试验过了……"

朱笑东抬手拍了胖子一记:"胡说什么呢你,这事是能试验的吗!胡说八道……"

没想到杨薇根本就不以为意,脸都不红,只是淡淡笑了笑说:"没吃过猪肉还没见过猪跑吗?胖子你是成心的吧。"

胖子得意至极地笑了笑,转头又问:"小卫说那事,东哥你说有底了,你有什么底?"

朱笑东没好气地说了一句:"戈壁滩,无人区……"

胖子长长地吐了一口气，原来东哥还真是有底了。

上次在戈壁滩上遇到阿苏妮时，她曾夸下过海口说，不要说枪，就算是大炮她也能弄到，朱笑东说的就是她了。

只是现在时间紧迫，能不能找到要找的人还很难说，再有就是如何转运。

胖子一拍胸脯，好办，这事情就交给我，保证万无一失。

朱笑东想了想，要是能找到阿苏妮，就把东西留在原地，要用的时候再说，又让胖子跟王晓娟与王长江商量商量，看看能不能脱身，反正王晓娟的预产日子是在年后，离预产期足足还有两个多月呢，走这一趟应该问题不大。

第七章

胖子打鬼

第二天一早，胖子就兴高采烈地带了萧劲再次往戈壁滩赶去。

朱笑东跟杨薇两个人身上的伤势还没完全恢复，就赖在家里等胖子的消息。

胖子跟萧劲两个人辗转到了扎陵湖畔，旧地重游，忍不住感慨了一番。

感慨完毕才去打听阿苏妮的行踪。

一连打听了两天，却没有任何消息，胖子有些踌躇，只好打电话问朱笑东怎么办？

朱笑东骂了他一顿："怎么这么笨，上次那处草原，卖马的地方不是有阿苏妮的堂兄吗，找他问问不就知道了。"

于是，胖子灰溜溜地带着萧劲再次启程，花了半天赶到了巴桑老爷子那里。

巴桑老爷子一见胖子，乐坏了，什么事都先放到一边，拿出马奶酒、青稞糌粑、手抓羊肉，好好地招待了胖子跟萧劲一番，随后才说出阿苏妮的行踪。

"这妮子，自从上次跟你们出去了几天之后，再回来就老实了很多。这不，她已经不做向导那份职业了，而是跟她堂兄合伙投资养马、养牛羊了，前天刚刚跟她堂兄一块儿出去寻找牧场和谈，准备扩大经营规模。"

总的来说，阿苏妮这女娃真是个好女孩，草原上的女强人。

胖子嘻嘻笑了一阵，说："这还不是托了您的洪福，嘿嘿，不过，我们还有一件重要的事情，得找找阿苏妮。"

巴桑老爷子的脸一下子就黑了下来："不管你什么事情，也不在乎这一天两天，既然来了，那就必须先在这儿住上两天，要不然，老头子我可要翻脸了。"

胖子知道巴桑老爷子好客，但是自己这边的事情很急，必须要先找到阿苏妮才成，便道："待事情完了，再来叨扰。"

巴桑老爷子见实在留不住胖子，便挑了两匹好马，配好鞍鞯，又准备好一路上的食物酒水，这才放他们走。

胖子不肯就此走人，表示必须给老爷子一些钱财作为两匹马的资费，可是老爷子瞪着眼睛说："我这两匹马是借给你们的，待你们找到阿苏妮就把马交给她，她会还给我的，我能要你什么钱……"

胖子不得已，只得趁巴桑老爷子不注意，偷偷地把钱放在了帐篷里，然后跟萧劲两个人骑了马，辞别而去。

阿苏妮去的那个牧场离这里有八十多公里，就在巴颜喀拉山脉一个分支的山脚下一处叫"古扎"的牧场里，如果不出什么意外，天黑之前就能找到阿苏妮。

胖子跟萧劲两个人骑着马，风尘仆仆地赶往古扎。

萧劲的骑术不错，人和马都走得很是轻松，胖子的马就惨了。虽然巴桑老爷子精心为他挑选了一匹健马，可是胖子这家伙太重，而这匹马又比不上以前在阿古力那里买的那匹宝马，才走不到二十公里，便打摆子似的摇摇晃晃起来。

胖子无奈，前面还有好几十公里，多少也还得代步一段，而且，他这人对马也特别爱护，不肯把马往死里使，只得拉着马往前走。

看着这直打哆嗦的马，胖子倒很是怀念以前自己买的那匹花里胡哨的宝马。

萧劲笑着说："胖子，你这体重，实在是该减减了，呵呵……"

胖子没好气地说："你以为我想有这一身赘肉啊，我做梦都想减肥，可是喝水都长着肉，这上高原下地窟，每回我还背着好几十斤的东西，你见减下去了吗？我也是没法子啊……"

萧劲笑了一阵儿，便下马牵着马缰，跟胖子两个一路步行。

两个人走上一阵，待马匹稍微恢复一些体力，再骑上马往前走，如此骑骑停停，马匹体力越来越弱，没办法再骑上去。

两个人索性下了马，侃着大山，慢慢前行。

只是没过多久，萧劲脸上又堆满了忧虑，这天儿刚才还好好的，转眼之间头顶就堆起了一片乌云。

放眼望去，这一带渺无人烟，万一要是遇上大风大雪，岂不很糟糕。

可惜的是，有时候怕什么就会来什么，没过片刻，就刮起了一阵大风，风里还夹带着指头大的雪花粒，打在脸上麻沙沙地痛。

高原上的风雪不来则已，一来就算是灾难性的，两个人一看这阵势，顿时叫苦不迭。

这高原上随随便便一场风雪，就跟那场百年不遇的大雪一样，不到半个小时，地上便积上了足足两寸厚的积雪。

四下里都是白茫茫一片，最关键的是看不了多远，只有十来米的可视距离，要是继续走下去，两个人肯定会迷路。

可是原地不动也是等死啊！虽然两个人都有帐篷，但是这漫天大雪天不知道会下多久，倘若下个三天五天甚至十天八天，那就等着变冰雕吧。

萧劲想了想，拿了电话想要通知一下巴桑老爷子，可是这会儿电话也不好使了，根本就打不通。

胖子在雪地里挣扎了几步，嘿嘿干笑了几声："算了萧大哥，反正我们就这劳苦命，要没这场风雪，也显现不出来你我的英雄气概。来，喝上一口马奶酒，我们继续往前闯……"

萧劲接过装马奶酒的皮囊，喝了一大口，又把皮囊还给胖子，这雪虽下得大，不是还有十来米的能见度吗，这还难不倒他们这两个"从枪林弹雨里摸爬滚打出来"的男人。

在风雪弥漫的高原上走了六七个小时，两个人发现前面不远的地方隐隐约约有了灯光。

有灯光就是有了人烟，至少可以好好住上一宿了，等风雪小了些再去找阿苏妮也不迟。

胖子跟萧劲两个人摸索着到了近处，一看，这原来是一处草棚子，跟南方常见的草棚差不多，但又不是真正的南方那种草棚，灯光从已经有些破败的草棚子窗户里透了出来。

萧劲上前敲了敲门，叫道："老乡，我们是过路的人，这风雪太大走不了，能不能借宿一晚？"

窗子上的灯光摇曳了一下，似乎有人在拿蜡烛，可是这灯光摇曳一下就不动了，而且根本没人应声。

胖子在后面找了能勉强遮挡风雪的地儿安顿好马匹，回头过来，见萧劲还在那里大声高喊："老乡，开开门，我们想要借宿一晚……麻烦你开开门……"

可是，任凭他喊破喉咙，除了那燃着的灯光偶尔稍微跳动一下之外，草棚里根本就没有别的反应，更不用说有人出来开门了。

胖子一边对有些麻木的手呵着气，一边问："这是怎么回事，怎么叫了大半天也没人儿应声，不会是这户人家出去了吧。"

可是胖子马上又暗骂了自己一声，屋里亮着灯，这里面的人就算要出去，也不应该亮着灯才是吧，这人不在家，就不怕把这草棚子给烧着了？

萧劲又叫了两遍，屋里依旧没有人应声，胖子顾不上那么多，直接去推那柴草做成的门。

门一开，烛光刹那间就被外面吹进来的风吹灭，屋里一片黑暗，胖子跟萧劲两个进了屋，赶紧把门关上。

萧劲一边低声嘟囔着，一边摸出打火机，想要重新把先前那根蜡烛点上。

手里的打火机是比较高级的防风打火机，而且是燃气的，可是萧劲一连摁了好几次，却没点燃。

黑暗之中，胖子"嘿嘿"一笑："萧大哥，你拉我干什么，我又不是小姑娘……"

萧劲也知道胖子最爱胡说八道，当下笑着答道："胖子，还是赶紧把蜡烛点着，看看什么情况吧。哎……胖子，你对我脖子吹气干什么，你这一吹，我浑身都起鸡皮疙瘩了……"

胖子在黑暗里"嗯"了一声，说："我吹你什么气，呵呵……你还是放开我再说吧，哎……我说萧大哥，你干吗不老实，两只手老摸我胸口……"

萧劲大吃了一惊，自己几时去摸胖子的胸口了，别说都是男人，就算胖子是个女的，肥成那样他也没什么胃口，何况他一直都拿着打火机，哪里有空去摸胖子的胸口。

胖子一听这双摸自己胸口的手不是萧劲的，心头顿时涌起一阵恶寒："不对。"

同时，两只手照着胸前一抓，没想到手掌被对方的指甲戳了一下，痛得他忍不住叫了出来。这时，对胖子袭胸的那两只手也放开了胖子。

而萧劲的打火机，也冒出了一缕蓝幽幽的火苗。

屋里终于有了一丝亮光，这时胖子才发现，萧劲隔了自己好几米远，那刚才到底是谁？

萧劲凭着记忆，找到先前放置蜡烛的地方，伸出打火机看了一下，却根本没看到蜡烛。

"怪了？"萧劲背脊上也冒起一股冷汗，这地方怎么会透着一股邪气！

胖子却呵呵一笑："我这人，什么僵尸、怪物都见过了，可是就没遇见过鬼，呵呵……难道这一次老天爷给了我一个机会，想要让我见识见识……"

胖子的话刚刚说完，那没找着的蜡烛又无端端地出现了，而且是人点燃的，不过，这蜡烛亮是亮了，却发出一片淡蓝色的火焰。

幽兰的烛光中，一个长发遮住整个脑袋的女子正呆呆地对着胖子，胖子跟萧劲差点就被吓趴过去。

这到底是人还是鬼啊！

过了良久，胖子才稍微吐了一口气，坐到那桌子边的条凳上，哆哆嗦嗦地问了句："你是人还是鬼！要知道……你这样子出来……会把人吓出毛病来的……"

萧劲也说："姑娘，我们是赶路的，外面风雪太大，特来借宿一个晚上，姑娘要是觉得不方便的话，我们可以随便将就一下，明天一早就走……"

胖子不等萧劲说完，又腆着脸问："大姐，有吃的没有？要有的话，帮我们拿点，我们算钱给你……"

那女的不答话，好像不解为什么没能将两个人吓昏过去，过了半晌才缓缓地转身过去。

这一转身，胖子倒真是吓了一跳，不但连脑袋看不出来正反，就是身子也看不出来，这是唱的哪一出啊。

那女人往前走了两步，应该是"飘"出去两步才对，常人走路无论男女，都会有些动作的，但是这个女人往前走时连衣衫都没动上一动，这种走路的法子确实是"飘"！

可是，这常人走路，怎么会用"飘"？

而且，这个正反面都分不清的女人不知道从哪里端了一盘黑乎乎的像馒头片又像是肉片的东西放到桌子上。

萧劲暗暗地凝神戒备，这个草棚里很是诡异，先是胖子在黑暗之中被人"袭胸非礼"，接着自己的后颈又被人吹了几口凉气，这会儿又无端冒出一个形似鬼魅的女人，饶是一向胆大包天的他，也禁不住有些胆怯。

胖子倒是毫无顾忌，大大咧咧地拿了一张百元票面出来，放在桌子上，又对那个女人说："这光有吃的，我们还需要一点水什么的，一并麻烦你帮忙，这钱就算是食宿费用。"

那女人犹豫了片刻，才拿起胖子放在桌子上的那一张钱。

这时，胖子仔细地看了看那女人一双苍白的手，禁不住好奇地问："我说大姐，你干吗要把自己弄成这副样子？不人不鬼的，看起来挺吓人的……"

那女人终于忍不住说了一句话："我本来就是鬼，你不怕？"

虽然是胖子预料之中的女声，但声音沙哑刺耳，配合着蓝幽幽的烛光，还真有几分"鬼"的味道。

胖子却得意扬扬地笑了笑："我说过了，僵尸、怪物，我见过的多了去了，独独就没见过鬼，你说你是鬼，总得拿出个证明才行！再说了，就算你真的是鬼，我看你也没什么恶意，一定也是一个好鬼，我干吗要怕你？"

怕当然会怕，在这种情况下还不会害怕那就不是正常人了，只是胖子经历得多了，又始终不相信这世上会有什么鬼神，所以才不软不硬地试探这连面孔都没有的女人。

那女人呆了一会儿，才依旧沙哑着声音说："既然你不怕，那就让你看看我的真面目……"

说着，那女的转了一次身，伸手捋开脑袋上的头发，露出了本来面目。

这张脸确实是一张"鬼"脸，十分恐怖，两只眼睛的部位只有两个黑洞洞的眼眶，眼眶里还流出来一股黑黑的脓水，没有鼻子，嘴巴上没有皮肉，白生生的牙巴骨和牙齿还在一张一合，像是在说话。

萧劲的脑袋"嗡"了一声，差点就昏了过去。

想不到的是，胖子微微怔了怔，之后才干涩地说道："大姐，你还是用头发遮着吧，你这……这样子虽然不怎么吓人，但……但是……我看得都有些反胃了……"

"你怕了……"

胖子摇摇头："我这不是怕，是恶心……"

见胖子还是一点害怕的意思都没有，这女人再次伸手往脸上一抹，一块皮肉便拿在手上，而那张脸就成了鲜血淋漓的骷髅头。

胖子搔了搔脑袋，居然鼓掌笑着说："好好好！精彩，别说，这还真是有点恐怖，不过我看过川剧里面的变脸，那可是脑袋一甩就是一张脸……你这用手一抹才能变出一张脸，吓人是不错了，可惜手法算不上最好……"

那女人见这样都吓不住胖子，果真按照胖子说的，不再用手去摸脸部，只是轻轻将脑袋一甩，片刻间就变换出来十七八种恐怖的脸像。

什么样的脸谱都有，牛头、马面、大鬼、小鬼、被砍死的、吊死的、烧死的、溺死的……什么样子吓人，就有什么样子的脸谱。

谁知道胖子这家伙每见到变一次脸就鼓掌喝彩，越是恐怖就表现得越是兴奋，真不知道他哪来那么大的胆儿。

那女人的脑袋甩着甩着，突然"咔吧"一声，不知道是扭了脖子还是怎么的，一张鬼脸扭在脖子上顿时回不过来。

胖子哈哈大笑起来："一看就知道你缺乏练习，怎么样，把脖子给扭了吧？还好我勉强懂一点推拿，要不我给你弄弄，不然可就危险了，那可是比睡落枕了还痛苦的……哈哈……"

　　胖子一边说，一边站起来慢慢地靠近那个女人，想要去帮忙把脖子给扭回来。

　　那女人歪着脑袋，往后走了两步，嘶哑着声音说："别……别过来……别过来……"

　　"呃……"胖子嬉皮笑脸地说，"用不着客气，推拿我很在行，只一下，保证手到病除，嘿嘿……不要怕……"

　　茅草屋就那么一点宽，胖子两步就走到了那女人身前，毫不客气地一伸手，死死地捧住那女人歪在一边的脑袋，然后猛地往后一拧，只听见"咔吧"一声闷响，一颗脑袋居然就落到了他的手中。

　　胖子嘿嘿笑着问："怎么样，你舒服点了吗?"

　　萧劲在后面可是看得真真切切，胖子一伸手活生生把那女人的脑袋拧了下来，忍不住大叫了起来："胖子……你……你杀人了……"

　　不知道胖子是不是故意的，一听萧劲大叫，吓得把那女人的脑袋随手一抛，恰好抛到了萧劲的手上。

　　萧劲无意识地接住那颗脑袋，一边"啊啊"地大叫，一边手忙脚乱地把那颗脑袋抛回给胖子。

　　直到这时，那个没脑袋的女人才"砰"的一声倒在地上。

　　萧劲见那女人的身体轰然倒地，心里更是慌张，这可不是件小事，活生生把人脑袋给拧下来，那可比弄几张鬼脸要恐怖得多。

　　胖子手忙脚乱地接过那颗脑袋，想要再次抛出去，不想脑袋上的长头发却缠在了手上，一下子抛又抛不掉，放又放不开，当真是尴尬至极。

倒在地上的那个女人的尸体没有了脑袋，大叫道："还我头来……还我头来……"

不叫还好，这一叫，胖子反倒是安下心来，几下子清理开缠在手上的头发，将那颗脑袋放在桌子上，然后一把提起那没了脑袋的尸体，重重地往条凳上一放，喝道："你到底是谁？这样装模作样吓人。快说，要不然胖爷我真把你的脑袋拧下来当球踢……"

胖子的语气很重，连萧劲都听出来了一点异常，仔细一看，那被胖子拧断脑袋的地方根本就没有一点血肉，反而是多了不少丝丝缕缕的东西，在蓝幽幽的烛光照映下，勉强看得出应该是些棉絮之类的。

"被人给耍了！"萧劲一时之间反应了过来。

那女人的"尸身"被胖子按在条凳上，没多久就发出杀猪一般的号叫："你放开我……放开我……"

胖子冷冷地说："放开你也可以，你得老老实实跟我坦白你在搞什么鬼，要不然胖爷我这就把你给捆了，然后丢出去喂狼。"

萧劲忍不住好奇地问了一句："胖子，你怎么发现他这是……"

胖子没好气地说："跟我玩，这小子还嫩了点，你知不知道就算你的蜡烛发出来的是蓝光，你依然会有影子？你装鬼就应该装得像一些，这样子漏洞百出，是你白痴还是当我白痴？说！你这家伙到底怎么回事？"

那没脑袋的"尸体"晃了晃身子，极力想要摆脱掌控。胖子哪里肯就此放手，一边死死按住"尸体"，一边喝道："说不说？你要再不说，胖爷我可要来真的了……"

那"尸体""唔唔"痛叫了两声，才开口说："胖爷，你也是江湖上混的，我们素来井水不犯河水，既然你识破了，就在这里住宿一晚，别的事情你也不用问，问我也不会说，咱们就当什么都没发生过……"

胖子呵呵一笑："你小子还有理了是不是？你知不知道刚才差点把胖爷我吓尿裤子了。你要不给胖爷我说个清楚，你这脑袋……哼哼……"

那"尸体"怔了半晌，才回嘴说："既然被你看破了，我也没话好说，你到底想怎么样，给个痛快的！"

"好！"胖子松开按住"尸体"的手，退了一步，笑了笑说，"别以为你们干些什么勾当我不知道，有道是沿山打猎见者有份，你们要是在道上混的，就敞亮一些……"

萧劲有些纳闷，胖子说的话他似懂非懂，这装神弄鬼有些可恶是不错，但是胖子要分他们的什么东西，难道分这装神弄鬼的道具？

胖子笑了笑说，这草屋一看就不正常，不是老旧的草屋，显然是刚刚搭起来没多久，这里是高原，本来就地广人稀，没事的人哪里会跑到这里来搭建一座草房子，有事也就不是什么正当的事情。

萧劲还是不懂，这小草屋跟这高原有什么关系，与地广人稀的环境又有什么关系？

胖子解释说，盗墓的土爬子有好几种方法，这装神弄鬼的肯定也是一伙土爬子，这里虽然地广人稀，但是时不时地还是有人经过，打盗洞出来的弃土要是没有遮掩，就极容易被发现。

所以，一般的土爬子要是找到一座大墓，就会在盗洞上盖一座茅草棚子掩人耳目，就算有人发现这茅草棚子不正常，也可以用很多法子遮掩过去，比如先前这家伙扮鬼来吓人等。反正只要能驱赶好奇的人，他们的手段多得是。

今儿个这事，要不是遇上胖子胆大，一准儿就给吓得昏了过去，醒来时只怕是睡在荒郊野外，还会以为当真是见了鬼。

那"尸体"见什么事情都让胖子说破了，知道今天算是遇上了同行，还是一位高手，当下沉吟不语。

其实，这些事情只不过是胖子跟烟锅叔厮混了一段时间后了解到的一些道上的手法，没想到这次真的派上了用场。要说高手，胖子这家伙除了胆大有些蛮力之外，连"低手"都算不上。

沉吟了许久，那"尸体"站了起来，胖子也不怕他跑，只是冷冷地盯着，防止这家伙被逼急了暴起伤人。

那"尸体"却没有跑路的意思，而是站起来除下身上的道具，显出本来面目。

这个装神弄鬼的人居然是个二十多岁的年轻人，比胖子低矮了很多，不过，他这个子要在盗洞里钻来钻去倒是十分灵便。

取下身上的道具，这年轻人勉强笑了笑，对胖子说道："算你们有些道行，不过话我可说在前头，下面还有三四个兄弟，还有师父，他们愿不愿意分你们一份，我说了可不算。再说，这活我们也刚开始做没几天，有没有货那还是两说，你们一定要分上一杯羹，那也得自己动手。"

胖子不耐烦地哼了哼，说："你带我们下去……"

萧劲有些迟疑，这掘墓盗宝的事情他可是从来都没干过的，也不想去干，可是胖子是他的雇主，这要不去也不好说。

萧劲在迟疑间，那小个子便推开了草屋的一壁墙，回头笑了笑说:"走吧……"

胖子显露出来的"功力"已经超过了小个子的几个师兄弟，凭这一点，小个子倒真心不想隐瞒什么。

既然胖子他们两个是高手，要再藏着掖着，弄不好反而会坏了大事。

干这一行也有这一行的规矩，并不见得陌生人就完全是敌人，底下的东西是无主之物，谁拿到手那就算谁的，如果中途有陌生人要入伙，那就看两边的实力说话。论实力分成，不但不会坏了规矩，而且会多个朋友多条路。

再说，干这一行最怕的就是被人识破，识破了少不得会有走漏消息惹来麻烦的可能，像胖子这样，要求分上一份的，对小个子他们来说反而是可以接受的。

胖子笑了笑，说:"小兄弟稍等，我们还有些东西放在外面……"转过头来，又对萧劲说:"去把手电、砍刀什么的给拿进来。"

不到片刻，萧劲拿了背包进来，只是仍旧有些犹豫，不知要不要劝阻胖子。

胖子早看出了萧劲不愿意，不过却没给他说话的机会，直接拉着他跟在小个子后面，下到盗洞。

这盗洞打得很是规则，胖子见过，也亲自跟烟锅叔打过盗洞，其中的讲究还是知道一些的，不过就算是烟锅叔亲自出马，估计也打不出来这样的盗洞。

这里面有个真正的高手。

盗洞不长，下到底部不到五米远就看见了墓室的石壁，是被这小个子一伙人用撬棍撬开的，刚好能容纳一个人进出，胖子体型壮硕，但是也勉强能挤进去。

小个子灵活，一进到墓室就想往前窜，但是被萧劲抓着不放。

据说，大户人家的墓葬里面墓道林立、机关重重，别的不说，这小个子跑了之后，自己跟胖子迷路了怎么办。

胖子从石壁洞里挤了进来，放眼看去，好家伙，还真是一处大墓，发现这墓的人还真是位高手。

胖子拿手电一看，盗洞是从墓道拦腰处打通的，往左边走几步，就是一扇已经打开的石门，墓道里金碧辉煌，是一幅接着一幅的壁画，上面描金涂银，气派得可以。

只是胖子无心研究什么壁画，有这时间不如找些黄金白银、珠宝玉器的陪葬品来得实在。

跟着小个子进了石门，里面还是一条通道，只不过比外面的这一段通道稍微要狭窄一些，应该是接近墓室了。

地面上散落着不少的箭矢利器，应该是他们那一伙人的高手触发了机关，让箭矢射了出来，然后才安全地往里走。

再往里走，没多远又是一道已经打开的石门，小个子说这道石门是昨天早上才打开的，后面还有一道门，师徒几个耗费了一天多的时间也没打开。

胖子皱着眉头问："都一天了，不就是一道破石门吗，怎么会还没打开？"

小个子一边走，一边回答说："这里的机关凶险异常，再说，盗墓开机关那是一个细活，一天两天开不了一道石门那也没什么稀奇，要不然还在外面劳心费力地搭个草棚子干什么。不过话说回来，墓里的机关越是厉害，也就预示着墓主人越有财力，殉葬的东西就越多，大家干活虽然累一些，但到时候能拿到的财物也不在少数。"

胖子却不大赞同小个子的说法，世事多变，多付出未必就一定会有多回报，自己就经历过好几次这样的情况，九死一生之后得到的东西还不够治伤吃药的。

说话间，就听见前面一声暴喝："老四，快退……"

喝声刚过，又听见一声闷哼，紧接着好几个人一起大叫："老四……老四……"

看来前面是出了状况，小个子和胖子不由得加快了脚步，直接扑向那声音传来之处。

这里依旧是一条通道，两边的石壁上不再是壁画，而是一些神佛浮雕，浮雕显得很是粗犷，尽头之处的地上躺了一个人，另外三个人围着他，不住地呼叫："老四……老四……"

其中一个有五十多岁，黑脸膛，黑眉毛弄得像两把刷子，他见身后灯光乱闪，一抬头，不仅看到小个子，还有两个不认识的大个子，忍不住怒问："洪五，你怎么回事？"

小个子洪五看了看躺在地上的老四，忍不住悲切地叫了一声："四哥……"

另外两个人一看洪五，也是怒目圆睁，大喝："小五子，你怎么回事，进来了不说，还带了外人，什么意思……"

地上那个老四的胸口不知道被什么东西钻了个稀烂，眼看是活不成了，在几个人的喝声中脑袋一歪，直接咽了气。

老头子一众人又是一阵悲憾，过了良久，老头子才吩咐另外的两个人先把老四的尸身抬到外面去，暂时安置在通道里，等破了这些机关，取了墓里的财物，再好好厚葬。

两个人忍住悲痛，抬了老四出去，就剩下老头子、洪五、胖子和萧劲四人。

沉默了良久，老头子才再次问道："小五子，他们两个怎么回事？"

洪五擦了一把眼泪，回答说，本来他正在上面望风，这两个人来投宿，他把看家的本事都使了出来，本来想要将两个人吓走，但是不但没吓走他们，反而被拆穿了把戏，看出来这地下有事，所以要求入伙，分上一杯羹。

洪五的本事老头子是知道的，直接被人当场拆穿还是头一遭，这么说，这两个人也是道上的高手了。

胖子依着道上的规矩，抱了抱拳，咧嘴笑道："老爷子，有道是沿山打猎见者有份，既然老爷子还没把东西拿到手，我们现在就入个伙，算不上坏了规矩，对不对？"

老头子一双鹰隼似的眼睛在胖子和萧劲脸上扫了一遍，沉着脸问："你们真的只是偶尔路过前来投宿？"

胖子笑了笑说："我有位朋友，就在巴颜喀拉山脚下的古扎牧场，我们要去找她，这不，没走上多远，这大风大雪的连路都找不着了，见这里有灯光，所以过来投宿，想不到这位小五兄弟……"

"你能一眼就看破了小五的把戏，而且猜到这下面有墓，也算是道上高手，那这入伙的规矩就不用我多说了吧。"

自古以来，大凡盗墓，即使是亲生父子兄弟一同下墓也未必不会有眼红心黑之徒，东西到手之后，父子反目，手足相残，就更不用说什么临时拼凑的乌合之众了，所以，老头子先不说胖子的身份，就直接说出了道上的"规矩"。

胖子嘿嘿一笑，说："胖爷我虽然没干过几次盗墓的勾当，但是我跟东哥也算是在枪林弹雨里摸爬滚打过的，老爷子大可去打听打听，东哥和我什么时候干过眼红心黑的事……"

　　"慢着，你所说的那位东哥是朱笑东？"老头子盯着胖子问。

　　胖子点点头，笑着说："老爷子说的没错，我东哥就是大名鼎鼎的朱笑东！我，嘿嘿……我就是胖子……"

　　老头子神情一松，顿了顿说："久仰大名，老朽金九，道上的朋友送了个外号叫'银钩'，这位是小徒弟洪五，先前送老四出去的那两个也是我徒弟，大徒弟宋晓峰，老三金守一，已经死了的那个是孙老四。唉，不提这个了……"

　　胖子嘿嘿一笑："原来是大名鼎鼎的'银钩'金九，你这会儿不是应该在准备组建一支探险队的吗，怎么跑到这里来了？"

　　见胖子问起，金九叹了一口气说："我们师徒几个人找这个大墓已经找了好几年，本来也没打算现在就来，可是最近有人催货催得紧，师徒几个一合计，说是探险，其实也就是想干这事，这儿有现成的，先把东西拿到手解了燃眉之急，然后再去干那票大的，可是没想到孙老四就折在这里了。"

　　这时，宋老大跟金老三也回来了，胖子把萧劲介绍给金九等人认识，两帮人就算是熟络起来了，虽然刚刚折了孙老四，但自古以来都是瓦罐不离井上破，将军不免阵上亡，被前人设计的机关害死，那也只能说是自己学艺不精，霉运当头，走了背字，只好出去之后再行厚葬。

　　胖子大致问了一下这座大墓到底什么情况，金九说这是一座沙陀国大官的墓，由于沙陀部落首领在战争中的意见不统一，历史上建立和分布了太多的"沙陀国"，唐灭亡后，这个神秘的王国却在几百年前突然消失了……

胖子扬手止住金九，说："什么国、什么大官不重要，反正从这里弄出去的都是文物，能值大钱！重要的是这里面到底有些什么东西。还有，这墓到底是怎么个厉害法，怎么孙老四就折在这里了？"

金九微一沉吟，说："反正这个墓是个大墓，里面的金银财宝数不清，说到厉害，除了墓主有钱动用了浩繁的工程之外，孙老四的死也是一个活生生的例子。"

远的就不说了，来这里四天，除了搭草棚子做伪装花费了半天工夫，挖盗洞费了半天劲，到现在也就才破除两道门，墓道里的机关有多厉害，不用再说下去，相信胖子也能明白。

胖子嘻嘻笑着说："这都大半天了，也没能好好地吃点东西，你们有什么好吃的，贡献一点出来，吃饱了好有力气干活。"

金九当即要宋老大把带在身边的食物拿一些出来，分给几个人吃。

因为金九等人是干土爬子活的，不管在任何情况下，身上都带着不少的食物、器具，现在外面天寒地冻，反而不如地底下暖和，他们为了不过分暴露目标，除了白天留洪五在外面装神弄鬼望风外，其余的人基本上都是采取"吃在地下，住在地下"的行动方针，所以，胖子要吃的，金九等人倒是很方便地就拿了出来。

金九一边吃，一边问胖子："这要是打开了门进到了里面，所有的财物该怎样分配？"

胖子毫不含糊："点儿是你踩到的，而且折了一个人，大头自然是归你拿，东西拿出来之后，大家亲兄弟明算账，我们两个人只要十成之中的一成即可。"

金九点了点头，如果是遇上其他人，双方又实力相当的话，五五分账那也是理所当然。萧劲是练家子，就算自己手下三个徒弟也未必能赢得过一个萧劲，这一点金九还是看得出来的，至于自己，要说打架，跟胖子两个最多平手，所以说，胖子的人虽然少，但要论实力，应该还高出自己一些。

胖子提出只要十成中的一成，金九等人自然高兴不已地答应了下来。

吃过了东西，又歇息够了，大家的注意力就自然转向了眼前这道门。

金九外号"银钩"，他这"钩"说的是起尸钩，意思是说，只要有他在，再难再凶险的墓他都可以把墓主"钩"出来，对于机关之类的那就不用说了。

金九倒是苦笑着说："我下过一百零八座凶穴险墓，但是这座墓的机关设置却是我从来没见过的，唉，我这'银钩'算是在这里翻了船。这道墓门我开了一天多时间，不但没打开，还折了一个人……"

胖子一边装模作样地检查墓道两边的浮雕，一边念念有词，那样子绝对是一副"大家"风范。

其实，金九他们窝在这墓道里已经有一天多的时间了，墙壁上的雕像少说也挨个儿看了不下十遍，想要从墙壁上找点机关破绽肯定是不可能的。

既然胖子是"高手"，就正好先看看这位"高手"的手段再说。

墓道里的浮雕雕工精美，精细之中透出一种粗犷，给人厚重、嶙峋的感觉，倘如是胆小的人，在这阴森森的墓道里看一眼这些面目狰狞的浮雕，只怕都要吓晕过去。

胖子几乎看了半个小时才把通道两边的浮雕看完，看完浮雕后又问金九先前是怎么做的，怎么引发的机关。

金九见他一副胸有成竹的样子，心下虽然有些疑惑，但还是实话实说了出来。

先前金九觉得这道门应该是这墓室的最后一道屏障，用蛮力是不能打开的，要使用蛮力打开了门，也别想得到里面的东西，弄不好打开这墓门之日，就是大家伙儿给这墓主陪葬之时。

胖子摇了摇头："修造陵寝，费钱费力，又是利箭又是机关什么的，墓主人图个啥，不就是图个安宁，这已经关上的门，哪里会那么轻易就能打开，能轻易打开的无非就是想要诱敌深入，然后用其他的机关弄死闯进来的人。"

"理是这个理，但是我们不也是打开了两道门？"洪五在一旁打岔说。

胖子笑了笑，说："东哥教导我们说，墓主人为了自己的清静不被打扰，自然是要做到无所不用其极，根本不会给人留下一线生机，能有一线生机的地方，其实是墓的设计者在设计上的漏洞，所谓破解机关，其实就是找到这机关的破绽漏洞……比如说，这个通道的门其实并不是你们看到的门，那扇门是死路。"

"死路……"金九吸了一口气，凭借他多年的经验，这道门也就是这陵寝的最后一道屏障，打开这最后一道屏障，就能拿到里面的财物，凭什么说这就是一条死路！难道胖子有了什么发现？

胖子指着右边第三幅浮雕，那处浮雕上有个与其他浮雕稍微不同的地方。

其他的浮雕，腰带都是类似蝴蝶结一样的结，而这个浮雕的腰带很明显不是蝴蝶结，而是一块死结一样的凸起，死结凸起上还有一个细小的孔洞，就像是死结没打紧一样。

胖子有些得意，指着这块凸起说："相信你们也注意到了，这就是设计者留下来的破绽……"

在那个破桃源的时候，那门上各式各样的花纹都有，胖子跟朱笑东曾经在几百个极为相似的花纹里找出来一个正确的锁孔，所以在观察这些细微之处时，胖子很有经验。

不过，能在这么短的时间里找出这几十幅浮雕里面的不同之处还是有些不容易的，金九当初找到这个凸起可是花了三个多小时，现在才半个多小时就被胖子找了出来，说他不是"高手"，金九都有些不信。

机关确实是找着了，不过，金老三还是忍不住说了一句："老四就是把这个机关按下去，里面才……"

胖子暗地里吃了一惊，机关自己是找着了，可是差一点就把自己放倒在这里面了，先前进来的时候，孙老四那惨样儿他可没敢忘，听说孙老四就是按下这个机关才被弄死的，他那本来将要搭上凸起的手像是被毒蛇咬了一口一般，慌忙不迭地缩了回来。

第八章
机关重重

宋老大横了金老三一眼，有些怪他多嘴，不管怎么样机关都是胖子发现的，而且胖子又是外人，要是再次触及机关引发了事故，那就是他自己的问题。寻墓探宝，大家都是把脑袋别在裤腰上的，生死有命，那也怨不得谁。

再说，胖子跟萧劲两个人的实力是要稍微强上一些的，但是这个墓可是他们努力找出来的，胖子两人仗着实力不弱，半道上来横插一杠子，而且要占上一成，别人服气，他宋老大却是不肯，要是胖子跟孙老四一样突遭横死，那是再好不过了。

只是宋老大心里这么想，却不敢说出口来，也就只敢对金老三瞪了瞪眼，怪他多嘴。

金九却很是豁达，叹了一口气，才说："不错……不错……"

第一个"不错"是说胖子的眼力好，才半个多小时就找到了机关的破绽，第二个"不错"是说金老三说得不错，孙老四的确就是因为误按了这块凸起才被里面放出来的毒龙钻将胸膛钻了个稀烂的。

胖子稍微怔了怔，赶紧问金九："孙老四当时是怎样按下去的？"

金九顿了片刻，才回答说："其实，我们师徒几个人找了半天才找到这个机关，孙老四欣喜之余，直接就按了下去，才突遭横祸。"

胖子思索了一阵，要萧劲找出来一根细绳子，又向金九要了一段细铁线，然后轻手轻脚地将细铁丝穿过浮雕腰带死结上的那个孔洞，并用力将铁丝圈成一个圆环，才用绳子系住铁丝环。

见胖子不按，而是绑上铁丝拉，金九忍不住一拍脑袋："对啊，我怎么就没想到！"

其实这种机关并不算太复杂，只不过是设计者用了类似心理暗示之类的手法。

现在胖子这么一做，金九马上就醒悟过来了，看来还是自己想得不够周全，这个彩头就这么让胖子捡了去。

其实，胖子根本就不懂这个机关的厉害之处，只不过是发现了异常，又加上金老三在一旁给他提了醒，胖子本着正的不行就来反的，推的不行就用拉的方式试上一试，也耽误不了多少时间，只是如此一来，却是歪打正着，瞎鸡公碰上了米。

胖子把绳子绑好，又让金九等人先退到一边，到了安全的距离，这才拉起了绳子。

金九见他一个人留下来拉绳子，心里顿时好感大增。探墓取宝，没人愿意打头阵，打头阵的那叫炮灰。不过，胖子跟朱笑东厮混得久了，前面有什么危险，他也不愿意让别人去当炮灰，虽然心里打着鼓，还是壮着胆子一个人留下了。

见都安排妥当了，胖子才把绳子缠在手臂上，远远地离了那个凸起，手上满满加上力道，开始慢慢往后拉。

随着胖子的力道渐渐加强，那个死结一样的腰带居然慢慢转动了起来，而那个凸起也渐渐地冒了出来。

不过还好，除了偶尔发出一声轻微的隆隆声，石壁上并没有什么毒龙钻之类的暗器飞出来，金九知道这就是机关的破解之法，当下也不客气，蹑手蹑脚地上前要帮助胖子一把。

两个人一起使劲，在一阵吱呀声中，那块凸起硬生生地被胖子两人拉出了浮雕墙壁。

等这块凸起完全被拉出墙壁，胖子才喘了一口气，这才发现，原来这块凸起就是一根不足两寸厚薄，却足足有两尺多长的怪东西。

按胖子的说法，这块石条就是开启墓室地宫的"钥匙"。

一说到钥匙，金九这才回想起来，那门上的确有一个方形的锁孔，不过，光有钥匙跟锁孔，却没人知道打开的方法。

比如说，这钥匙插进了锁孔之后，是该往左拧还是往右拧，一下子该捅进去多深。

这个很重要，要是不弄清楚，招来机关又发射出钢箭暗器什么的，又或者把这"钥匙"弄断，那都是功亏一篑。

只是金九还在琢磨之际，胖子突然大叫了一声："大家赶紧找块布，淋上水，拿来捂住口鼻，这个钥匙孔里有毒气……"

胖子手脚极快，几乎是一边喊叫，一边就开始动手制作简易的防毒面具了，一句话喊完，一块被水淋湿的布片便罩在了脸上，只露出一双眼睛在外面。

金九在一怔之间，鼻端便闻到一股幽幽的花香，很淡，似有似无。

还好胖子出声示警，算是及时，金九一伙四人学着胖子跟萧劲取出毛巾，用水湿透，然后敷在口鼻上。

几个人做完简易的口罩戴上，这才发现，地上那烟雾一般的毒气差点就要没过几个人的膝盖了。

还好，这墓道与外边的盗洞相通，金九又特意打了几个让空气能够快速流通的小气孔，一层烟雾毒气给胖子等人带来的影响并不大。

见金九等人各自都用毛巾捂好了口鼻，胖子这才拉起绳子，把绳头上的钥匙拖过来拿在手里。

萧劲更是机灵，当下拿了一团湿布将那个放毒气的口子堵了起来。

胖子拿着钥匙，让大家后退一些，虽然过了几百年，但是毒气的毒性还是不弱，几个人都只是用淋了水的布片毛巾来防毒，为了安全起见，就算是墓道通风，大家也得退开一些。

见有毒气泄出来，金九等人自然是慌忙不迭地退了出去。

这一退，就回到了小草屋里，因为没人清楚这毒气厉害到什么程度，所以金九等人商量，反正现在都已经是深夜了，不如在草棚里将就歇息一晚，等明天天亮，毒气消散，大家再去开门探墓。

胖子忍不住问："道上不是说'鸡鸣灯灭不摸金'吗？你们怎么不按这规矩行事？"

金九傲然说："道上摸金探墓的流派林立，什么摸金、搬山、卸岭等，都有一些神神秘秘的规矩，我们，哼哼……我们不属于那些门派，自然用不着去遵守那些规矩……"

如此名头的金九居然没有门派，胖子跟萧劲两个人都有些讶然。

金九说自己原来识文断字，又好看书，尤其是一些机关制造之类的书，后来他们家老祖宗的坟被人给盗了，据说盗墓的便是摸金一门的人，金九一气之下便干上了这个勾当，所有的经验技术都是他自己摸索或者跟人搭伙偷学来的。

也因为如此，在金九从业的数年里，亲人好友因此殒命的不下数十人，虽然在做这个行当，但其实他是挺痛恨的。

胖子嬉笑着问："既然金老爷子你痛恨这个行当，为什么还要做下去？"

金九叹了一口气说："家家都有本难念的经，干这一行原来只是为了泄愤，图个痛快，后来又为了图财，从此便一发不可收拾，一直到现在，可以说这一辈子算是陷了进去，出不来了。"

"家家都有本难念的经……"胖子笑着，念叨了几遍，想不到如此有名的金九也有摆不脱的麻烦。

不过金九有什么麻烦却没说出来，胖子猜想，多半是被人拿着把柄，受人胁迫，要不然也就不会成为"难念的经"。

第二天一早，胖子跟萧劲两个人到外面去看了看，风雪还很大，走是走不了了，胖子摇着头去喂了马匹，回头又跟金九等人一块儿吃了早餐，便一起再次下到墓里。

透了一个晚上的气，昨天晚上泄出来的毒气已经消失，不过金九等人不敢大意，还是戴上了防毒面具。

胖子跟萧劲两个人没有，金九很大方地把孙老四的防毒面具以及一只备用的防毒面具拿出来分给了他们。

胖子戴好面具，拿了那根石头钥匙，按金九说的，找到门上那个锁孔的位置插了进去。钥匙插进锁孔，留在外面的还有五寸来长一段，便再也插不进去了。

等了许久，门没有任何反应，也没有触发机关，估计钥匙是对的，现在的关键就是该怎么打开。

金九看了好一会儿，才跟胖子说："要不先试试往右边扭转，不过这个速度要慢，力道要轻，防止误触机关。"

胖子抹了一把脑门上的汗水说："这开门的活我挺外行的，要不您来试试？"

金九也不推辞，让胖子退到后边，自己上前开门。

金九把耳朵贴到石门上，手里拿着钥匙，一边慢慢地使力转动，一边细细听石门里面传出来的声音。

胖子一众人这个时候连呼吸都不敢大声，唯恐打扰了金九。

良久，石门里传出来"咔嗒"一声，那根石条自动缩进了门里。金九长长地喘了一口气，转头对胖子等人说："门开了……"

宋老大、金老三等人一阵狂喜，门开了，也就表示墓主人陵寝里面的东西唾手可得了！

尤其是洪五，赶紧准备好了装金银珠宝的袋子，一副急不可耐的神色。

刹那间，胖子突然脸色大变，大叫了一声："不好……"

金九有些愕然，宋老大则是满脸不忿，金老三跟洪五、萧劲俱是诧异地看着胖子，这门都打开了，有什么不好？

胖子见他们一脸漠然，忍不住说："第一道第二道门，你们是不是很容易就打开了？"

金九点头："是……"

"而且，一定是要从外面才能打开？"

"是……"

胖子一边往回跑，一边大叫："这个机关肯定就是让第一道第二道门复原的，就是要把我们困在里面的。"

金九等人一听胖子这么说，大吃一惊，慌忙跟在胖子身后向外退去。

先前那两道石门果然正在悄无声息地合拢！胖子等人才冲到第

二道门，离第一道门还有五米之遥，两道门便一起自动紧闭了起来，一群人顿时被困在第二道门外的墓道里。

宋老大大叫："怎么会这样……怎么会这样……"

金老三也大声嚷了起来："明明师父说已经打开了门的，怎么又全部关上了……"

洪五不住地哀声叹道："完了……完了……我们的后路被截断了！"

胖子跟金九两个人齐声大喝："不要慌……大家别乱……不要乱！"

几个人当中，唯一一个比较冷静的就是萧劲。

纷乱了一阵，宋老大等人终于静了下来。

过了好一会儿，金九才问胖子："胖子兄弟，怎么会这样？"

"我也不知道。老爷子，要不你再按照先前的方法开一遍这门。"胖子无所谓地说道。

按照先前金九他们开门的法子再开这第二道门其实并不难，因为，这道门的机关就在门外。金九按照先前的法子走到机关旁边，那是一块凸起的方形石砖，只需要把石砖按进去，门就会打开。

可是，这个时候再去按这方形石砖，根本就按不动了。金九叫来宋老大和金老三，三个人各出一只手掌按在石砖上，一起发力，可惜依旧没办法推动一分一毫。

金九满面疑惑地转头望着胖子，最终还是忍不住问了一句："怎么会这样？"

胖子一本正经地说："我先前就说过了，墓主修造机关，就是不想被人打扰，对于想打扰他的人，墓主自然是千方百计、绞尽脑汁地想要留下他们陪葬，不过幸好，今天遇上了我……

"好了，咱废话也不多说，大家听我的号令……"

还没说完，宋老大第一个站出来反对："凭什么要听你的号令？要不是你胡说八道，我们会被困在这里？"

胖子一怔，随即反驳说："老宋，话可不是这么说的，什么叫把你们困在这里？难道说我愿意困在这里？你们的是命，我们兄弟两个就不是爹生娘养的？这个时候你不齐心协力想办法，反倒怪这个怨那个，你安的什么心？"

金老三跟洪五两个人齐声劝道："大师兄，算了……算了，这事情的确怪不了谁，这个时候大家一定要齐心协力，打开门才对！"

金九呵斥说："大家都别闹了，现在最怕的就是各自为政、一盘散沙，有什么话，我们拿了东西出去之后再说……"

既然能拿到东西，又安全地走出去，那也就没什么话好说的了，金九这么说，无非是想让大家静下心来，把精力放在应付这墓道里未知的危险上。

宋老大哼了哼，说："好，这笔账我暂且记下了，等出去之后我们一起算。"

胖子冷冷地答道："也好，我倒希望你一定要记住到时候来找我算账。"

金九却是明白，就现在的处境，谁争到领导权都没用，如果不通力合作，大家都会被困死在这里。再说，要想领导别人，还得有那个实力，光凭嘴巴喊，谁会服你？

所以，当务之急并不是要弄明白谁领导谁，而是走出去再说。

胖子冷冷地笑了笑："我并没有想要领导谁的意思，而且，现在你们要打退堂鼓，我也不拦着，反正这墓，我是进定了……"

说着，胖子大踏步上前，稍微看了看那块启动机关的方形石砖，然后转身向萧劲要了一根撬棍。

这一趟出来，胖子跟萧劲两个人只是来找阿苏妮谈生意的，根本就没有计划盗墓什么的，也没有任何工具，这时候两帮人裂痕一生，自然不好意思再向金九等人索要工具，但是没有工具，胖子也没办法可想。

倒是金九显得异常豁达，一听胖子说要撬棍，就向洪五和金老三示意，要两个人上前帮忙。

洪五跟金老三拿了撬棍递给胖子，胖子点了点头，算是致谢，然后接过撬棍，去撬那块方形石砖。

要说，胖子这家伙也真是有那个运气，随着撬棍一下下拨动那块石砖，这第二道门居然轻微地颤动起来，只是用一根撬棍拨动石砖十分吃力，而且胖子一松手，石砖又缩了回去，这就表明胖子的方法肯定是对的，只不过一个人势单力薄，一时间打不开这道门。

金九见状大喜，当下拿了根撬棍出来，跟胖子一起往外拨动石砖。

石砖一分一分地被撬出，这第二道门也渐渐露出了一条缝隙，不过要完全打开，估计还得把这块石砖全部拔出墙体才行。

胖子见稍微一松懈，这石砖又缩了回去，像是安了弹簧似的，忍不住问："这是怎么回事？"

金九有些吃惊地望着胖子，不知道这家伙是故意装疯卖傻还是真的不懂，又或者是在考验他对机关的认识。

沉吟半晌，金九才开口说："想来，这块石砖后面应该是连着一根铁链，绕在一根有齿轮的轴上，铁链的另一头连着一块重物。才开始的时候，按下这块石砖放出铁链，重物下落带动齿轮打开门，我们触动另一道机关，使重物上升，门又给关上了，这个时候铁链已经放尽，想要重新打开门，就必须再次把铁链拉回来。"

"原来如此简单，呵呵……"胖子笑了起来。

宋老大在一边轻蔑地嘟囔了一句："好个'原来如此简单'，机关的奇巧之处恐怕你是闻所未闻，哼！"

这时，石砖已经被撬出来一半有余，这第二道门也重新打开几近两尺的宽度，胖子一边继续往外撬石砖，一边喊，要人赶紧找东西来撑住已经打开的门，免得一个不注意，门又关上了。

可是，在这通道里，除了几个人的背包以及手里的几根撬棍，又哪里去找多余的东西来支撑住这道稍不注意就会关闭的门呢？

胖子这会儿半弓着身子，一双手也撬得发麻，喊道："要是实在找不到东西去撑住那门，过来一个人换换手也成！"

萧劲跟胖子毕竟是一起的，见胖子坚持不住，挺身而出换下了他，而那边金九则让洪五换了下来。

胖子换了手，一边抹着汗水，一边看着那一点点打开的门。

只是这家伙多不得半点儿空闲，手上刚刚轻松了点，又闲不住了，说："这门要是不想办法固定住，那以后即使再进到里面，也不一定出得来，该怎么办？"

金九也点头称是，可惜是前面第一道门没能打开，要不然到外面去抬两条麻条石过来顶住门，无论什么机关都不能复原了。

胖子想了想，拿起另外两根撬棍，去试着开那第一道门，这两道门都是由外而里开的，一时半会儿哪会那么容易打开。

胖子仰着脑袋想了半晌，那边萧劲和洪五两个人已经把第二道门完全打开了，那块方形石砖后面果然连着一大段铁链子，虽然锈蚀不堪，但是发动机关还能起得了作用。

为了不让机关回缩复原，萧劲用一根撬棍插进铁链的小孔里，一切妥当，几人才回过头来。

这个时候，宋老大提议先打开第三道门，拿了东西再回过头来收拾第一道门。

胖子第一个反对："打开第三道门还不知道要多久，要是不把第一道门先打开，后路不稳，就算拿到无数金银财宝又有什么用，到时候你精疲力竭，或者遇上什么突发事故，想跑都没地方。"

宋老大直接就骂了一声"胆小鬼"，胖子反唇相讥，说他要钱不要命，四肢发达头脑简单，典型的亡命之徒，做不出来一点有技术含量的东西。

宋老大气急，抄起撬棍就要上前火拼，胖子一捋胳膊道："哼哼，要打架，那好得很，胖爷我正手痒痒，本来想找点正经事做做的，你想要打架，那就陪你好好耍耍！"

萧劲一把抱住胖子，宋老大也被金九扯了开去："都什么时候了，还为这事争执，一个个都活腻歪了？"

萧劲跟金九两个人商量了一下，觉得胖子说得有理，就算这墓里东西再多，到时候出不去也是白白忙活，搞不好大家都会成为这墓主的殉葬品。

争执平息了之后，几个人又回到第一道门后面，打量起来。

这第一道门的设计其实非常简单，也是门轴式的，只是门板后面连着机关，打开门，机关缩回石壁，关上门，机关的连接之处就显露出来了。胖子等人只花了不到半小时，就把门上的机关连接点给破坏一空。

考虑到以后还有可能触发其他机关，仍有可能断了退路，胖子又提议，从金九等人的盗洞进入墓道那里，把撬开的麻条石抬些过来，打开一道门就撑死一道，以绝后顾之忧，撑住两扇门，就算再

165

有什么机关连接，两道石门也没法子再关上。萧劲、洪五等人自然是大声叫好，什么路都能断，这后路万万不可断。

于是大家伙儿两个人一组，又开始从盗洞那里来回搬动麻条石。一阵忙乱，不但把第一第二道门撑死了，还预备了不少给第三道门。

只是这打开石门，又抬麻条石，来来回回好多趟，几人累得够呛，胖子也开始嚷起饿来。

宋老大虽然不满，但是眼下确确实实有了一条活路，不管怎么样也算是一件好事，所以心里还是有些高兴。

其实他担心的也无非就是一个领导权的问题，怕这样下去，连师父金九都在胖子面前俯首帖耳，唯胖子马首是瞻，到时候分发财物可就要吃大亏。

虽然胖子先说只要一成，但人心隔肚皮，怎么说还不是两张嘴皮子一合。

几个人吃了点东西，勉强填饱肚子之后，便又一起回到第三道门边。

金九把那条钥匙插进门里，往右旋了半转，没想到又触发了机关，害得大家差点出不去，废了这么大力气，总算稳固了后方退路，自然不敢再随意乱动了。

胖子问明了情况，思索了一阵，说他想上前试试。

金九犹豫了片刻，到了现在这个地步，他自己也不敢擅专，虽然他们下过很多墓，但出现这种反复关门情况的几乎没有，再接下去还有什么事，会出现什么情况，他心里一点底也没有。

见胖子自告奋勇要上前开门，金九半喜半忧，喜的是，像这样当炮灰的事也就胖子肯勇往直前了，换了别人，那可是要费上一番口舌，拿到财物也必须得多拿一份才是。忧的是，胖子的身份和来历他知道一些，但也只知道表面的，看起来这家伙好像什么都懂，又好像什么都不懂，不知道是不是在扮猪吃老虎，反正他看不透这个人。

这一次下墓，自己费了九牛二虎之力，耗费了好几天时间，还折了一个人，也才打开两道门，而胖子在不到一天的时间里就把两道门打开了，虽然是取巧，但自己亲自动手，也未必能够如此迅速。这事情要是传了出去，岂不是大大折了自己的名头。

金九权衡了一下其中的利弊，觉得后面的两道门反正都已经撑死了，退路是不成问题了，为了自己的名头以及在三个徒弟心中的地位，还是自己先来试试。

胖子见他执意不肯让自己上前，也只好叹了一口气，跟着萧劲等人退到后面。

待宋老大师兄弟跟着胖子等人一起退开，金九才再次慢慢转动那根钥匙，不过这一次不敢再像先前那样拧下去，而是反过来向左边拧，依旧是将脑袋贴在石门上，想要凭听觉判断方向。

良久，躲在后面的胖子等人才听见轻微的"咔嗒"声，再过片刻，才是一阵轰隆隆的巨响，震得天花板簌簌直往下落灰尘。

这声音让人心惊肉跳，宋老大等人都是抱着脑袋死命往后贴，恨不得把整个身子贴进石壁里面去。

只有胖子跟萧劲两个人沉得住气，不但没有半点慌张，反而来回查探着周围的变化。

轰隆隆的声响过后，震动停止，墓道里除了落了一地灰尘，没有什么特别的变化。

胖子拍了拍脑袋上的灰尘，站出来嘻嘻笑着说："一听见这种声音我就特别激动……喂，金老爷子，你还好吧?"

金九一边拍打脑袋上的灰尘，一边笑着说："终于打开了……哈哈……哈哈……"

只是笑声未完，又"唔"地闷哼了一声。

宋老大一听就觉得声音不对，一边叫着"师父……"一边几步抢上前去。

此时，金九右手搭在左臂上，指缝中慢慢流出一片殷红的血迹，旁边的石壁上露出一支长长的标枪，看样子差点将金九来了个透心凉，还好他反应快，不过标枪头还是在胳膊上划出了一道不浅的口子。

宋老大一边从背包里找药，一边大骂这设计机关的人歹毒，仅仅这一道门，就让他们失去了孙老四，连师父也差点搭进去。

胖子见状也上前询问，宋老大找齐了治伤的药膏，又帮金九脱衣服，见他也凑上前来，顿时怒道："挤什么挤，我师父受伤了，有什么好看的？"

胖子一肚子火气，不冷不热地回道："就因为你师父受伤了，我才过来看看，你凶什么凶！"

宋老大放开金九，转身指着胖子："你还说，要不是你在师父身后大喊大叫，害他分了神，他老人家会中招吗！"

胖子大怒："你这家伙的意思是我诚心害你师父了？今天你不把话说清楚，胖爷我跟你没完！你一直都瞧胖爷我不顺眼，胖爷我过来关心一下老爷子，你还好心当驴肝肺，有本事就划个道出来，胖爷跟你比画比画！"

"你骂谁！"宋老大不顾金九的阻拦，一捋袖子，摆开架势就要干仗。

不过，真要是打架，胖子未必会怕了宋老大，就算金老三跟洪五要帮忙，萧劲也不是吃素的，金九胳膊上有伤，年纪又大，根本就对两个人构不成威胁。

所以，胖子有恃无恐，根本就不惧宋老大的威胁，大声喝道："胖爷我骂的就是你个死不成器的东西，你不去照顾你师父，连胖爷我过来瞧瞧你都觉得碍眼，你什么意思？你小子想让师父早些死掉，你好取代他的地位？哼哼，我告诉你，就你这点道行，就算再过二十年也取代不了你师父。金老爷子要是把他的位置传授给你，用不了两年，你小子就得玩完！"

宋老大的年纪少说也比胖子大上十来岁，可胖子的口舌何等厉害，指着他一口一个"胖爷"，一口一个"你小子"，如老头子训斥后生晚辈一般，把他训了个狗血淋头，半晌也答不上一句话来。

本来宋老大还想仗着自己人多势众给胖子两个人来个下马威的，但是现在一看，胖子身后站着萧劲，铁金刚一般拦着金老三跟洪五两个，他们两个人竟然半步也靠不过来，而胖子根本就没惧怕自己，宋老大心里又有些打鼓。

下墓探宝最忌发生内讧，一旦发生内讧，就算被人灭了口，也只能跟阎王爷去诉苦，眼下，自己这边实力不济，真要干起来，就怕胖子歹心一横，将他们全部灭在这里，连以后再报仇的机会都不给。

宋老大权衡利弊，只得强行忍下这口气，心里却暗暗发誓，出去之后不让胖子死得难看至极，他就不是人养的！

一场内讧在宋老大的示弱之下再次平息下来，只是这一耽误，金九就难过了。

这标枪上涂有毒药，金九经过这一阵耽误，毒血上行，幸好这标枪上的毒药经过了数百年，毒性已经大减，否则只怕是见血封喉。

宋老大见金九痛苦不已，赶紧拿出自备的解毒治伤药，又是外敷又是内服，忙了半晌，总算把伤势稳住了，只是此时，金九看上去很是颓废。

宋老大架住师父，要他先往后撤，至于开门什么的，则由金老三、洪五等人来代劳。

金九不肯，金老三、洪五两个道行很浅，由他们来开门，怕也是凶多吉少，他这一生之中盗墓无数，像这一次这样伤亡惨重还是第一次，他除了心痛，倒也想倔强一回，这主墓室的门他要亲自打开。

宋老大无奈，只得放开金九，退到后面，防止开门之际再有什么变故。

胖子本想上前并肩战斗，但感叹金九的"敬业精神"，也依言后退了。

第三道门打开后，金老爷子脚下一软，差点就坐到地上去了。

金九的估计有误，这第三道门后面依旧是一条通道，十几米长，地上是清一色的石砖，看那样子就是有机关暗器的，并不是先前他估计的主墓室。

刹那间，金九禁不住悲怆起来，只是这第三道门，就让他折了一个徒弟，自己又受了不轻的伤，这事实几乎让他承受不住，原本想强撑着一口气打开主墓室的门，也算是安慰孙老四的在天之灵，没想到到头来根本就是一场空想。

以这座大墓的诡异程度来看，要走过这一条通道又谈何容易，要强行硬闯，只会让大家全部折在这里。

悲怆之际金九喉头一甜，忍不住"哇"的吐出一口血来。

胖子等人疾步抢上前去，一把扶住他，大声问道："金老爷子，你怎么样？你怎么样？”

金九摇了摇头，半晌才叹了一口气说："我没事……晓峰，你过来……"

宋老大当下走过去低声问道："师父，有什么事要吩咐？"

金九又是一声长叹，许久才说道："晓峰，这些年，师父对你怎么样？"

"很好，师父对我恩重如山，别的话我也就不说了，师父要是有什么差遣，就算是上刀山下油锅，我宋晓峰都不会皱一下眉头……"

金九点点头，又沉默了一会儿，似乎下了很大的决心，然后才说道："晓峰，你跪下……"

宋老大皱了皱眉头，但还是跪了下去。

金九看了一眼胖子，然后对宋老大说："晓峰，你知道我这做师父的没有后人，我一直把你们几个视为己出，今天你要听我一句话……"

"师父你说。"

金九点了点头，说："我受伤的事，与这胖子兄弟毫无关系，是你师父我走了背字，你给我记好了。从现在起，你必须把胖子兄弟当成是你师父一样看待，胖子兄弟的话，就是你师父我的意思，你们师兄弟三个都不能违拗，听明白了吗？"

这都哪儿跟哪儿啊！不说宋晓峰三人面面相觑，就算是胖子也摸不着头脑。

临阵托孤，也不是这么演的啊！

金九喘了一口气，转头对胖子说："胖子兄弟，这一回我是阴沟里翻了船，他们师兄弟三个就交给你了，晓峰他脾气不好，但是心地不坏……"

金九话没说完，胖子就把脑袋摇得像拨浪鼓似的："金老哥，你看得起我，叫我一声兄弟，我倒是没意见，瞧你说的，就像是非死不可了一样，大不了我们这就撤出去，下回做好准备再来不就得了。"

金九摇了摇头，很是凄惶："已经没那么多的时间了，对方催得很紧，原本只计划在这里耽误四天的，然而今天已经是第五天了，倘若在说定的时间之内不能将货送到，就算活着也生不如死！"

到底是怎么回事，金九却不明说，不过胖子倒是看了出来，肯定是有人胁迫了他，至于是谁，金九不肯说，胖子也猜不出来。问宋老大他们，他们也不知道具体情况，只说师父每一次下墓，得来的东西基本上都是在极短的时间里出手一空，是谁买的，卖了多少钱，他们全然不知。

金九的口风很紧，不管怎么问也不说，只是一个劲地哀求胖子要带好宋老大他们。

胖子也是一个禁不住别人哀求的主儿，略略沉思片刻，便先答应了下来。

见胖子答应了要求，金九脸上显出一股从来没有的喜气，不过这一脸喜气在宋老大他们看来却并不是什么好兆头。

金九微笑着说："这一辈子，掘坟盗墓的事我干过不少，留下的遗憾只有两个，第一就是无后，不过，有宋老大他们几个徒弟侍奉这十几年，也算是心满意足。这一座大墓，我可是花费了好几年的心血，本来想要在这一次之后就金盆洗手，安享晚年，想不到……想不到……"

胖子扶着他，赔笑着说道："金老哥，我看你是有福之人，也不必过分悲观，第一件事我就不说了，这第二件事，有胖子我在，你

172

不会留下任何遗憾的，你就等着瞧好了。"

胖子说着，不等他们有什么反应，又转头对萧劲说道："萧大哥，你能不能将七八十斤重的背包扔出去？能扔多远？"

萧劲想了想道："七八十斤重的背包要扔出去，这个倒没试过，不过三四米远的距离应该是没问题的吧。"

胖子记得，自己跟朱笑东在一起的时候，曾经也遇到过这种情形，那一次也是朱笑东出的主意，用绳子系在背包上，然后让温强扔出去试探机关，再把背包拉回来再试，就用这么简单的方法，让大家安然无恙地走过那条通道。

萧劲一边听，一边暗想要点，待胖子说完，也基本上明白了要求和目的，旁边的洪五等人慌忙不迭地拿背包找绳子，替胖子置办工具。

宋老大和金老三把预先抬进来的麻条石搬了几块过来，把第三道门也死死撑住，再往里走，就算再遇到什么机关，也不至于被关在里面。

背包做好，萧劲拿在手上试了试，觉得有些轻，也就四五十斤的分量吧，问胖子还要不要再加一些，胖子想了想，还是算了，也差不多了，关键是拉背包回来的时候要能够跳起来，这样才会省时省力。

靠一点儿一点儿地往前面砸，这得要多久才能砸完啊！

萧劲"哎"了一声，按照胖子的要求试了一下，没能扔出去多远，也就四五米吧，背包落地，通道里没什么反应，往回拉的时候胖子在一边不住地要求他变换手法，主要是背包跳得不够高，下落的时候没有什么力道，也就达不到人在上面走的效果。

萧劲一连试了七八次，总算是找到了感觉，再扔背包的时候，就提在手里甩动一下，然后借着回摆的力道，背包就带着绳子一下子飞出去十几米远，几乎就要到达通道的另一头，而且往回拉的时候，背包也能一下子跳起来一尺来高，这样的高度落下去，对地面的冲击力绝对大过一个正常人慢慢走在上面的力道，如果有什么机关暗器也足以引发出来。

萧劲死命地扔背包探路，才扔十几下，通道两边就有强弩射出了不少利箭，那阵势，要是有人踩在上面，铁定会被射成刺猬，根本就用不到上面的毒了。

几个人抹了一阵冷汗，胖子又要萧劲可劲儿地往刚才那个地方砸，居然一共砸出七批利箭，背包都已经成了千疮百孔的刺猬了。

七批利箭射完，用来探路的背包也不能用了，洪五脚程快，又回到盗洞处，用布袋子装来几十斤泥土，依旧用绳子绑好，再去试那个地方，依然能够听见"嘣嘣嘣"的弩弦响动，却再也看不见有利箭射出。

金九竖起大拇指，在盗墓一道，有投石问路的招，但如果与这背包探路相比，那投石问路真的就只能算是把戏了。

不过话说回来，在力量和技巧上，能够达到萧劲这种程度的人也是寥寥无几、可遇不可求。

别的不说，金九干了几十年探墓的勾当，让他拿几十斤重的背包，他能扔出去几米远就不错了，让背包一跳一跳地回来，金九不行，他的几个徒弟也就不用说了。

胖子有些得意："咱萧大哥是什么人，那可是练家子，会武功，有真本事，人家还……"

萧劲笑了笑，打断胖子的话头，他知道胖子说起来什么话都敢往外倒，他是当过兵，而且是特种部队的人，这没错，但是他不想让太多的人知道。

　　胖子跟萧劲厮混这么久，他一张嘴胖子就知道他意思，不过胖子却没有住嘴，反而大吹特吹了起来。

　　"萧劲是嵩山少林寺的，三岁就开始习武，一直练到二十三岁才出师，二十年哪，春夏秋冬不停地练了二十年，青砖铺就的地面上，就让他两只脚蹬出八寸深的坑来。少林寺的木人巷知道不？别人打一次，能打出来就算是出师了，萧大哥可是一年打四回，一回不过关，那就得再多练上一年。"

第九章
顶流沙墓

　　洪五本人不会武术，对有功夫的人就特别羡慕，一听胖子往死里吹捧萧劲，顿时崇拜不已，忍不住问："那这位萧大哥一共打了多少次少林寺的木人巷？"

　　胖子抓了抓脑袋，说："少说也得有好几十趟吧。看见没，他出手不凡，嘿嘿……大宗师风范！"

　　宋老大故意问："这位萧大宗师到底打了多少次少林寺的木人巷？"

　　胖子一张嘴，说："没有八十趟，那也得有六十趟吧，反正不少，到最后，在那木人巷里就像是散步一样。"

　　宋老大啐了一口："按你说的，不说八十趟，就算只有六十趟，一年只能打四趟，那也该要十五年，一回不过关，还得多加一年，这么说，这位萧大宗师才几岁就开始打木人巷了？而且，每一次都是轻而易举就过关了？"

　　胖子细细一想，宋老大说得没错，别说萧劲根本与少林寺没什么瓜葛，就算有，也不可能才几岁就打木人巷，怪只怪自己一时口不择言，把牛皮吹破了，让对方抓住了把柄。

虽然牛皮吹破了，但胖子依旧脸不红心不跳，反而是镇定自若地继续吹了下去。

"说你不知道，你还真不知道，一年只能打四次，那是少林寺检查学业的考试，是正式的。读书的时候，单元考、测验考、期中考、期末考，不到半年，都还得考上七八回、十几回，对不对！你可别说你没考过。再说我萧大哥是什么人，那是武学奇才，未来的大宗师，少林寺方丈大师的亲传弟子，就专门研究木人巷的，别说总共才进出几十回，就算一年半载进出几十回，那又有什么好稀奇的……"

这一下，宋老大再也找不出词来反驳胖子，只得快快地闭了嘴。

胖子本来还想要乘胜追击，偏偏萧劲自己都听不下去了，赶紧阻止胖子："胖子，这通道我全部试过了，应该安全了，接下来还有什么安排？"

"通道里的暗器利箭射了七回，要再出什么机关暗器，那就是没天理了！"胖子一边嘟囔，一边从麻条石后面爬起来，看了一眼满地散落的箭头暗器，意气风发地一挥手，示意大家前进。

但众人显然还心有余悸，顿了一会儿，宋老大才独自上前，畏畏缩缩、一步三回头地上了通道。

只是他才踏上第一块地砖，便大叫了一声，那块地砖发出"咯"的一声轻响，顿时向下沉了少许。

顷刻之间，胖子一伸手抓住宋老大，以迅雷不及掩耳之势将他提了回来，摔在自己的身后，又转身趴在他身上。

几乎是同时，那通道的顶棚上嗖嗖地往下落标枪、箭矢之类的暗器，要不是胖子身手还算了得，宋老大肯定会被利箭贯顶。

胖子也惊出一身冷汗，大声喝问萧劲："怎么回事？怎么还有暗器？还真是没天理了……"

萧劲抹着冷汗，苦着脸说："很可能是先前只注意几米之外的远处，把脚下的地方给忽略了，大家退后，还得用背包再试试才好……"

说着，他稍微离得远些，又拎起背包使劲往下一砸，再拉着绳子让背包跳了几下，出奇的是，这几下却再也没有暗器射出来。

萧劲有些不解，胖子爬起身来，沉吟了半晌才说："估计这是机关设计者的又一个诡计，其实，真正的杀招是里面那七批利箭，门口的只不过是一个试探性的机关，如果碰上高手，一看在门口就解除了机关，以为后面会高枕无忧，大摇大摆地进去，那样反而就着了道。"

金九点点头，大部分的墓道暗器设计，有一招厉害的就能够叫人心惊胆战了，能破解一招，那就是如打了一次大胜仗一般，多半会乘胜追击，这个墓道的设计者看来是深谙盗墓者的心理。

从前面的几道门来看，这座墓的设计者将每一个细节都掌握得恰到好处，有一种诱敌深入，然后一网打尽的气势。

胖子笑了笑："不管他怎么高明，总的来说，他是处于守势，而我们却是处于攻势，守是死的，不会有太多灵活性，而我们进攻就有了无数的变化。有句话怎么说来着，天下没有攻不破的城堡，按我说，这天下就没有盗不了的墓。"

金九笑了起来，胖子说的虽然似是而非，但是这个时候说出来，倒也能鼓舞人心。

萧劲唯恐不妥，又试了十来下，这才罢手。胖子也不敢再像先前一样振臂高呼，而是仔仔细细看了好几遍，然后才带头一步步地往前走。

胖子开始还小心翼翼地往前走，见没有什么动静之后，就变得大摇大摆起来，只差没有哼着小曲儿踱着八字步了，没想到却让他就这么一路平平安安地走到了通道尽头。

这一次，金九是彻底叹服了，想要把宋老大他们三个人交给胖子的念头就更加坚定起来。

胖子按老规矩，看了看这道门，也不顾忌是不是有什么机关暗器之类的，直接就用双手去推。

让金九等人目瞪口呆的是，那道门在胖子一推之下居然悄无声息地打开了，好像根本就没有机关似的，真不知道是胖子运气特别好，还是用了什么别的手法。

胖子打开门，回头笑了笑："兄弟们，到地方了……"

门背后就是主墓室，胖子用手电一照，里面有些金碧辉煌的感觉，不过只是里面的壁画以及金漆大棺反光而已，其实主墓室里除了放在一座不高的石头台阶上的金漆大棺，什么摆设都没有。

金九一看这空荡荡的主墓室，气血不由得一阵翻涌，原本以为自己耗费了数年心血找到的大墓，里面金银财宝、珠宝玉器必定会堆积如山，想不到九死一生之后，看到的竟然是一座空荡荡的墓室。

想着，金九血气上涌，忍不住咳嗽了两声，这一咳嗽竟然停不下来了，而且每咳嗽几下，都会吐起血来。

其实，金九长期躲在地下，与腐尸毒物打交道，五脏六腑早就被侵蚀，而且刚刚中了毒镖，如今失望与悲愤交织迸发，如果立刻就送进医院治疗，或许能够苟延残喘一段时日。

可是这茫茫高原上，别说医院，就算是人烟都稀少得很，能活下去的希望有多少金九本人也知道，所以他一再嘱咐三个弟子，无论如何都必须听从胖子的。

宋老大等人等金九的咳嗽稍微平息一些，才搀了他慢慢走到金漆大棺前，无论如何也要开棺看看里面有什么值钱的东西。

漆棺是楠木漆棺，不过不是名贵的金丝楠木，就是很普通、很平常的那种，就算这漆棺值钱，也没人会拿出去。

胖子等人慢慢地揭开棺盖，让里面的腐尸之气稍微散开，这才回过头去看棺内。棺内倒不乏锦衣、绸缎，手电一照，也是一片辉煌。

宋老大心急，正准备跳进棺材里查探一番，却被金九止住了。金九强撑着身体从身上拿出一把钩子，看样子银光闪闪，只是不知道是镀了一层银，还是本来就是银质的，不过想来，"银钩"金九的名头便是与这钩子有关了。

洪五、金老三不敢怠慢，两个人扶了金九，把他放进棺材。

金九一边用钩子钩开覆在尸骨上的锦被，一边说："有些人死了之后，为了防止别人掘坟盗墓，连尸体上都施放了毒物，有草木之毒，也有蛊虫之毒，要起这样的尸体，最好不要着手去接触，即使没有专用的起尸钩，最起码也应该用布皮手套之类的将裸露在外的皮肤保护好，免得一不小心就沾上毒物。"

用钩子将锦被挑开之后，下面就露出墓主人的尸骨，白惨惨的，很是瘆人。

这棺材里除了锦被、尸骨，其他的陪葬品却是一样也没有！

金九受不了这个打击，猛地咳嗽了一阵，又吐出几口鲜血，鲜血洒落在白惨惨的尸骨上，让人觉得触目惊心。

胖子、萧劲等人连忙把他从棺材里扯了出来，宋老大又是喂药又是抚胸，忙活了好一阵，才让金九稍微平静一些。

金九吐了一口血出来，一双眼睛无神地盯着胖子："胖子兄弟，看来我是不成了，我的几个徒弟有些顽劣，欠缺管教，希望你能把他们活着从这里带出去，然后收他们三个为徒，如果有来生，我金九定当结草衔环，报答胖子兄弟。"

胖子几曾受过别人这样的哀求，当下心里一慌，赶紧说道："金老哥，话可不能这么说，你自己的弟子那得要你自己管教。别泄气，我们这就出去。"

金九叹了一口气说："胖子兄弟，这个要求是有些过分，想我这一生一共收了五个徒弟，二徒弟走得早，这两天又把老四折在这里，我实在过意不去，今天我折在这里，也算是报应……"

宋老大、金老三、洪五三人顿时泪流满面，不住地呼喊："师父……师父……"

金九伸手拉住宋老大说："你们三个要还认我是师父，就听师父的话，我死了之后，就给胖子兄弟磕头拜师，以后，你们哥仨的生计也就全靠胖子兄弟了。记住，这是师父我的最后一桩心事，谁要是不从，我就是他的下场！"

金九一辈子除了盗墓掘坟，正经的手艺一样也没有，他这几个徒弟耳濡目染，自然也是难免，二三十岁的人，除此之外，连最基本的养家糊口都做不到。金九要胖子收他们三个为徒，实则是认为胖子是道中高手，能得胖子调教，几个徒弟日后也能衣食无忧，他这么做实际上是在为几个徒弟安排后路，也算颇费苦心了。

胖子虽然明知道金九是扔给他三个累赘，但是金九软语相求，又是在临死之际，胖子真是不忍心拒绝。

金九见三个徒弟不肯，喘息了一阵才厉声喝道："我待你们几个不薄，倘若你等坚决不肯，今日，我就算是死在这里也死不瞑目，你等也不得为我安葬，你们心里要是有我这个师父，就立刻拜我胖子兄弟为师……咳……咳……"

金九没说完，又是一阵咳嗽，鲜血也止不住地喷出来。

洪五心里一慌，赶紧跪了下去，含着眼泪对胖子叫了一声"师父"。

胖子无奈，伸手去把洪五拉了起来，说："我们现在不谈这事，赶紧想办法把你师父弄出去，好好治疗……"

见洪五跪在地上不肯起来，金老三也跟着跪了下去，跟着叫了一声"师父"。

一时之间，胖子有些为难，答应吧，金九明明就是给他扔的累赘，要不答应吧，金九这副惨样，他又于心不忍。

思考良久，胖子才点了点头说："你们先起来，现在照顾你们的师父要紧。"

金九拼尽最后的力气，指着宋老大说："晓峰，我知道你一向倔强，你真要让我死不瞑目，我也无话可说……咳咳……"

金老三、洪五两个人眼看着金九就剩下最后一口气了，忍不住一齐拉了拉宋老大，低声劝道："师兄，你看师父都这个样子了，你就答应下来吧，先答应下来吧……"

始终都跟胖子闹不到一块儿的宋老大看着金九不住地吐着血，恨恨地瞪着自己，一脸死不瞑目的样子，万般无奈之际只好屈膝下来，生硬地对胖子叫了一声"师父"。

也就在这一刻，金九咽下了最后一口气，只是一双浑浊的眼睛死死地看着宋老大，始终不肯闭上。

见金九最后还是惨死在这里，师兄弟三人扑在尸身上放声大哭。

看得胖子跟萧劲也很是惨然，悄悄把头转开了去。

过了许久，洪五才止住悲声，抬头问胖子："师……父……我们接下来该怎么办？"

胖子还未搭话，宋老大站了起来，指着胖子骂道："老五，你还叫这人师父，你知不知道，就是他害死了师父，他就是杀人凶手……要不是他扰乱师父的心神，师父也不会死得这么惨！"

其实，当时的情形大家都历历在目，完全是因为金九打开第三道门之后未能及时退开才中了暗器，跟胖子大叫大嚷一点关系也没有，再说，当时要是宋老大能够及时为金九剔除毒伤，敷上拔毒的膏药，或许还有救。

不过当时宋老大根本就没考虑什么后果，以致耽误了最宝贵的一段时间，这才使得金九惨死。

只是宋老大这人一向都认死理，始终都认为胖子大喊大叫那几声是导致金九身中毒伤的关键，虽然他最后屈膝向胖子一跪，却只是把这一跪当成是胖子施以援手的答谢，至于说要认其为师，他是无论如何也做不到的。

胖子瞪了宋老大一眼，没好气地说道："你认不认我为师关我什么事，你以为我那么喜欢收徒弟？我告诉你，要不是看在你这死去师父的份上，我理都不理你！"

宋老大恼羞成怒，当下一挥拳头，"砰"的一声打在胖子的胸口上，要不是胖子全身都是肥肉，只怕胸骨都要被这一拳打得开裂。

胖子后退了一步，指着宋老大怒喝："看在你死去的师父份上，这一拳我就不计较了，你要再敢动手，别怪我不客气。"

洪五和金老三两人"师父……师兄……"地叫了个一塌糊涂，偏又不知道去拉谁劝谁。

宋老大一拳得手，哪里肯听警告，回手又是一拳，而且对准的是胖子的鼻子。

萧劲站了起来，要是宋老大这一拳打中胖子，他就要出手了，无论是职责使然还是从道义上讲，宋老大这小子就是欠揍。

胖子伸手格开宋老大一击，对萧劲道："这小子就交给我，萧大哥你不用插手。"

宋老大的第二拳被胖子格开，这才发现，胖子虽然体形巨硕，但是行动却灵活得很，自己跟他就不在一个档次上，而且，自己打这一拳，对方就像没事人一般，而胖子仅仅只是一格，自己的手臂便疼得像是入了骨一般。

格开这一拳，胖子忍不住怒从心中起，恶从胆边生，一缩手便"呼"的一拳打了出去，不过却是没有宋老大歹毒，拳头所取的地方也是对方的肚子。

胖子毕竟答应了金九，就算不肯收他们为徒，至少也要带他们活着出去。所以，胖子也就只是想要教训一下这个宋老大，真要下狠手，这家伙连三招都扛不住。

宋老大躲避不及，肚子被胖子一拳打了个正着，不由得弓着腰，蹬蹬倒退了好几步，只觉得胃部一阵抽搐，不久前吃下去的食物差点就呕吐了出来。

还没等他回过神来，胖子的拳头又到了面前，这一拳头要是揍在脸上，那铁定要破了相。

偏偏这个时候胃部还在不停抽搐，不要说还手，就算是躲避，宋老大都做不到。

眼看着胖子的拳头到了面前，已经是避无可避，宋老大暗自叹息了一声，师父这仇，他是报不了了，不但报不了仇，自己都要被这胖子毒打一顿了。

想不到的是，胖子的拳头在宋老大面前半尺来远的地方停了下来，那只比醋钵还大的拳头只是在眼前晃了晃，便收了回去。

胖子收回拳头，又叹了一口气："宋老大，不是我说你，就凭你这点伎俩，就算是你求我收你为徒我也不会答应，你还不够格！"

说完，胖子转身去看金九。

宋老大对胖子的不屑很是愤怒，但又打不过，说是报仇根本就成了嘴巴上的套话，人家那边还有一个真正的高手没出手呢！

宋老大一气之下想到了一了百了，反正师父死了，大仇不能报，以后的路子也没了着落，活着也没什么意思。

胖子懒得再理会，安排金老三跟洪五两个人想办法背上金九，出去找个地方把金九和孙老四一块儿葬了，其他的事以后再说。

洪五个子小，只好让金老三背着金九，只是金老三刚刚背好金九，几个人便觉得脚底下一阵晃动，不知道怎么回事，又一次触动了机关。

地面晃动中，天花板上也开始落下细细的沙子，很大一股，一眨眼堆积成了一米多高的沙堆，里面还夹杂着不少的大石块。

原来宋老大死志萌生，趁着胖子等人没去管他，便想一头撞死在这墓里，想不到一脚下去，却触动了机关。

胖子大叫了起来："糟糕，这是一座顶流沙墓，快走……"

所谓顶流沙墓，也是一种防盗机关，唐代之前打的盗洞是圆式洞，唐代之后的盗洞为四方洞，这是因为唐之前多为竖穴墓，也就是长沙马王堆那种类型，在山包或平地直接向下挖个大坑，然后在坑中放上棺椁，用木板封顶，上面覆土，因这类墓葬土质较厚，根据物理学原理，挖的时候必须是圆形洞才不易塌陷。

185

唐之后一般多为券洞墓，除了像武则天那样以山为陵的外，多是砖石结构，覆土没有唐之前那样深厚，中途塌陷的概率较小，因而可挖方洞，毕竟方洞活动起来更方便些。但无论是圆洞还是方洞，都是建立在泥石堆积结构的基础之上的，只有在这样的条件下才能打洞挖坑，若周围不是土石而是一片沙漠，此事就难了。

发明者恰恰抓住这个特点，在墓道或墓周边填沙，少则几吨，多则几十吨、上百吨，中间夹杂石块，盗墓者若想进入墓室，就必须与填沙打交道，只能一点点地向外掏沙。沙呈软性，掏出一点，周围的沙立即流出来补充，如此循环往复，沙流不绝，除非将所填之沙全部掏尽，否则不能进入墓道与墓室。盗墓贼见流沙不止，无有穷尽时，因情势所迫，只得停止挖掘另觅他处。

据说民国时候，有一个当官的下令盖了一座庞大的监狱，专门关押在政治上与他作对的敌对分子，狱内分成若干不大的房间，墙壁和屋顶用细沙填塞，若有穿墙越狱者，只要拆掉一块石头，细沙便会纷纷涌出，很快就会被看守者发现，因而这座监狱历二十年风云变幻，无一越狱成功者。

这种顶流沙墓采用的也是这种方法，只不过这种顶流沙更为歹毒，墓室墙壁上金碧辉煌的壁画就是引盗墓人前去观看的，而机关就在墓室的墙壁下，若是有人前去观看壁画，就会在不知不觉间启动倾泻流沙的机关，封堵盗墓者的后路，把盗墓者活活困死在墓室里。

进入主墓室的人，十有八九都会去看那些壁画，这样一来，不但能将盗墓者一网打尽，还能极好地保护棺椁不被打开，想来这是高手中的高手设计出来的墓，只是可惜，遇上了胖子这家伙。这个只重财物、不会欣赏壁画的奇葩，一进墓室竟然连看都不看一眼壁画，直奔棺椁，无惊无险地把棺椁打开，要不是宋老大心灰意冷、死志萌生，胖子等人就可以大摇大摆地全身而退了。

也幸亏胖子机警，一见不对，立刻大喝示警，一边喝叫，一边跟金老三半背半抬着金九扑向墓室门口。萧劲更是机敏异常，拉了洪五，一眨眼就穿过了那堆刚刚堆积起来的沙石，到了墓室门外，又转过身来接应洪五、胖子等人。

而这个时候，宋老大还在墓室里，愣愣地看着那如同瀑布般倾泻而下的流沙。

正在愣神间，一个人影窜到宋老大面前，二话不说，几乎是一把提起宋老大，转身扑向墓室门口。

这个时候，墓室门口的沙堆就已经封住了差不多一半，胖子提着宋老大，不顾生死地爬上沙石堆，大叫："萧大哥，快……"一边叫，一边把宋老大扔了出去。

头顶瀑布一般的沙子不断往下落，中间还夹杂着石块，差点就把宋老大埋住了，幸亏萧劲眼疾手快，在一刹那抓住了宋老大的一只手，硬生生地把他从沙堆里扯了出来。

萧劲把宋老大往旁边一丢，根本顾不上询问他的伤势，转头大叫："胖子……胖子……快啊……快啊……"

只是叫了数声，却没听见胖子回答，眼睁睁地看着流沙将墓室门口堵了个水泄不通。

见胖子没能出来，金老三跟洪五两个人鼻子一酸，齐声大叫："胖子师父……师父……"

然而，无论几个人怎么叫喊，始终听不见胖子的声息。

胖子一个人被困在了主墓室里！

萧劲一边喊叫，一边发了疯似的不住地徒手挖掘沙子，沙子中的石块形状不一，但边角都十分锋利，应当是特意开采并经过有意拣选的具有杀伤力的石块，不到片刻，萧劲的一双手就已经鲜血淋漓了。

只是这流沙石块越挖越多，渐渐地把萧劲推开好几米远。

看着萧劲一双手鲜血淋漓，洪五不忍，上前劝道："萧……师伯……别这个样子，或许，胖子师父……他……"

萧劲一挥手，把洪五摔了个大屁股蹲儿，红着眼吼道："你懂个屁……要不是你们这帮小兔崽子，胖子他会死！胖子都已经出来了，要不是他宋老大……"

金老三也上前拉住萧劲，弱弱地说："萧师伯……是我们不好，连累了胖子师父，可是人死不能复生……萧师伯，你节哀顺变，注意身子要紧……"

这时，流沙已经完全封堵住了墓室门口，在这样的情况下，胖子已经绝无侥幸生存的可能了，只是萧劲不想放弃，就算胖子已经死了，也要见到他的尸体，要不然萧劲真的没有脸面活着回去了。

可是，这顶流沙墓里的沙子何止千百个立方米，想要把胖子挖出来，不要说他一个人，就算是宋老大、金老三、洪五等人一起努力，恐怕没有半个月时间也休想挖出一条通道出来。

萧劲一个人疯狂地挖抛石沙，可是每刨开一捧沙子，就流下来一大堆，每抛出来一块石头，又掉下来好几块，洪五等人怎么劝说也不听，直到筋疲力尽，昏倒在沙堆上。

……

朱笑东跟杨薇、王晓娟在方天然家里小住了两天，每天吃的是山珍海味，倒是逍遥快活。

这天，从方天然家里出来，朱笑东没来由地一阵烦躁。杨薇很是温柔地问道："笑东，怎么回事，我看你闷闷不乐的，是不是还在为梁奇宝和少华师兄的事情烦闷，咯咯……我下了决心了，不管你的决定是什么，我这一辈子都会跟你在一起。"

朱笑东摇了摇头："我没有闷闷不乐，只是突然间眼皮子跳，而且心里也很烦闷，不知道是怎么回事！"

王晓娟在一旁说道："常言说得好，左眼跳财右眼跳灾，东哥你哪只眼睛跳？"

朱笑东看了王晓娟一眼，答道："两只眼皮一起在跳。"

"怎么会这样？"杨薇转过头来问道。

朱笑东苦笑着说："我哪里会知道，这种感觉我从来没有过，真不知道要发生什么事。"

杨薇"咯咯"笑了笑说："躲脱不是祸，是祸躲不脱，最多就是那个叫什么严铮的再找人来找我们的麻烦吧，不过这次他要真敢再找人来，我一定要让他好看！"

朱笑东摇了摇头，一脸苦笑，往前走了几步，突然间决定，今天就不自己开车回去了，心烦，要是开车，保不定会弄出什么事故。

王晓娟却不依，要她挺着大肚子走上好几小时的路，那还不得累死，再说，要是公公婆婆知道了，不说她自己招架不住，就连出去办事的胖子恐怕都难以逃脱。

朱笑东今天突然很不想坐车，更不想自己开车，不过王晓娟大着肚子也没办法，不得已，只好叫来高原，让高原载着王晓娟先回去，而他却说这会儿没来由地感觉到特别孤独，想要杨薇陪着他走上一段。

高原却是不肯，前两天因为他不在朱笑东身边，差点出了大事，现在朱笑东又要支开他，他哪里肯答应。

王晓娟倒也理解，身为保镖的人最不愿意看到的就是像上次那样的事，她也不想让高原为难。

所幸，离这里不远的地方就有不少的出租车可搭，无非是花点钱而已。

朱笑东一看见王晓娟挺着的大肚子，心里郁闷更甚，想来想去，还是打了个电话给方天然，请他派个保镖帮忙送王晓娟回去。

方天然很是爽快地就答应了下来，而且是亲自开车去送的，这两天女儿女婿都回家来了，老头子心里高兴，也不推辞。

方天然的车技朱笑东很是放心，几人又往前走了不到二十米，老头子就把车子开了出来，是杨薇旧时的一部宝马。

隔着车窗，朱笑东才发现，其实开车的是方天然的保镖，方天然本人只不过是坐在后座上，把副驾驶的位置都留给了王晓娟。

王晓娟上了车，方天然从车窗里探出头来，笑呵呵地问了朱笑东一句："怎么回事？是闲不住了还是心情不好，车都不开了，想要走路？"

朱笑东客气了一下说："今天不知道怎么回事，就是高兴不起来。"说着，还不由自主地叹了一口气。

方天然笑了笑说："别把什么事情都往自己身上扛，有时候那样做，并不见得是一件好事，呵呵……你们是年轻人，最重要的是放宽心，好了不说了，我们走了。"

说着，方天然乐呵呵地吩咐保镖司机开车。

看着绝尘而去的方天然等人，朱笑东又是长长地叹了一口气。

杨薇有些担心，伸手摸了摸朱笑东的额头，感觉并不烫手，而且平日里也没见他有个什么头痛脑热的小病，这突然没来由地叹气，又是为了什么呢？

走了一段，朱笑东除了叹气一句话也不说，看得杨薇心头大急，这到底是怎么回事？要不去医院检查一下。

朱笑东依旧苦笑着摇了摇头，这不是病，好像是一种不祥的预感，到底是什么预感，朱笑东又说不出来。

高原沉默了一会儿问："是不是担心胖子那边出什么事！要知道，胖子做的事情要是被抓到，那可是要判刑或者枪毙的。"

朱笑东不答，嘴里却喃喃念叨着："胖子……朱益群……"

按说，胖子去找阿苏妮这事情，除了高原、杨薇和萧劲，其余的人根本就不知道，胖子和萧劲在一起，找的又是无人区边缘的阿苏妮，现在那个地区游客几乎绝迹，出差错的可能性极小。

念叨了十数遍胖子的名字，朱笑东突然拿出电话，翻出胖子的号码，把号码拨了出去，等了半晌，服务台提示胖子的电话已经关机，打萧劲的电话，也同样是关机。

怔了半晌，朱笑东突然没头没脑地问："胖子出去了几天，最后一次联系是什么时候？"

杨薇对这事记得比较清楚，当下扳着指头算给朱笑东听："胖子是一个星期以前动身出去的，到今天刚好一个礼拜，最后一次打电话是在五天以前，应该就是在他到达的第二天，你不是还让他去找巴桑老爷子那个马场吗？怎么了，你想到了什么？"

朱笑东脸色一凝："糟糕，胖子出事了……"

胖子到巴桑老爷子那个马场后就一直没有了联系，不可能存在手机没电自动关机的情况，胖子又不是一闲着没事就爱拿手机摆弄的人，萧劲更不是，他们两个人的手机一齐关机了，这只能说明他们两个都出了事！

一听说胖子跟萧劲两个人都出了事，杨薇跟高原顿时急了，七嘴八舌地议论开来。

"这死胖子，都什么时候了，还玩失踪！"

"萧劲这家伙，见到他我非要好好教训他一顿才是，搞什么名堂，两块电池的手机，怎么会五天就没电了，就算是真的没电，难道有线电话也不会找！"

"我们什么时候动身去找？"

"我们要如何去找他们两个？"

"我们要不要现在就订机票？"

"小朱，你看，我们需要些什么装备？"

朱笑东抱着脑袋，很是痛苦，自己那点皮肉之伤又算得了什么，干吗不多等两天自己过去，干吗要让胖子跟萧劲出去找阿苏妮？那个死胖子，每一次到了关键时刻就掉链子，那家伙的性格自己又不是不知道，干吗还让他单独出门？

第十章
故布疑阵

许久，朱笑东才冷静下来，吩咐道："好，高大哥你去准备一下必要的装备，飞机票就定明天中午的。"

杨薇急切地说："今天下午就有一班飞机，明天早上也行，为什么一定要明天中午！早上到，还有大半天富余时间，可以打听好多事情。"

朱笑东摇了摇头："我们本来是跟晓娟说，不管怎么样都要等到开春之后才决定的，现在胖子一个人在外面，要是走得急了，难免引起她的疑心，要是被她知道胖子出了事，那天可就要塌了！"

杨薇点点头，王晓娟这边还真得注意一下，不过王晓娟这家伙也算是个"消息灵通"的人，要想瞒住她，可不是一件容易的事。

朱笑东一边走，一边斟酌，无论如何，这件事要在王晓娟等人面前做到滴水不漏，等找到了胖子，弄清楚事情真相，一切都好说。

所以，现在最主要的是如何把王晓娟稳住。说着，朱笑东把目光投向杨薇，那意思是说，让杨薇留下来，陪着王晓娟。

杨薇一耸肩："你别打我的主意，万一胖子他真有什么事，到时候我可是个大恶人了。再说，胖子他们这趟出去，这么久都没音信，我可不想再来担心你。"

朱笑东勉强笑了笑说："我有什么好担心的，你不知道，我可是有特异功能的，嘿嘿！"

杨薇莞尔一笑："你真要有什么特异功能，那才好呢，可惜……"

两个人勉强说了几句笑话，到了岔路口上，与高原分开，朱笑东跟高原约好，装备采集完毕就先寄放到别处，不要带回家。高原答应了一声，转头去了。

到这时，朱笑东再也顾不得其他，找了个出租车，说了地址，跟杨薇钻进车子，直奔王长江家里。

这次坐出租车倒是顺顺利利的，只用了一个多小时就到了，朱笑东付了车费，打发走司机，还没进门，就听见王晓娟跟人咯咯说笑，看样子是有朋友来访。

朱笑东暗自吐了一口气，也好，有朋友陪着，省得王晓娟老是胖子长胖子短地问，问得朱笑东都快没词了。

进了屋一看，朱笑东更是惊喜，来的不是别人，而是梁三和秋可仪两人。

那一次，秋可仪因为男朋友被人胁迫，无奈之下做出了对不起王晓娟跟胖子他们的事情，不过，后来胖子把整件事原原本本跟王晓娟说了，王晓娟确实气恼了一阵，不过那一阵之后也就把这事给忘了。

今天，梁三跟秋可仪两个人来访，刚好遇到方天然送王晓娟回来，本来，梁三想立刻就给朱笑东打电话的，王晓娟不让，说是要给朱笑东跟杨薇一个惊喜。

看来，还真是让朱笑东惊喜了一阵！

几个人一阵亲热问候之后，朱笑东问起梁三，这个时候怎么会有空闲出来，不会是来度蜜月的吧。

秋可仪红着脸说："刚刚王晓娟也这么说笑，怎么朱老板你也这么说啊。"

朱笑东一本正经地说："秋妹子，这以后你可不能'朱老板''朱老板'地叫了，我跟梁三哥是兄弟，他大我小，这以后，我要正正经经叫你一声嫂子了。至于我，除了'朱老板'这个称呼，你也可以叫我'小朱'或者'兄弟'，这'朱老板'叫起来就显得生分了，对不对？"

这么一说，秋可仪脸色更红，低声嘀咕着说："刚才小王也这么说，你一回来又是这么说，梁三这家伙笨头笨脑的，谁跟他度蜜月啊，我才不要当你们嫂子呢！"

杨薇嘻嘻哈哈地拉起秋可仪的手问长问短，问村里的情况，问孩子们的情况，最后问老梁三的情况。

说起老梁三，梁三叹了一口气，朱笑东他们离开不久，老梁三就去世了，三婶也忧郁成疾。几天前，三婶把梁三叫到病床前，说老梁三这一辈子都毁在一张地图上，不过这就是命，他这一辈子都没有发财的命，也没那个本事，三婶希望梁三拿着地图找朱笑东帮忙，把上面的财宝找出来，分一份给村里的孩子们，另外梁三的堂妹那里，希望也能留一份。

三婶知道朱笑东能干，这些财宝除了朱笑东，恐怕也没人能找得着，所以，三婶不会把地图留给自己的女儿女婿，他们都是再普通不过的平凡人，拿在手上不但没用，反而会惹祸上身。

三婶说，无论找到多少金银财宝，只要能留给她女儿女婿这一辈子的生活费用就足够了，这是要求，也是条件，更是一个临死之人的心愿。

梁三跟秋可仪两个人将三婶厚葬之后，趁着孩子们放了寒假，就按照三婶的要求到京城来找朱笑东。

除了是三婶所托，梁三也觉得这件事还真得来找朱笑东，换了其他的人，先不说能不能信得过，这能力都值得怀疑。

朱笑东也叹息了一阵，为了老梁三、三婶以及他们那一支人所有的死者。

过了良久，朱笑东突然想起一件事来，那天，严铮的人追打自己跟杨薇两个，误打误撞碰上卫老爷子，卫老爷子说梁奇宝的事情可以找找梁国华，只是朱笑东跟杨薇等人都明白，梁国华早就在新月谷的那个墓里尸骨无存了，所以他才一直没动作。

梁国华跟梁三很是亲近，梁三应该知道梁国华的一些情况。

梁三沉吟了半晌才说，其实二叔梁国华口风很紧，对于财宝之类的事从来都不会多说，其他的事情多半也是绝口不提，他知道的并不多。

不过，梁国华以前当过兵，这是他最喜欢在梁三面前炫耀的一件事，至于当的是什么兵种，干过些什么，他却总是用"机密"这两个字来搪塞。

杨薇很是好奇，梁国华当过兵，这是多少年前的事了，怎么会跟卫家老爷子以及梁奇宝的事情扯上关系？

朱笑东也是觉得奇怪，如果说梁国华就是鱼传道他们碰上的那一批"剿匪"部队中的人，那这事情也有二十多年了吧，按年龄来算，那个时候梁国华少说也应该有三十多岁，三十多岁的人还能在部队上混，怎么也应该是个军官了，可是朱笑东记得他可没有半点"军官"的样子，甚至可以说没有半点"军官"的素质，唯有的就是军人那种视死如归的气概。

梁三记得很小的时候梁国华已经退伍复员了，至于为什么在队伍里混到三十多岁才复员回家，而且没有一官半职，梁三也实在说不清楚。

几个人对梁国华的事情又是一阵唱叹，寂静了半晌，梁三才问道："小朱，我三婶的事情，你能不能考虑一下？"

朱笑东笑了笑，要不是梁国华已死，朱笑东早就去找梁三跟梁国华两个人了，而且梁国华直接跟梁奇宝的事情扯上了关系，又跟林少华师兄有关，不要说有三婶相求，还雪中送炭拿出地图，就算什么线索都没有，他也要查下去。

梁三有些惊奇，他从来就没听朱笑东说过有什么师兄，怎么突然之间又扯上什么师兄了？

杨薇在一旁解说："这件事要真说起来，那牵扯实在是太广了，一两句话恐怕都没人能听得明白。"

"这么说吧，梁奇宝的事情梁三哥是知道的吧？"

梁三点点头，他就是梁奇宝的后代，又参与过寻找那个破桃源的事情，虽然不知道这事背后的具体细节，也算是略知一二。

"那好，在十几二十年前，有一支考古队神秘失踪，我们怀疑二叔梁国华当时曾经参与过这件事情。另外，那支考古队里有一个叫云想的女孩子，就是笑东的师兄林少华的爱人。"

梁三还是不懂："考古队神秘失踪，二叔梁国华曾经参与过这件事，这跟梁奇宝的事情根本就风马牛不相及，怎么都扯到一块儿了，这中间又有什么关系？"

朱笑东想了想说："梁三哥，周四你是知道的吧？"

这不废话吗，周四到京城来，还是他带来的，过来的时候，他跟秋可仪两个人还特地为她准备了些礼物，只是还没来得及送过去。

"好吧，这事我这么说吧，我师父是'北姚南马'中的'北姚'，是去年收我为徒的，算上我，他老人家一共有四个弟子，我们的师兄，其中一个就叫林少华，他的爱人叫云想，是考古队成员之一，在十多年前失踪，我师兄林少华一直在查找她的下落。"

"而周四，曾经得到过我师兄林少华的教导，算起来是我们的同门师侄女，这个关系梁三哥听懂了吗？"

梁三点点头，这很简单啊，自己无意之中把朱笑东的师侄女送了过来，就这么回事。

朱笑东点点头，接着说："少华师兄因为云想失踪，一直都在寻找她的下落，我们找到不少的证据可以证明，云想他们的失踪与梁奇宝的事情有很大关系，也就是说，云想他们其实也是在寻找梁奇宝的秘密。说到梁国华二叔，我们也有证据证明，他是当时的参与者之一。"

梁三这才恍然大悟："原来如此，这么说，这几帮人都是在找我们梁家祖先梁奇宝的东西！"

朱笑东笑着说："何止是我们这几帮人，追溯起来，恐怕中国历朝历代都有人在追查这件事，只是从目前来看，还没有任何明确的记载表明到底找到了什么，到现在为止，历朝历代的探险者连到底要找的是什么都没能确定下来！"

梁三吓了一跳："到现在都还没搞清楚，嗯嗯，我们老梁家的祖先，这威力也太大了吧。"

"现在梁三哥你明白了我为什么对这件事这么上心了吧？"

"明白了……"梁三一边抓着脑袋，一边讪讪说道。不过，即使他明白过来，也还是有些接受不了，朱笑东所说的事情太过让人震撼。

"有什么不能接受的，这世界上的事情就是这样子，很多事情你想要说都说不清楚。"秋可仪在一旁替朱笑东解释。

朱笑东笑了笑说："这件事情秋小姐的功劳也不小，可以说，我们原来并没想要直接参与到这件事当中来，恰恰是因为秋小姐那一次……让我们有了重大发现，我也才开始对这件事有了兴趣。"

朱笑东这么一说，秋可仪不好意思起来，那一次因为她的男友，她差点就做了秦所长等人的帮凶，一想到这，秋可仪到现在还很是自责。

朱笑东摇了摇头说，原本他也以为这件事情只是稗官野史，没想到跟秋可仪走了那一趟才发现这件事原来是真的。

说了一阵，已经到了中午，朱笑东想到外面去摆上一桌，替梁三还有秋可仪两个人接风，也算是尽尽地主之谊。

谁知道梁三跟秋可仪两个人打死也不接受朱笑东的好意，说在家里随便煮点饭菜就好，吃得反而比较踏实。

梁三说："小朱你别笑话我，我们是穷人，穷惯了的，几十万元一桌的酒菜味道是好，可我们吃不起，嘿嘿，也不舍得去吃，一下子吃掉我们村里的孩子好几年的学费，俺吃着就心痛。"

梁三是个直爽的人，这一点朱笑东是知道的，而秋可仪节俭，朱笑东等人更是知道，所以这顿酒席就免了。

不过，朱笑东给王长江和周四都打了电话，家里来客人，让到这里聚餐。

铺子里这两天并不是很忙，王长江又是老板，时间自然多的是，早就知道朱笑东他们今天回来，接到电话就买好了菜，都快要到家门口了。

周四那边很忙，刚刚设计了一款新的首饰，不过因为样式有些繁复，不容易拿到流水线上大量生产，赵师傅跟周四两个人都有点焦头烂额，新款式的好东西出不来，不能大量生产，这说明还是自己身上的毛病，技术不足，实力不足，这事要不赶快解决，就得眼看着钱哗哗流走。

朱笑东说，凡事不能过分求急，一下子解决不了就先放下来，以后有机会，水到渠成就容易解决了。

周四说不过这位师叔老板，只得答应待会儿就过来。

王长江说快到家门口了，还真是快到家门口了，朱笑东刚刚跟周四说完，他就提着几大袋子菜进了门。

王长江一进家门看到秋可仪，还是忍不住微微怔了怔，虽然胖子把秋可仪的事情反复跟他说过，但是王长江还是有些打心里恐惧这个来自湘南的女孩子。

倒是秋可仪落落大方，又真心诚意地给王长江道了歉。

王晓娟也在一旁帮着秋可仪说了些好话。

杨薇更是直接从王长江手里接过大包小包的菜，又拉了秋可仪，今天这顿饭就由她们两个人下厨了。

王晓娟也想要表现一下自己，挺着个大肚子跟两个人一起钻进了厨房。

少了三个女人，朱笑东跟梁三、王长江说话就更加直接了。

梁三把那幅地图拿了出来，铺开在桌子上，让朱笑东、王长江两个人一起研究。

这幅地图很古老，也很怪异，上面不像是一幅地图，倒像是画着的一根虬枝劲干的蜡梅树，每根细枝之上，地名的标注就像是一朵朵即将怒放的蜡梅花，比如朱笑东等人到过的新月谷，上面都有标注。

仔细看，朱笑东经过的地方，在地图上面能找到的还不少，当然地图上那些地点的地名跟现在的也不尽相同，不过，凭着方位还是猜得出来的。

让朱笑东有些吃惊的是，这幅地图与其说是一幅藏宝图，不如说是一幅天下墓葬图，这上面标记了不下十处朱笑东所知的大墓，其中三四处还是朱笑东去过的。

这就很是怪异，给朱笑东的感觉是，这幅藏宝图看起来是在向人炫耀一般。

就像是一个旅游过很多地方的人，拍上一些自己游历过的著名景点照片，放在相册里拿给朋友们看一样。

这地图的确是唐代的东西，但并不像是出自梁奇宝之手的。梁奇宝的画笔风格比这个要精细、精美得多，这就让他很是怀疑，这地图是梁奇宝的东西吗？

猛然间，朱笑东冒出一个荒谬而且颠覆自己以前所有认知的想法，其实，所谓梁奇宝的"东西"，会不会也是梁奇宝跟自己以及历朝历代的人一样在找的"东西"！

朱笑东只能用"东西"两个字来概括，因为到目前为止还没人明白到底在找什么，那到底是什么！

最后的谜底是什么，云想那支考古队的失踪是否就是整件事的终结？是不是那个洞窟里就有这些无数人一直都在寻找的"东西"或者说是真相？

梁三也是瞠目结舌，朱笑东说这张地图其实并没有太大的价值，它只是标明了一些大墓的地点，连怎样进墓，那座墓里具体什么情况都没有说出来，所以这张地图对他来说价值并不大。

就算是能找到堆积如山的金银财宝，到头来还不是为了换钱，这个世界上要换钱的门路多得数不胜数，下墓挣的可是凶险至极的死人钱，不值得！

不过，朱笑东让梁三放心，既然看了这张地图，无论用不用得上，去不去找这些大墓，三婶提出来的条件他都会一一照办。

朱笑东再一次给村里的孩子们捐赠了一些钱，上次，胖子一口气捐了一百万元，朱笑东分文未出，这一次算是补上了！

至于梁三的堂妹那边，三婶说要分给她一份做生活费用什么的，朱笑东也愿意拿出一百万元相赠，其他的事情也就不用多说。

正说话间，周四赶了过来，与梁三、秋可仪相见，自然又是一阵唏嘘。

周四一开口，叫了梁三一声"叔"，而对秋可仪居然还是只叫了一声"姐"，惹得杨薇跟王晓娟又是一阵嬉闹。

梁三伸手在周四的脸蛋上捏了一把，倚老卖老地腆着脸说："丫头，眼看年关了，回头回家里去看上一眼，你妈在家挂念得很。还有，赶紧找个男朋友，叔可是盼着什么时候能喝上你的喜酒呢……"

周四低着头，不满地说："叔，一见面别的什么都不问，就知道笑话我，我不来了……"

说着，一转头，准备跟着钻进厨房。

梁三一边笑，一边说道："瞧瞧……瞧瞧这丫头。有什么好问的，在我小朱兄弟这里做事，你不开心？跟着我这小朱兄弟，你不能挣到钱？"

周四当然开心了，不但开心，而且能挣大钱，道："当然了，这是我师叔师叔母照顾我。"

"看看，看看……呵呵，这小丫头都学会顶嘴了，呵呵……"

几个人笑了一阵，这时候，杨薇等人开始往桌子上端菜，马上就要开饭。

偏偏朱笑东的电话响了起来，朱笑东一看号码很陌生，本来不打算接的，想了想还是接了。

居然是黄诚，黄诚说有件很重要的事情想要跟朱笑东谈谈，已经在酒店里摆上了一桌，请朱笑东、杨薇、胖子等人一起去。

黄诚这么一说，朱笑东就又嗅出了点味道，八成又是小卫向他透露了什么"机密"，然后又要"介绍"他跟着自己一段时间。

对于黄诚，朱笑东既算不上有好感，也没有恶感，总的来说，就是一个普通的熟人，连朋友都算不上，而且他很不想在下一次行动中再跟黄诚搅在一起，主要是担心黄诚的安全问题。

出于礼貌，朱笑东还是谢了一句："现在可能没空，家里有客人，走不开！待会儿吃完饭再去找你。"

黄诚说，这事情很急，可以到朱笑东这里来谈，不过，这正是饭点儿，朱笑东怕是得赔上一顿饭。

　　朱笑东当然不会在意一顿饭，反正在家里，自己动手又花不了多少钱，便说："你过来也好。"

　　实在想不到的是，朱笑东挂了电话不到三分钟，黄诚就已经开始叫门了，敢情这家伙算计好了时间，说是要请朱笑东等人过去赴宴，其实是来蹭饭吃的。

　　这一次是黄诚一个人来的，没带上他那个徒弟。一进门，闻到满屋子的菜香，黄诚吞了一口口水，嘿嘿笑着说自己本来是开个玩笑，要朱笑东赔上一顿饭，谁料还真是碰上了，既然碰上了，也不客气，直接入座等待开饭。

　　虽然知道这家伙是黄鼠狼给鸡拜年——没安好心，朱笑东还是挺客气地招呼了黄诚，王长江也很是热情。

　　几个人热热闹闹边吃饭边聊天，不过黄诚却没说他的来意，那意思朱笑东知道，是怕有些事说出来会泄露"天机"。

　　吃过饭，梁三把带来的一些礼物送给了周四，周四本来想要好好陪陪梁三的，梁三说："现在你在朱笑东手下做事，不管你什么身份，做事情千万不可懈怠，要记住朱老板的知遇之恩。"

　　周四一个劲儿点头："梁三叔，你说的话我都记住了，你就放心吧，我会好好努力的……"

　　秋可仪见黄诚到来，知道梁三也还有事情要跟朱笑东商谈，便借故说要去看看周四工作的地方，要跟周四一起出去。

　　不过梁三有些不大放心，周四要工作，要是秋可仪看得厌倦了想要回来，又找不着路该怎么办？把秋可仪想得跟没出过门的小女孩似的，那份多余的紧张，让朱笑东跟杨薇等人看着就想发笑。

王晓娟也觉得家里"挺闷"，想要出去走走，王长江担心王晓娟的身子，铺子里也有些事要做的，四个人便一起告辞出了门。

杨薇没走，怕跟王晓娟一起露了口风，那可就糟了。

几个人沉默了一阵，黄诚看朱笑东根本不着急，最终忍不住说了起来，他听说朱笑东又有了新的计划，而且这个计划很新颖，所以也想要参与，当然了，费用的话，肯定是自己掏腰包了。

朱笑东就知道他是为这事来的，抛开黄诚的人品不说，就他这体质，朱笑东实在不敢带他，最关键的是，那个所谓的计划，其实到现在也没什么具体安排，只能说才开始有这个设想，很远大的。

何况眼前还有一件火烧眉毛的事情——胖子跟萧劲两个人失联已经好几天了，这正事都干不完，谁还顾得上那远大的设想。

不过，关于胖子的事情朱笑东不敢对别人说。

黄诚却不依不饶："你们这一段时间研究的资料我也看过了，应该说已经具备了实施行动的条件，至于具体细节，那属于细枝末节，不会影响到大的行动实施。再说，我就相信小朱老板你这人的品格，你现在答应了，我就能放下心来去做一些其他的准备，保证到时候不会影响到大家。"

对于黄诚的死缠烂打，朱笑东也没招，他还得顾及着卫家，要不是这样，朱笑东就撵他走人了。

朱笑东最后只得暂时先答应下来，说他要去准备什么就自行准备，到了出发的日子再另行通知。

黄诚得到这样的答复，自然是欣喜不已，今天不但蹭到了一顿饭，还加入了朱笑东的探险队。

他也不吝啬，大手一挥，决定出资十万元，作为组建探险队之后的一些开支。

不过，这十万块钱对朱笑东来说是少得让人发笑的一点钱，真正组建探险队，好的装备是必不可少的，现在市面上一条稍微好点的绳子都要好几百元，专用的高强度大拉力进口探险专用绳那可是好几百元钱一米。

十万块钱，能买几样真正好的设备工具？专业探险其实就是烧钱的玩意，好的东西价钱虽然贵，但是到了要保命的关键时候，就多了一份保障。

比如说以前的那个威斯·康科马克，那家伙的人品不好说，但是给朱笑东提供的那批装备那可真是好东西，只一套就高达二十万美元。

梁三也笑着开玩笑说："其实，探险对有钱人叫休闲、找刺激，对没钱的那就叫败家。"

不过话说回来，那一次到新月谷，因为装备上的问题，梁三他们几个可真是吃了大亏，一行几个人可都是交待在那里了，现在想起来，主要原因就是没有先进的装备，所以几人也不敢马虎。

黄诚犹豫了许久才说："你们不是还没计划好行动的日期吗，这段时间我再去想想办法，筹集一些钱，尽量想办法达到中上等装备的水平。"

朱笑东跟杨薇两个人差点就当场昏倒，原来这家伙还打算赤着胳膊上阵！

黄诚一说要趁这段时间再去筹集一些资金来买装备，朱笑东就知道这家伙又在打小算盘，到时候，这家伙不但有可能蹭大家伙儿的吃的，极有可能连装备都要蹭大家伙的。都一个团队里的人，看着他空手上阵也不是朱笑东等人的作风。

说到钱，梁三自己也不怎么好意思，他手上的闲钱也没有多少，而且上次分到的财宝也给黄诚上交了不少，留在手上的也就那么一两件，原本是预计留作以后跟秋可仪成家用的。

为了完成三婶的心愿，梁三把仅有的两件东西都拿了出来，不说要买怎样高端的装备，但至少得留条老命完成三婶的心愿才行。

梁三拿了这东西，说是先活当在王长江的铺子，实际上也就是贱价卖给了王长江，不过这事情没向王长江说明。

至于朱笑东等人，梁三更是瞒得死死的，郑经理知道梁三是胖子老板的朋友，给出的价钱自然优惠了不少，王长江问起，郑经理也只是轻轻带了过去。

但不管怎么说，梁三的钱总算能够应付一次这样的探险了，不需要再去"筹集"。

朱笑东很是好奇，既然小卫安排黄诚跟着出去探险，难道在资金上就没有什么安排？

想不到黄诚苦笑着说："其实，这一次想要加入并不是卫家人的主意，是我自己知道了一些消息，主动想要加入进来。"

朱笑东问他消息来源，他也说是在网上看到的，那些资料其实并不多，因为在许多人看来，朱笑东"公布"这些资料根本没有实际意义，因为知道梁奇宝的事情的人实在是太少了。

朱笑东想了想，心里突然有了一个计划，顿时高兴起来。

随后，几人又聊了一会儿，黄诚也就告辞了。黄诚走后没多久，王晓娟跟秋可仪两个人也回来，加工厂那边很吵，王晓娟不愿多待。

刚刚才坐好，朱笑东对王晓娟说："我们明天一早要跟杨薇出去一趟。"

　　王晓娟很是不满："胖子都走了一个多星期了，也不打个电话回来，不是说只去两三天吗，到现在怎么会连音信都没有？这可倒好，明天一早你们又要走，你们一走，家里又只剩下我一个人孤苦伶仃的。唉……这死胖子……"

　　朱笑东笑了笑说："晓娟你不知道，目前我们遇到了一点麻烦……"

　　一听说遇到麻烦，王晓娟顿时跳了起来："麻烦，什么麻烦？要不要紧？是不是胖子出了什么事情？有多大的麻烦？"

　　朱笑东笑着说："梁奇宝的事情，你知道，我跟胖子两个没注意，泄露了出去，所以有很多人惦记上我们了，为了我们到时候能够顺利一些，我想了几条对策，胖子只不过是我派出去扰乱其他人耳目的，没有音信，不打电话回来，也是我安排的……这里面的意思，你懂吧？"

　　王晓娟当然懂了，无非就是朱笑东故布疑阵，打乱对方的阵脚，这样的事情又不是没干过，王晓娟那个时候行动还算方便，也亲自参与过。

　　"对对对……"朱笑东伸出拇指，奉承说，"王大小姐就是聪慧过人，能够举一反三。看到黄诚来了没有，他就是来给我们送消息的，现在暗处还有不少人在打我们的主意，我就想看看到底有些什么人要跟我们过不去，所以我才决定明天一早大张旗鼓地到外面溜达一趟，再跟他们来个虚虚实实，免得到时候正式行动时又不明不白被人揍上一顿。"

对于朱笑东跟杨薇两个人挨打之事，王晓娟也是气愤不已，要不是小卫出面拦着，王晓娟说什么也要闹上一闹，虽然朱笑东跟杨薇两个人打趴了七八个人，但对方三十多个人来打两个人，于情于理于法，都说不过去。

现在朱笑东要去布下疑阵，扰乱别人的阵脚，王晓娟认为他这是想要去报复打他们的幕后主使，只能同意。

不过，一想到胖子这么久都不回来，自己一个人孤寂不堪，王晓娟又有些不甘心："你说要是没有身上这孩子，就算布疑阵也多了一个人，多个人就多了一份力量。唉，我当初，干吗就那么不小心……"

说着，王晓娟又把本性露了出来。

梁三赶紧说："这一次反正有空，要是不怕秋可仪白吃白住，她倒可以留下来待一段时间。"

王晓娟一听，这才转忧为喜，把手一挥说："去吧，去吧，好好地收拾收拾那帮人……"然后扯着秋可仪上了二楼。

看着王晓娟的背影，朱笑东跟杨薇两个人都不由得暗自抹了一把冷汗。

真没想到，一向难缠的王晓娟这次居然这么容易就被搞定了！

王晓娟这边的事情总算是安排妥当了，接下来就是要去找胖子，一想到这个，朱笑东刚刚安定了一些的心又提了起来。

第十一章
噩耗来袭

梁三这人有时候挺笨，有时候又特别聪明，见朱笑东跟杨薇两个人神色不对，又早就听说胖子一个人已经出去了好几天，到现在连电话都没打个回来，就知道胖子这家伙肯定是出了什么事，朱笑东说去故布疑阵什么的，显然是在遮掩。

见王晓娟跟秋可仪两个人的背影已经消失，梁三才转头问朱笑东："胖子究竟发生了什么事情？"

朱笑东见梁三提起胖子，很是心虚地看了一眼楼梯，见实在看不到王晓娟跟秋可仪的背影，才苦着脸说："你记得阿苏妮吧，这一次，我让胖子去找她办点事情，要是顺利的话，原本两三天就能回来，没想到这家伙去了一个多星期，不但毫无消息，连电话都联系不上了。梁三哥，我可是把你当兄弟的，这事你知道轻重的。"

梁三点点头，有些事情没到时候当然是不能声张，不过，一个人几天不打电话回家也不算什么特别，或许是有什么事情给耽误了。

反正梁三也不是外人，朱笑东就把话敞开了说，他最担心的就

210

是胖子这家伙，没和自己在一起，他可是什么事都干得出来的。再说，阿苏妮是什么人，阿苏妮也是一个天大地大她最大的家伙，他们两个一搅和，要是出点什么事，自己怎么对得起王晓娟。

梁三安慰朱笑东说："胖子兄弟还是懂得轻重的，杀人越货的事他也不会去做……"

朱笑东苦笑不已，杀人越货胖子是不会去做，但除此之外还有很多比杀人越货更让朱笑东担心的事，也并不是胖子一定不会做的。

见朱笑东跟杨薇两个人很是担心，梁三笑了笑说："胖子也是我兄弟，胖子有事，我这一趟说什么也得跟着过去看看！"

朱笑东不得已，只得打电话给正在采购装备的高原，要他多准备一份装备。

梁三还想要客气，朱笑东笑了笑拒绝了，也不差那一份装备的钱。

既然已经决定明天一早就出发，杨薇打开网站自己订票，发现今天晚上有一次航班，而且票源丰富，反而明天早上的机票已经被预订一空了，而过了明天早上，就得要再多等大半天。

朱笑东想了想，这事情宜早不宜迟，当即决定今天晚上出发，早到一天，他也就放心一分。

梁三跟杨薇均点头赞同，胖子那边急，早到肯定比晚到要好。

接下来，就由杨薇去跟王晓娟交代，把该说的都说了，不该说的就略过不提。

王晓娟红着眼说："不就是到外面去晃荡一下吗，用得着这么着急？现在外面天寒地冻的，就算是去布疑阵，就不能等到明年春暖花开、气温回转之后再去？那个时候不管干什么都轻松多了。"

杨薇笑着解释说："既然是故布疑阵，总得让那一帮王八蛋跟着吃点苦头，要是等到春暖花开，那帮王八蛋就会少吃很多苦头，那岂不是白白地便宜了他们。"

王晓娟一想也对，当下就不再阻拦，除了要杨薇他们注意安全之外，还要求朱笑东让胖子早点打个电话回来。

花费了一个多小时，总算是让王晓娟安安心心地相信他们这次急急忙忙出去真的只是去故布疑阵。

临走还一再嘱咐杨薇，要是逮着机会，得好好收拾收拾那帮王八蛋，替自己跟胖子两个人出上一口恶气，看看他们以后还敢不敢乱来。

朱笑东等人连夜赶路，坐了飞机又租了车，一路辗转，第二天一早就到了巴桑老爷子家里，巴桑老爷子再一次热情款待了他们。

三个人心急紧张，经过一夜辗转也不觉得累，虽然梁三稍微有点疲乏，但是还能撑得住。

朱笑东本来想要打听清楚胖子以及阿苏妮的行踪就立刻启程的，无奈巴桑老爷子以此为要挟，坚决要他们留下来，最少要吃上一顿饭再说。

杨薇劝朱笑东："现在既然都到了地方，想来离胖子他们也不太远，要是坚决推却了巴桑老爷子的好意，反而不美。再说，一夜劳顿，虽然不觉得累，但是能够稍作休息，就算遇到什么事情也好有个准备。"

高原也劝他不要着急，说听说上次他们在这里遇到过狼群，要是休息不好，那可就疲于应付了。

一番劝说之下，朱笑东只得苦笑着答应先留下来休息一阵。

几个人坐定，巴桑老爷子才沉着脸说："胖子这家伙很不够意思，我借了马给他，他居然偷偷地留下了几万元钱，要知道，我们牧民对朋友那可肝胆相照，别说只是借两匹马，就算是两肋插刀，我们也不会皱皱眉头，胖子这么做，可是没把我巴桑老爷子看在眼里，以后要是再见到胖子，非要好好教训教训他不可。"

朱笑东笑了笑："对不起啊老爷子，我估计胖子也是出于马匹的安全来考虑的。这不，上次我们在阿古力兄弟那里买的马不就全部丢失了，您说，到时候胖子要是万一还不出来这马，他又怎么好意思再来见您。"

巴桑老爷子依旧沉着脸说："我又不是不懂道理的人，万一把马弄丢了，还不出来，到时候跟我说上一声，这事情不就过去了，我哪里会去计较这一点点财物得失。总之，胖子那后生这么做，就是没把我巴桑当朋友。"

杨薇也跟着一边解释一边道歉，还说这一次来找巴桑老爷子就是希望能够得到老爷子的帮助，再借几匹马去追赶胖子。

巴桑老爷子一听，这才转怒为喜，当下拍着胸脯说："我这马圈里神驹是没有，普通的马却有好几十匹，你们几个随便挑，但是话可得说在头里，还是借，咱不卖给朋友，不能赚朋友的钱！"

朱笑东想了想，也只能先答应下来，等找到胖子之后再想办法来报答巴桑老爷子。

巴桑老爷子挑了四匹好马，配上马鞍，另外又准备了一些食物酒水，妥妥当当地放在马背上备用，然后才带着几个人再次回转。

这时，巴桑老爷子才笑逐颜开，问朱笑东他们这次来到底是要干什么。

朱笑东叹了口气说："也就是胖子那家伙的事情，从上次到过您这里后，到现在已经七天七夜没有音讯了，所以我带着几个人赶过来查看一下。"

巴桑老爷子吃了一惊："这么说，胖子是遇到什么麻烦了！"

稍微回想了一下，老爷子又捶胸顿足起来，那天，胖子走的时候天色还好好的，后来却开始下雪，而且一连下了四天，如果胖子没有音讯，那可就是自己害了胖子。

当时为什么就不拦住他呢！

朱笑东连忙安慰巴桑老爷子，说胖子有可能是找到了阿苏妮，或者是遇到什么其他的事了，因为没有消息，所以现在一切都还只是在猜测当中，找到阿苏妮，或许就能找到胖子。

话是这么说，但朱笑东心里却越来越是忧虑，不管胖子找没找到阿苏妮，那几天的大雪都足够喝上一壶的了，而且从目前的情况来看，胖子跟萧劲两个人在风雪之中迷失了方向出了意外的可能性占了九成以上。

朱笑东抱着最后一线希望，想问问巴桑老爷子知不知道阿苏妮的电话，能不能先打个电话过去问问。

巴桑老爷子摇了摇头，说："阿苏妮、阿古力这段时间都不在家，就连阿古力的家人都一起到外省去了，说是今年赚了钱，要到外省过上一个舒适的冬天，他们的手机号码又没人知道，所以这件事情很难办。"

朱笑东拿出手机，问巴桑老爷子要了阿古力的座机号码打了过去，但是对方只提示留言，却没人接，估计真的没人在家。

他的心情顿时沉重不已，当下决定不管怎么样，待会儿先去找找阿苏妮再说。

巴桑老爷子的早饭十分丰盛，可惜的是朱笑东一行却没有那个心情。

匆匆吃过了早饭，问明了阿苏妮所在牧场的方向以及道路，一行人就准备启程了。

本来巴桑老爷子听说胖子出事了，也要一块儿去找找的，朱笑东不让，而且，巴桑老爷子家里临时又来了一位马商，也是急着想要办事，只好就此罢休。

朱笑东四人按照老爷子说的路径一路策马疾驰，一心想要找到阿苏妮，把这事情问个清楚。

八十多公里路，几人下午就到了古扎牧场，牧场也是一个小小的村落，七八家人住在这里，每一家人都有不少的马匹、牦牛等。阿苏妮来找这几家人，就是想联合大家一起引进一些优良品种，如果能够达到产业化，这样一来，大家赚钱就相对轻松很多。

朱笑东等人下了马，向当地人询问阿苏妮在哪里，其中一个汉语说得很好的年轻人告诉他阿苏妮已经走了，开着越野车走的，刚刚离开一个多小时，去了离这里两百多公里的县城。

朱笑东差点瘫了下去，自己千辛万苦追到这里，没想到还是来晚了一步，关键是阿苏妮一旦进了县城，一时半会儿又到哪里去找她。

梁三说："我们追吧，不就是两百来公里路吗，大不了今天晚上连夜再赶一段。"

朱笑东有些痛苦地摇了摇头，从巴桑老爷子那里借来的马并不是日行千里夜行八百的神驹，不要说马，就是这几个人，经过这大半天的急赶都已经坚持不下去了。再说，这冬天的高原上的夜间温度低得吓人，又容易迷路，朱笑东可不敢拿这几个人的性命开玩笑。

杨薇问那个年轻人："就在几天以前，有没有一个大胖子和一个高个子男人来找过阿苏妮？"

那年轻人摇了摇头，说："这一段时间来这里贩马收皮毛的人很多，不记得有没有这样的一个大胖子来找过阿苏妮了，再说，这些人一来，多半就直接钻进别人家里洽谈买卖了，买卖做成也不逗留，拉着牲口毛皮就走，根本没办法留意。"

见打听不出来胖子的下落，高原又问："你知不知道阿苏妮的电话，如果知道的话，就给她打个电话。"

一说阿苏妮的电话号码，这个年轻人很是炫耀，恰好他留了，说着拿出手机找到电话号码，直接打了出去。

想不到的是，电话通了却又没人接，一连试了三遍皆是如此，年轻人面红耳赤，说估计是阿苏妮在开车，没注意到有电话，要不然她肯定不会不接的。

朱笑东不死心，记住了电话号码，也拨了两遍，依旧没人接，只好心急如焚地发了两条短信过去，希望阿苏妮在开车闲暇时能够拿出手机来看看。

杨薇又问这个年轻人，这一路顺着阿苏妮要去的地方，中途有没有可以落脚的村落、城镇，或者说有人烟的地方。

年轻人摇了摇头，很是肯定地说："那条公路要翻过一条山脉，光是山就有七八十公里，哪里有什么城镇村落。"又反问杨薇，"你们要找的到底是阿苏妮还是那个胖子，还有，那个胖子是干什么的？"

胖子来找阿苏妮，要商谈的事情哪里能够公之于众，要被外人知道了，不但会害了阿苏妮，连朱笑东他们也会吃不了兜着走。

所以杨薇只好说，那个胖子也是来贩马匹的，自己这几个人找他是因为有急事。

没想到杨薇这么一说，那个年轻人倒是想了起来，说几天以前的确是有个很大个子的胖子来贩卖过马匹，就是到他表哥家里来做生意的。

　　杨薇明知道此胖子不是自己要找的那个胖子，还是随口敷衍了几句。

　　这时，朱笑东问这年轻人，他们这里谁有最好的马匹，那种最好的。

　　年轻人很是自傲地说他们家就有，不过，好马价钱也要贵上许多。

　　朱笑东说："价钱不是问题，问题是要真正的好马。另外，到阿苏妮他们要去的地方，有没有便捷的小路可抄？"

　　"有是有一条，但是现在有公路了，走那条小路的人几乎就没有了，而且那条小路地形相当复杂，悬崖峭壁、草甸子、大水洼，什么样的危险地形都有，加上很多年已经没人走过了，所以还是不去为好。"

　　年轻人想了想又说："其实，你们想要去追阿苏妮也用不着去找捷径小路，买马也不划算，真要去，我们家还有一辆车子，就算两百多公里，你们开着车子去追，岂不是合算多了？"

　　朱笑东闻言大喜过望："你有车怎么不早说，要不这样吧，我这几匹马暂时寄存在你这里，把你的车子借给我们也行，卖给我们也行，我们算钱给你！对了，你那车什么车？"

　　年轻人眼睛一亮，赶紧回答说："皮卡，日产皮卡，动力很不错，二点八涡轮增压的，空间又大，而且方向灵敏，跑野、外跑、长途都可以，很适合你们。"

　　高原看着年轻人，笑了笑："看来你对车子很懂呀，那么我问你，你那车子是前排宽敞还是后排宽敞？是前排舒适还是后排舒适？"

"都很宽敞啊!"年轻人很是自傲地回答道,"我都开了好几年了,这个还能不知道?"

在场的人,除了梁三不怎么懂车之外,朱笑东、杨薇都是懂车的人,这么一问一答,年轻人顿时露了马脚出来,这小子显然是抓住了朱笑东等人急切的心理,自卖自夸,想要狠狠敲上一笔。

只是朱笑东并不在乎钱多钱少,能用最快的速度追上阿苏妮就行,于是也就不管这年轻人露出来什么马脚,立刻要求他带着先去看看车。

年轻人却不肯,非要先把价钱说好并且预付订金再去,还说:"现在做生意的人都是这样,谁知道你是不是诚心的,你要是只去看一眼,然后这里挑点儿毛病,那里挑点儿刺,让人白白赔你笑脸浪费表情,一个说不好马上翻脸走人,误时误工,还讨不到好。"

高原皱着眉头说:"你这是霸王条款,做生意哪有你这样的!"

年轻人淡然地说:"你说我这是霸王条款,那也无所谓,反正不是我求着你要买。"

朱笑东明知道人家会把他当羊羔,卡着他的脖子趁火打劫、大宰特宰,但是他现在心急如焚,一心只想着找到胖子跟萧劲两个人的线索。

何况,一部开了好几年的二手车能要得了几个钱,只要好使,十万八万甚至三五十万都不是问题。

见朱笑东一心愿意出高价要车,高原等人也没了辙,只好问那年轻人要什么价钱。

那年轻人满心欢喜,开口要了十八万元,光是订金就要十万元,很明显把朱笑东等人当成了冤大头。

朱笑东却没有多说,当下问这年轻人:"要现金还是要转账,不要说订金了，你这十八万元我一块儿给了，你去把车子开过来。"

年轻人没想到对方这么大气，赶紧说："当然要转账了，要现金的话，你们身上未必会有这么多，再说，要是有假，这么多钱我一时半会儿哪里看得出来！"

高原有些生气，就算是一辆新车，那皮卡也用不了这么多钱，何况还是开了好几年的二手车，十八万元已经是天价了，朱笑东愿意给钱已经很不错了，这小子还不识好歹，门缝里看人。

高原把背包取下来，"哗啦"一声拉开背包上的拉链，从背包里拿出两块方砖一样的牛皮纸袋，将牛皮纸袋掷到年轻人脚下。

这牛皮纸袋每一袋就是十万元钱，都没开过封的，鲜红的"人民币专用袋"以及"十万"几个字看得年轻人一阵眼热心跳。

这一次朱笑东出来，本来就是来找胖子的，也知道少了钱不能成事，光是现金就让高原足足准备了两百万元，以至高原一个人就像背砖头一样，整整背了一大背包。

高原盯着年轻人那贪婪的眼睛，愤声说道："这里是二十万元，你可以看看，这些都是连号的新钱，不可能会有假，这二十万元你可以一块儿拿去，但是你必须依照他说的，去把车子开过来。"

年轻人红着眼，咕嘟咕嘟吞着口水，盯着地上两块方砖一样的纸袋，犹豫了好一会儿才说了一句："我要验钱。"

朱笑东点点头，其余的人却是冷冷地看着他，都不作声。

年轻人弯腰去捡牛皮袋子，只是刹那间，他又再次犹豫了一下，不知道他是两叠钱都要验，还是有什么其他的想法。

过了片刻，年轻人终究还是只拿了一叠钱，直起身来，牛皮纸袋被撕开，顿时露出一片诱人的红色。

年轻人再次吞了一口口水，也不拆开封条，直接看印号码的一头，果然是连号，不仅每一叠都是连号，而且叠与叠之间都是连号，这样的钱绝对不会是假的。

年轻人眼睛都直了，赶紧堆起笑脸说："好，我这就去开车过来，不过你们得等上一会儿，就十分钟，你们别走啊……"

说着，年轻人飞也似的拿着那一叠钱跑了。

就算朱笑东心急如焚，这一会儿还是等得起的。

要是换好马去追阿苏妮，或许明天早上之前都不可能追得上，如果有车的话，两百来公里路也要不了几个小时，就算路不好走，几个人轮流驾驶，在明天早上之前也是能追上的。

见年轻人钻进不远处一个蒙古包一样的帐篷，高原皱了皱眉头，看了朱笑东一眼，示意一起过去看看。

朱笑东自然是同意，当下让梁三、杨薇原地看守马匹装备，然后跟高原一起悄悄地贴近了年轻人钻进去的那个帐篷。

两个人一贴近帐篷，就听见那个年轻人在大声跟另一个人说话，可惜，他们用的是本地话，朱笑东半句也听不懂。

高原倒是能听懂，里面说一句，他就低声给朱笑东翻译一句。

朱笑东很是惊奇，问他怎么会懂这里的方言。高原低声说，以前当兵的时候因为需要，特意跟战友学过，兵营是什么地方，要学一点方言那还不是小菜一碟。

朱笑东佩服至极地伸起大拇指，高原笑了笑，继续翻译年轻人跟另一个人的对话。

年轻人说："隆多大哥，我出两万元买你这破车，你还不卖？"声音里充满了兴奋。

那个叫隆多的回答说："我干吗要卖给你。"

这个叫隆多的脾气估计是属炸药的，答话答得火气十足。

"那个时候你才花一万多点买的二手车，你又用了三年，我还给你两万元，让你白白用了三年，转手还赚一倍的钱，你还不卖？"

"我花多少钱，用几年，关你什么事？你小子要不说实话，给十万元我都不卖给你。"

两个人才说这么几句话，高原跟朱笑东就明白过来，那个年轻人竟然是个掮客，要借鸡生蛋做一笔不花本钱的买卖。

怪不得他一定要先拿十万元订金。

高原气愤不已，要是明说帮他们介绍一部车子，从中拿点好处，不要说朱笑东，就算是他也会爽爽快快地答应下来，谁知道这家伙胆子这么大，这边都没说好就敢拿订金。高原一想到这个年轻人可恨，这就要去揭穿那个年轻人，只是朱笑东却阴着脸制止了他，两个人正在争执之际，里面又传来说话声。

"隆多大哥，做人不能这样，要不我再加一点，三万元，我们一手交钱一手交货，只要你的车子能够发动，能够跑，其他的什么我都不要求，怎么样？"

年轻人又说："本来你那部车子开到了现在基本上就是废铁一块了，现在废铁才多少钱一斤，请人来收还得赔人车费钱，对不对？"

"你实话跟我说，还有得商量，要再含糊不清的，要么就滚回去，要么就给二十万元，你到底说不说？"

"隆多大哥，要不然这样，你这车就算是借给我，赶明儿我还你一部新点的二手车，怎么样？"

"你小子有几个钱，有多大的家底，我还不知道。还我一部新一点儿的二手车，卖了你老妈还是卖了你老婆去？你骗得了别人，还骗得了我！"

这隆多说话可谓不客气至极，由此也能看得出来，这个做掮客的年轻人做到连邻居都对他不客气至极，这得有多让人讨厌啊。

"隆多大哥，你可是小瞧人了，我是骗过别人，但是我几时骗过你，再说，我也不敢骗你，对不对？我真的是好心好意给你送钱过来的。"

隆多不答话，应该是懒得理睬这个年轻人了。

那年轻人咬着牙齿，下了个大价钱："隆多大哥，只要你答应把车卖给我，我给你五万元。五万元，一部新车的价钱，你要是同意就点个头，要不然我一分钱不赚，你也就等着卖垃圾。"

一部已经成了垃圾的破车能换一辆新车的钱，不管怎么说这条件都挺诱人的，隆多虽然有些钱，但谁又嫌钱多呢。不过，那年轻人在短短几分钟之内连续好几次加价，傻子都看出猫腻来了。

沉吟了片刻，隆多说："你也别多说，老实跟我说到底是怎么回事，说清楚了，我们可以谈谈价钱。不然，你就是给二十万元我也不卖，就算我那车是垃圾，大不了扔了就是。"

朱笑东见火候差不多了，当下向高原笑了笑。

高原也笑了笑，站起身来绕到帐篷前面，稍微清了清嗓子，才高声大叫："隆多大哥在家吗？隆多大哥！"

"谁啊？"隆多火气十足，在帐篷里吼道。

"是我。"高原应了一声，却没说自己是谁。

帐篷的帘子掀开，隆多探出脑袋朝外边望了望，又问了一句："谁啊，这是……"

一抬头，见是高原，微微怔了怔："有事？"

高原看了看这个隆多，好像有点面熟，但是一时之间又想不起来在哪里见过，半晌才笑了笑，用本地话说道："隆多大哥，有点事情想要跟你商量一下，不知道隆多大哥是否方便？"

隆多看着高原，怔了半天工夫，突然叫道："高原，高班长，怎么会是你?"

高原想了好一阵，也咧嘴笑了起来："怎么会是你这家伙!"

他这才想了起来，这个隆多几年前在自己手下干过，是名副其实的战友，后来隆多在一次任务中伤了一条腿，被迫提前退役，两个人就失去了联系。

隆多"嘿嘿"傻笑了一阵，这才赶紧让高原到帐篷里面坐。

听说高原跟这隆多是战友，朱笑东悬着的心便放回了肚子里，走了出来。

高原回头看了看朱笑东，又跟隆多说："这位就是我的兄弟加老板，姓朱。"这一次用的是普通话。

隆多的汉语也是十分流利，见朱笑东是高原的兄弟，自然是十分热情。

一进帐篷，朱笑东发现这个隆多估计也是没退役几年，还保留着部队的生活习惯。

这时，那个年轻人的脸色变得很是难看，一时之间又找不到话说，只得坐在角落里低着头想对策。

高原跟隆多两个寒暄了几句，然后就单刀直入，直奔主题："我们这次来，是有一个兄弟在这一带走失了，我们过来找他，希望你能够提供一些帮助。"

战友的事那就是自己的事，隆多当即拍着胸脯说："我有的，只要你看得上的，尽管拿去。什么帮忙不帮忙，当年你对我们的照顾还少吗，说帮忙那就见外了。"

朱笑东跟高原一起谢过了对方的好意，这才说起胖子的事情。

隆多皱着眉头，有些迟疑地说："那位胖子兄弟从来都没进过村子，因为阿苏妮这段时间就跟我们在一起，我也没见她单独见过什么客人。"

高原问："你确定那位胖子兄弟没来过？"

隆多点点头："这里就六七户人家，哪家来了什么客人，不到五分钟大家都会知道的，可是我从来就没听说过这几天来过这样一个人。"

沉默了许久，隆多又说："前几天风雪很大，连阿苏妮都被困在了这里，直到今天早上才走，那位胖子兄弟不会也是被困在哪个地方了吧？不过，从巴桑老爷子那边到这里，一路上几乎没有歇脚的地方，那位胖子兄弟又是怎么回事？"

到这时，朱笑东几乎完全可以确定胖子是真的出事了，高原上的风雪那是可想而知的，胖子从巴桑老爷子家出来，不到半天时间就遇上了风雪，胖子跟萧劲两个人在风雪之中又没去处，结果可想而知。

一想到这个，朱笑东顿时觉得头晕胸闷，一团热辣辣的东西紧紧地塞在胸口，上不来也下不去，浑身难受至极。

高原见朱笑东神色有异，也明白估计是胖子跟萧劲两个人已经遇难，也有些慌了神，良久，才劝道："事情也许完全不是那个样子，不是还没找到阿苏妮吗，要找到阿苏妮才能确定胖子到底是不是遇难了。"

朱笑东勉强忍住胸中的烦恶，点了点头，示意高原，他已经心慌意乱，要怎么做就全凭高原做主了，说着还是没忍住一口血吐了出来。

高原原本想要好好收拾收拾那个做掮客的年轻人的，但是这个时候也顾不上了，直接问隆多车子能不能借用，或者卖也行，让隆多随便开个价。

这个时候年轻人有些着急，站起来说："不管你们什么关系，这件事是我先来的，生意场上先来后到这个规矩还是有的，对不对？"

隆多差点没给这年轻人一巴掌："你个小杂种，滚一边去。"

高原见这年轻人无耻，又担心朱笑东的身体，当下对隆多说："算了，他一定要买，你就卖给他吧，大不了我再从他手里买过来就是，反正我们不在乎那点钱！"

高原说着，一双手在桌子上敲了敲。

隆多先前还有些疑虑，但是看见高原敲桌子，便说道："不是我这车不想卖，我这车就是一堆垃圾，但就算是五万元也太低了，少说也得给十万元。"

年轻人咬着牙，把那一块砖头一般的十万元钱掏了出来，放在桌子上，对隆多说："你看好了，这是十万块，没有一张是假的。"

隆多看也不看这一叠钱，说："车子就在后面的草料堆旁边，你自个儿开去。"

年轻人看了看隆多跟高原两个人，满心欢喜，就算给隆多十万元，车子一转手，还能赚到十万元。

年轻人想也没多想，直接到后面草料堆去开车。

只是没过片刻，年轻人又转了回来，对隆多说道："隆多大哥，那车子有一个轮胎怎么没气了，昨天不是还好好的吗？"

隆多没好气地回答道："你是买车，你又没说要买什么样的车，我怎么知道没气了。"

"可是，我说过要能跑的啊！"年轻人有些委屈地说。

"我也说过我那车就是一垃圾，反正你付过了钱，那就是你的，赶紧的，给我弄走，要不然收你场租费！"隆多蛮横地一挥手，让那年轻人快滚。

年轻人无奈，只得转身去开那车，不管轮胎有气没气，只要开到先前说好那个地方就成。

可是没过片刻，这年轻人再次回过头来："隆多大哥，你这车里怎么没有汽油啊？"

"汽油，汽油是什么，汽油是垃圾？你发蒙了是吧……赶紧的，给我弄走……"

"可没有汽油，我弄不走啊，你这车它还能跑？"

第十二章
真真假假

年轻人一下子发起急来，昨天隆多还开着这破车到处跑呢，怎么现在一下子就这里不行了那里也不行了，轮胎是瘪的，连汽油也没有，这……这还让人活不？

隆多在桌子上敲了敲，吼道："你能不能活关我屁事，我限你天黑之前把车弄走，否则，场租费一万元。"

年轻人无语。

胖子出了事，朱笑东又心急得吐了血，高原也是心痛不已，一腔悲愤无处发泄，偏偏这年轻人又撞在了枪口上。

高原看着年轻人，说："小兄弟，你说的十多分钟已经快到了，我再给你十分钟，赶紧的，把车子开到我们说好的地方，要不然就退我们的订金，至于违约什么的，我们保留一切可以追究你违约行为的权利！"

高原说着，向隆多告辞，要回到先前那个地方去等这年轻人的车子。

隆多也不客气，本来也想要去帮忙找胖子的，无奈腿上行动不利索，去了反而会给高原他们增添麻烦，所以也就只能好言安慰几句，然后拿了些吃的用的要高原带上，作为路上之用。

梁三和杨薇见高原两个人这么快就回来了，本来还有些高兴，但是仔细一看，两个人的脸色都不好，尤其是朱笑东，一向深邃的目光这个时候空洞洞的，一点神采也没有。

朱笑东不愿开口，高原跟杨薇和梁三解释说，这里有他一个战友，也就是接待阿苏妮的人，他亲口证实胖子跟萧劲两个人没来过这里。

高原这么一说，杨薇也算是明白了。

杨薇上前轻轻拉起朱笑东的手，柔声说："笑东，事情也许还不至于多糟糕，胖子他……说不定是偷偷来找阿苏妮的……我们只要找到阿苏妮……胖子就……就……"

本来想说只要找到阿苏妮，胖子就会没事，但是几乎所有的证据都指明，那是不可能的事，到这个时候还说胖子没事，谁都知道那是自己欺骗自己，说着，杨薇也忍不住流下泪来。

朱笑东木然地点点头，然后又摇了摇头，想要上马，刚刚抓住马缰，却又转过身来想说什么，只是嘴唇动了几下，却又没说出话来。

显然，朱笑东已经心乱、神乱、方寸大乱了。

高原、梁三都悄悄转过头去，不忍心看朱笑东那失魂落魄的样子，杨薇也侧过头想要再劝劝，可是又无话可说。

几个人正在伤神，偏偏那个年轻人又不知死活地跑了过来。

一过来就笑眯眯地说道："几位，车子我已经准备好了，请各位过去验车。"

高原一腔悲愤，正无处发泄，见这年轻人过来，一伸手抓住他的衣领，差点将他提起来，喝道："车呢，说好开到这里来的，你信不信我一把捏死你。"

"大……大爷……我……真的已经把车子准备好了……我这不是过来……带你们去看的吗?"年轻人一边挣扎，一边说。

高原对着年轻人的耳朵怒吼："给我开到这里来，否则，你就等着坐牢吧。"

说着，高原使劲把这年轻人一推。

年轻人后退了几步，"噗"的一声坐到地上，却并没立刻就爬起来，而是伸出手挖了挖耳朵，高原那一声怒吼震得他耳朵都要聋了，到现在脑袋还在嗡嗡作响。

高原怒目圆睁，瞪着那年轻人，再次吼道："你说好十几分钟的，到现在都快半个小时了。五分钟，我再给你五分钟，五分钟之内你要是不把车子开过来，我立刻报警，告你诈骗。"

年轻人总算是挖完了耳朵，也听清楚了高原的怒吼，但是别说只给他五分钟，就是给他五百分钟，他也弄不过来呀。

正在这时，几个人身后响起一声清脆的呵斥声："是谁啊，这么凶!"

高原转头看去，是一个不认识的女孩子，一身皮衣皮裤，脚蹬高筒马靴，戴着一副宽边太阳镜，精神彪悍，很是有股子气势。

女孩子一边走，一边说："是谁啊，谁诈骗谁了，知道这是谁的地盘儿吗? 敢在这里大吼大叫，活得不耐烦了!"

年轻人一见这女孩，忍不住大叫起来："阿苏妮！"

朱笑东跟杨薇两个人也叫了一声："阿苏妮！"

阿苏妮摘下太阳镜，有些诧异地看了看朱笑东三个人，点了点头，算是跟熟人打了个招呼，然后转头对着高原，把手往腰上一叉："你谁啊，你知道欺负的是谁吗？"

朱笑东三人赶紧说道："阿苏妮小姐，都是自己人，别误会。"

阿苏妮一挥手，不屑地说："你们我承认，是自己人，可是这个人不但凶，还推我兄弟，他会是自己人吗？哼哼……就算是自己人，也等我打完架再说……"

"原来是阿苏妮小姐，误会。"高原一听眼前的女孩子就是大名鼎鼎的阿苏妮，当下笑了笑，正准备说说事情的来龙去脉。

只是阿苏妮根本就不给他解释的机会，直接一拳轰向高原的鼻子。

高原愣了愣，没有还手，只是轻轻把脑袋一偏，避开了这一拳。

倒是坐在地上的那个年轻人见阿苏妮跟高原打了起来，便扯开喉咙大叫："不好了，有人要杀阿苏妮大姐……不好了，大家快过来帮忙啊！"

这年轻人用的是本地话喊叫，朱笑东、杨薇等人根本听不明白他在叫嚷什么，一个个傻愣愣站在那里大声叫喊，要阿苏妮赶紧停下手来，这是一场误会。

这边阿苏妮用了三招，一拳直捣高原的鼻子，一手抓高原的肩膀，一脚踢高原的小腹。

高原却是偏头、缩肩、后退步步避让，根本就没有还手的意思。

"你为什么不还手？"阿苏妮步步紧逼，问道。

“这是一个误会。”高原依旧一边退让，一边回答。

杨薇上前去拉阿苏妮，却被一把推开，跟跄两步，差点摔倒。阿苏妮回过身来，一把将她拉住，待杨薇站稳，又对着高原踢了一脚。

梁三看得大急，一边大叫：“阿苏妮，别乱来！”一边合身扑了上去。

他不会武功，所用的招数也跟胖子差不多，就仗着自己皮糙肉厚，合身将对方抱住，给己方人制造机会。

只是梁三双手一环，刚刚要合拢抱住阿苏妮之际，脸色突然怪异起来，阿苏妮是个女孩子，这样去把人家抱住合适吗？这个念头在脑袋里一闪，梁三不由得呆了呆。

就在一呆之际，阿苏妮怒道：“你敢摸我！”

说着，转身“啪”的甩手抽在梁三脸上。

梁三这才发现，他的一只手不知道什么时候真的“摸”了阿苏妮。

挨了一记耳光却又不敢还手，连辩白的勇气都没有了，只得尴尬至极地退到一边。

这时候，好些人围了过来，一个个手里还拿着家伙，看样子是想群殴这几个人。

偏偏阿苏妮追着不还手的高原拼命殴打，也不去跟这些本地人解释。

看着一群人都想要围殴朱笑东等人，突然一个粗犷的声音大喊：“老婆打老公有什么好看的，想看回家自个儿去演练演练！”

大声叫喊的是隆多这家伙，他这一喊，那一群人顿时傻了眼，看样子也还真是怪异，先前还在喊有人要杀阿苏妮，可是大家看到的就是阿苏妮追着一个男人猛打，这个男人不但不还手，还处处护着阿苏妮。

这简直就是小情人的打情骂俏，哪里是什么要杀人！

阿苏妮的功夫好，人又长得漂亮，高原则是俊朗，虽然处处躲避，但是那功夫绝对也是顶呱呱的，两个人还真是般配！

两个人打架的画面跟电影里的镜头差不多，那叫一个精彩。

于是，很多人不但没有了围殴这几个外地人的念头，反而是把手里的家伙一放，直接坐到地上，看演员表演似的看着两个人追打，精彩之处还有人鼓起掌来大声叫好。

阿苏妮打不着高原，也明白高原的功夫是高过自己的，可是她偏偏不服这一口气，要打高原几下，见还是没能打到，一气之下，一边追着高原猛打，一边大叫："乡亲们……揍他……"

还没叫完，隆多又在一边大叫："我说老少爷们儿，人家小两口闹矛盾打情骂俏，咱也不好意思当电灯泡对不对？回家去喽！"

阿苏妮在这一带可算是"声名显赫"，和人干架从来都不手软，一般的男人那可都是望而生畏，哪像眼前看到的，追着高原打却打不着，即使好不容易打着一下，高原那表情在旁人看来，也不过是阿苏妮在给他挠痒痒一样，这不是情人间的打闹是什么。

隆多在一旁煽动，就算阿苏妮发号施令，也没人相信了，看样子就真是在打情骂俏，看看热闹还差不多，谁还会上去帮忙。

隆多大喊大叫了一阵，自己带头往回走，其余的人自然也就一哄而散了，那个年轻人也趁此机会消失了。

见现在又只剩下这么几个人，高原避开阿苏妮一招，笑着说：

232

"阿苏妮小姐，玩够了吧？"

阿苏妮气恼不已，又是一拳轰了过去。

高原在这一刻出手了，一眨眼，阿苏妮的拳头便被他握在了手里。

阿苏妮挣了挣，挣不开，想要反手抽上高原一记耳光，但是高原轻轻一握，便又抓住了阿苏妮另一只手。

阿苏妮不死心，曲起膝头，顶向对方的下身，哪知道人家早有准备，右脚一错，不但避开了这一撞，还十分怪异地把阿苏妮左脚给缠了起来。

微微一使劲，阿苏妮顿时站立不稳，身子往后倒，只是高原还握着她的两只手，又岂能让她倒下去。

阿苏妮不仅没能倒下去，反而是贴在高原的怀里，两个人四目相对、相拥相依。

就这样的姿势，居然僵持了超过十五秒。

过了片刻，阿苏妮回过神来，脸上迅速起了一层红晕，开口骂了一句："你……流氓……"

高原回过神来，赶紧松手，只是这一松手，阿苏妮顿时没有了支撑点，"砰"的一声摔在地上。

高原心里一慌，赶紧又伸手去拉阿苏妮，只是刚刚拉着阿苏妮的手，却被抽了一记耳光。

高原赶紧捂着脸退开，这阿苏妮真像是一条母狼，稍不注意，就会被咬上一口。

阿苏妮打中了一记耳光，一个鲤鱼打挺站了起来，便不再去追打高原，转头对杨薇问道："你们怎么来了？"

问得像是没事人一样，但是一张脸上却堆满了笑意。

杨薇迟疑地问："你……不打了？"

阿苏妮红着脸，一下子拉住杨薇，在她的胳肢窝挠了两下，痒得杨薇差点笑出来。

"他那么下流，谁跟他打去！"

"好，阿苏妮，他真的是自己人。高原，我们的大哥。"杨薇怕阿苏妮还要气恼，先把误会消除了再说。

高原也很是礼貌地伸出手，对阿苏妮说："你好，阿苏妮小姐，久仰你的大名。"

"哼，虚伪！"阿苏妮"哼"了一声，给了高原一个没趣，自顾自地问杨薇："你们大老远跑这儿来，不会又是来找我当向导吧？"

杨薇沉吟了片刻，转头看了看脸色灰暗的朱笑东，拉着阿苏妮的手急切地说道："是这样的，几天前胖子来找过你，你见着他没？"

"胖子？几天前？"阿苏妮有些诧异地说道，"没有啊。这几天我都在隆多大哥家住着，见过很多人，却从没见到胖子啊，他来找我干什么？"

"好，阿苏妮，现在他来找你干什么，已经不重要了，重要的是，他现在失踪了，阿苏妮小姐，你得帮帮我们！"

阿苏妮一撇小嘴："帮你们我是没话说，可胖子那家伙会失踪，那真是出笑话了，就算全世界的人都失踪了，那家伙都不会，你们别自己吓唬自己。"

阿苏妮满不在乎，不过也是因为她不知道事情的真相。

杨薇把事情从头到尾说了一遍，还说："我们担心的不是胖子会迷失方向，而是那几天里大风大雪，我们担心……"

杨薇没有再说下去，事情已经很明朗了，胖子没见到阿苏妮，也就是说不存在其他方面的可能性，胖子他们确实是从巴桑老爷子家里出来到古扎牧场这一段路上出的事。

梁三摸着脸问："阿苏妮小姐，你不是已经去县城了吗，怎么会在这里？"

阿苏妮也不计较之前的事情，回答说："的确是已经去了县城，可是走到半路才发现手机忘在隆多家里了，一部手机丢了无所谓，但是里面有很多很重要的信息，那是丢不得的，所以就让我堂兄阿古力先行去县城，我折回来拿手机。"

阿苏妮一边说，一边往前走，杨薇问她要去哪里，阿苏妮头也不回地说："胖子那家伙虽然不是什么好人，但是也不能不管，我要通知阿古力一声，免得让他也跟着担心。"

听阿苏妮的口气，不用说，也是要去找胖子的，但是这个时候朱笑东已经有些绝望了，大风暴雪之中，胖子跟萧劲两个人无遮无挡，又迷了路，可以说基本上已经没什么活路了。

一想到这个，朱笑东只想痛痛快快地哭上一会儿，可是有时候人就是这样，悲痛却哭不出来，那种痛苦比死还难受。

很快，阿苏妮带着了一个人回来了，是古扎牧场里的一个中年人。阿苏妮指了指朱笑东等人的马匹，那个中年人点了点头，也不说话，把上面的装备、食物卸了下来。

梁三去拦那中年人："就算回头去找胖子，难道还能靠两条腿走吗？"

阿苏妮瞥了一眼梁三："如果你们不想靠两条腿走着去，而又要立刻去的话，就把马放在这里，明天一早让古都叔给你们还回去。"

梁三不明白，不走路，也不骑马，难道飞着去找胖子？

"你傻啊，我有车，就算你骑着马，现在还能走多远？坐车的话，天黑之前说不定就能赶到巴桑老爷子家里。"

梁三在自己的脸上抽了一记耳光："我真笨……怎么就想不到你有车呢！"

阿苏妮的车是一辆越野悍马，空间位置不小，杨薇是女人，自然优先被安排到了副驾驶的位置上。对朱笑东跟梁三两个人，阿苏妮也很是客气地让进后座，偏偏轮到高原的时候，阿苏妮毫不客气地打开后车门，让这个"流氓"半蹲半坐蜷曲在后面。

看着高原一脸尴尬地爬进了后备厢，阿苏妮还特意"砰"的一声关上后车门，不知道是报复高原欺负了她地盘上的人，还是"轻薄"了她。

边开车，阿苏妮边跟杨薇聊了聊先前他们跟那年轻人之间的事，只是没说几句，她便偷偷从镜子里看了看高原，高原此时闭着眼，一副比梁三还悠然自得的模样。

阿苏妮忍不住有些恼，也不顾路面坑坑洼洼，脚下微微加力，车子顿时颠起来。

坐车时，越是前面越舒服，越往后，颠簸就越是厉害，有座位还好一点，像高原现在的境地，那简直就是受罪了。

偏偏高原根本毫不在意阿苏妮对他的这种惩罚，反而像是很享受似的微笑着。

从古扎牧场出来，开了将近二十来公里，阿苏妮把车子偏离原来的路线五百米左右，与之平行前进。

阿苏妮说，在这地方找人，除非用直升机或者侦察机，要是用车辆的话，就只能拉网式搜索，可惜现在只有一部车，要是几部车子一字排开，一下子就能搜索好几平方公里。

此时，阿苏妮一边开车，一边把望远镜拿出来递给杨薇，要她尽可能仔细地看看这条路线的周围，防止遗漏掉任何可疑的东西。

一说到这个，梁三赶紧翻出望远镜，不顾窗外寒风凛冽，仔细搜索。

经过寒风一灌，朱笑东的脑袋顿时清醒了一些，对阿苏妮说："不要一直平行着走，尽量以原来的那条路为轴线，成'S'形搜索前进。"

如此一来，虽然直线距离上的行进速度慢了很多，但是搜索面积和搜索效率却提高了不少。阿苏妮开着车子，计算好轴线与"S"形两边顶点的距离，尽量做到能最远、最宽、最快地发现目标。

如此一来，快到天黑时也只在直线距离上搜索了十几二十公里，除了发现几处疑似物之外，并没有其他的收获。

朱笑东的心越来越往下沉，难道说，胖子跟萧劲两个人冻毙了不说，连尸体也被野狼吃掉拖走了。但是，马骨、人骨以及马鞍之类狼吃不了的东西应该留一些下来才对啊，没理由消失得无影无踪呀。

因为天黑，视线不能及远，又一无所获，阿苏妮说："要不然先回到巴桑老爷子家住上一晚，明天再想办法多召集几部车子，再把范围扩大一些，只要胖子是在这一带出的事，就绝对能找到！"

朱笑东黯然，但是除此之外也别无他法，只得让阿苏妮先往巴桑老爷子家开去。

这一路上，梁三跟杨薇两个人都不愿意放下手里的望远镜，还在一路搜索。

到最后实在看不见了，高原又拿出红外夜视仪递给梁三，经过几乎一个下午的搜索，梁三冻得直打哆嗦，无奈之下只好把车窗关上，然后把红外夜视仪递给杨薇。

高原当过兵，对夜间使用的装备有种不能割舍的爱好，尤其是上次在梁三他们那里，因为照明设备用尽害得他跟朱笑东两个差点没走出那个天坑之后，他痛定思痛，买了这目前最先进的夜视仪。这夜视仪一共花了他六十多万元，平素他都舍不得拿出来用。

不过现在也正好派上了用场，本来高原想要自己拿着继续搜索，但是他被阿苏妮"踢"进了后备箱，角度不好使，视野也没有前面开阔，所以还是把夜视仪让了出去。

杨薇摆弄了几下，不大会使用，只得一边用一边问后面的高原，高原也不藏私，细细跟杨薇说了，直到教会为止。

因为有夜视仪，阿苏妮开车也就不那么急切了，打算驾着车用"S"形的路线走完需要走的地方，然后再一直开到巴桑老爷子家里。

看朱笑东不愿开口说话，阿苏妮调侃说："你那么担心干什么，没准胖子这会儿正躲在哪个地方一样一样看他的金银财宝呢。那家伙，你相信他会出事，我都不相信……"

朱笑东叹了一口气，胖子要真是躲在哪个地方清点他的金银财宝，这一趟出来倒也值了，怕只怕自己这一伙人无论怎样奔波，都是白忙活一场。

阿苏妮没话找话，问朱笑东："胖子这一次来找我到底是为了什么事情，为什么不是你跟他一起过来，要是你亲自过来的话，不管是什么事，只要我能办到的，绝对不会有半点推辞，但是胖子这家伙过来，那可就不一定了！"

梁三插嘴问："为什么，胖子、笑东不都是你的朋友？朋友相求，何况还是有代价的，难道还要分个彼此？"

阿苏妮啐了一口："胖子是胖子，朱笑东是朱笑东，朱笑东能够做到的事，胖子未必会做得到。还有，胖子那家伙人品有问题，我就是不喜欢他。"

梁三苦笑着问："胖子那家伙人品有什么问题，让你这么不待见他？"

阿苏妮说："胖子那家伙特财迷，又老不正经，这样人品还没问题？也就是你们把他当兄弟看，要我，早一脚把他踢得远远的。那次，那家伙还来调戏我……"

说到这里，阿苏妮自己都忍不住"噗"的一声笑了出来。

那一次还真不是胖子想要调戏她，胖子只是为了看上一眼她手上的好东西，结果连阿苏妮手上的好东西都没看到五分钟，还把自己的东西赔给了对方，严格来说，倒是阿苏妮"调戏"了胖子一回才是。

虽然后来大家都没把那些东西拿到手，但是胖子的"财迷""老不正经"却总是让阿苏妮耿耿于怀，印象深刻。

本来，阿苏妮也不想说这些的，但是看着朱笑东萎靡不振，高原、梁三疲倦异常，杨薇又忙着用夜视仪查找胖子的下落，自己一个人开车闷得慌，又想着找些话来开导朱笑东，所以便把一些往事当作笑话来讲，烘托烘托气氛。

那一次，梁三他们是在观测站巧遇的，后来虽然在一起，但是对那之前的事知道得很少，尤其是高原，更是没怎么听说过，见阿苏妮对胖子很是"照顾"，都很想知道胖子是怎么得罪这阿苏妮的。

阿苏妮说："这么久了，你们还不知道胖子那家伙的德行，财迷我就不说了，不正经起来，是个人都会头痛，别的不说，就说他骑马吧……"

那一次朱笑东跟胖子等人也是在阿古力手里买了十匹好马，选择的马基本都是温顺又神骏的，偏偏胖子自己去选择了一匹宝马，一路上都跟胖子淘气……

说着说着，阿苏妮的心也慢慢揪了起来，其实胖子这人并不坏，在阿苏妮心里，甚至可以称这家伙是一位英雄，在面对危险的时候胖子绝不含糊，那次在那座古城楼上，这家伙为了给朱笑东制造刺杀狼王的机会，一个人力拼群狼，直至力竭都没有退却半步。

后来找到虎子之后发生地震，别人都是抱头鼠窜，躲避山上滚下来的落石，胖子为了救她，一条腿差点报废了，可以说，她的命都是胖子救的，胖子却从来没跟别人说起过，而她也只把这些事放在心里。

其实，这些才是给她留下深刻印象的地方。

本来阿苏妮只是想要说几句笑话烘托气氛，没想到说到后来，想起胖子有可能遇难，自己也忍不住有些伤感了。

车子里气氛顿时更加压抑起来，杨薇依旧用夜视仪探测胖子的踪迹，其余四个人则沉默不语。

又开了一段，杨薇说前面不远处发现异常，看起来有些像狼一样的动物，问大家要不要去看看。

朱笑东沉默了许久，决定去看看，反正大家对狼又不陌生，就算遇上了狼也不怕，他们有强劲的车子，还有许多防备，如果有狼的话，兴许……

一百多米的距离，不到两分钟就到了，在车灯的照耀下，几个人发现那动物果然是狼，不过不多，两只而已，而且都是瘦得皮包骨头，对几个人根本产生不了任何威胁。

一见到车子灯光，两头狼立刻远远地躲开了去。

朱笑东等人拿了手电和砍刀下车查看，发现这两头狼不知道是从哪里逮到了一只小小的狍子，正在啃吃，却被几人惊扰了。

朱笑东等人又用手电在方圆百来平方的地方查看了一下，确定这里跟胖子等人无关，杨薇也用夜视仪在周围看了一遍，没有发现其他可疑的东西，大家这才相互照顾着退回到车子上。

只是这一次上车，阿苏妮不再把高原往后备箱里赶了，后座坐上三个大男人，虽然稍微有点挤，但好歹比坐后备箱要舒服。

阿苏妮说："再往前走三十来公里，就到巴桑老爷子的家了，大家伙儿要不要先过去休息一个晚上，明天再出来找找？"

"反正直线距离也就三十来公里，你又对这个地方很熟悉，不如我们连夜再找找，要是再找不到，明天我们再扩大范围。"

阿苏妮点点头说："从这个位置开始算起，其实需要搜寻的范围并不是很大了。"

梁三不懂，又问为什么。

阿苏妮说，从巴桑老爷子家出来，如果在十公里以内，胖子他们要是遇上暴风雪，完全有可能立刻返回，等天气好转再去找她。也就是说，在十公里以内，就算是在暴风雪里，胖子他们都不可能迷路。

最糟糕的地段就是在巴桑老爷子家里出来的二十公里以后，因为风雪太大，温度骤降，就算往回走，人、马也极容易受到冻伤，一旦受到冻伤，等待他们的也就是死路一条。

高原想了想，说："为什么不是在接近古扎牧场的那一段，而非要是这一段啊？"

阿苏妮"嗤"地笑了一声："说你笨你还真是要跟我装，你们不是告诉我说胖子他们是骑马的吗，是中午之后才从巴桑老爷子家走的。巴桑老爷子家的马算不上好品种，你们今天早上吃过饭就赶路，不是也到了下午才赶到古扎牧场。胖子他们两个午后走的，正常的话，天黑前就能赶到古扎。不过，你们和胖子那家伙都忽略几件事：第一，巴桑老爷子家的马不是最好的马，驮着胖子肯定走不快；第二，那天下午没多久就开始起了暴风雪，即使是你，在那样的情况下能够走出去多远？"

高原哑口无言，自从确定胖子跟萧劲两个人是在接触阿苏妮之前就失去了联系之后，这个问题他也想过，但是他真的把这几个最主要的因素给忘记了。胖子太重，一般的马匹不堪重负这个最主要的地方，被他给忽略了过去。

其实，连朱笑东都没想到过这个问题，所以才漫山遍野去追阿苏妮，要是能够早想到这一层，有今天一天，四个人骑着马少说也搜索遍这一带。

只是如此一来，朱笑东便要求阿苏妮今天晚上将这一带要搜索完毕，无论花多少代价。

阿苏妮无所谓，她是这地方土生土长的人，车子上还有 GPS 导航，是不会迷路的。

不过过了一会儿，阿苏妮又想起一件事，觉得要搜索，最好还是明天来。

她说："前面有个地方，几十年前开采过矿砂，虽然已经废弃多年，但是那个矿场对电子设备有些影响，虽说能影响的范围不大，但总归不是一件美事。"

听阿苏妮这么一说，朱笑东却更加坚定了必须今天晚上搜索的意志，他说："如果胖子真的是在这一带出了事的话，出事之前他肯定会打电话，但两个人一直没有任何讯息，弄不好就是在那个矿场中迷路了，因为矿藏对电子设备的影响，所以就算胖子他们想打电话也打不出来。"

他这么一说，杨薇、高原等人都点头称是，也觉得这种情况确实合情合理。

这里离那个矿场不算太远，反正都到这份儿上了，多绕一点路也不能放过任何一个可疑的地方，把那个矿场作为重点搜索的对象才是。

阿苏妮开着车子，把 S 形的间距缩小了一半，车速也降低了一些，一路寻找可疑物。

几个完整的 S 形走完，离阿苏妮说的那个矿场还有不到一公里的时候，此时杨薇发现了异常——有人！

朱笑东等人心里一阵狂喜，这个时候这个地方，有人！

杨薇忙把夜视仪交给高原，让他看看会不会就是胖子他们，高原接过夜视仪看了一阵，报出一些数据，一些让阿苏妮、梁三、朱笑东和杨薇几人有些沮丧的数据。

从外形上看，是一名男子，身高在一米七左右，略瘦，没有马匹之类的。

胖子、萧劲身高都有一米八，尤其是胖子，光是他那体型，绝对就是个大大的标志，萧劲不胖，但是也不瘦，可以用壮硕来形容，与眼前这个略瘦、只有一米七左右的人区别甚大，看一眼就知道不是胖子或者萧劲。

阿苏妮却是不管不顾，加大了油门就冲了过去。

想不到那个人见有车子过来，也是连忙挥手拦车。

到了那个人跟前，阿苏妮才一个急刹，把车子稳住，然后打开车门直接跳了下去，这几个动作一气呵成，流畅无比。

朱笑东等人纷纷下了车，将那个人围住，不住地问了起来。

"你是谁……"

"你是干什么的……"

"怎么这个时候在这里……"

"见过两个骑着马的人没有？"

"很好认的，一个很胖，一个比较瘦了一点，两人差不多高……"

在车灯的照射下，那个男子一脸沮丧，突然之间被五个人围住，男子还是有点心慌，问话的人又多，一时之间他也不知道该回答哪一个好。

朱笑东五个人一阵纷乱，待大家明白这样子问下去也不是个办法之后，一个个又在突然间闭上了嘴，要不是有车灯照射着，这情景真的就像是突然之间遇到鬼了一般。

过了片刻，朱笑东往前跨了一步，问道："兄弟，打听个事，在几天前，你们遇到一个大胖子没有？他们一共两个人。"

"你们是在找胖子……"那个人本来很是沮丧的脸上露出一丝惊慌，但随即又改口说道，"没有……我也是刚刚经过这里……"

那个人脸上的神色变化哪里能够逃得过朱笑东的眼睛，只是一看就知道这个人有问题。高原也不客气，走上前一步，低声喝道："我知道你知道一些事，你老老实实回答我们，我绝不为难你，如果你知道的东西有价值，我们还可以给你一些报酬。"

　　"我不知道……我什么也不知道……"那个人避开朱笑东跟高原的眼睛，低下头，很是惊慌地说道。

　　到了这个份儿上，那个人越是说他不知道，朱笑东等人越是不肯相信，也不会相信。

　　高原一把揪过那个人，厉声喝道："别不识好歹，现在我们好声好气问你，说得好还给报酬，要是惹起了我的性子，信不信我先卸掉你一条胳膊再问！"

　　那人被一把揪住，挣扎不得，他虽然惊慌，但还是先问了一句："你们认识那个胖子，跟他又是什么关系？"

　　在那个人看来，如果是胖子的仇家，他当然有一套说法；如果是胖子的朋友兄弟，说话肯定不一样了。

　　朱笑东也不藏着掖着，直接跟那人说："我叫朱笑东，胖子是我兄弟。快说，你们将胖子怎么样了？"

　　一看那人听到"胖子"这个名字有些惊慌，朱笑东几乎就断定这个家伙见过胖子，甚至还有可能就是他把胖子给害了。

　　"快说……"高原再次喝道。

　　那人一听眼前这个有些憔悴的年轻人就是朱笑东，又回头看了看其余的几个人，故作轻松地拍了拍胸口说："吓了我一跳，原来是师伯来了。"

　　高原怒吼一声："胡说八道……"扬起拳头，作势要一拳揍将下去。

那个人赶紧摇手，连声说道："打不得，打不得，你们听我说……"

朱笑东向高原点点头，示意暂时放开那人。

那人得脱禁制，叹了一口气才说："朱师伯，我叫宋晓峰，是胖子师父新收的弟子。"

"胖子叫什么名字？"杨薇突然问道。

为了防止这个宋晓峰胡说八道，杨薇出其不意地问上一句，要是宋晓峰回答不上，那就肯定是在弄虚作假、敷衍了事了。

"我胖子师父叫朱益群，对了，跟胖子师父在一起的还有一个人，胖子师父叫他萧大哥，具体叫萧什么师父没跟我说，我也不知道，我师父说他们这次来找一位叫阿苏什么妮的，谈一桩生意……"

"你真是胖子的徒弟？"朱笑东不能置信地问道。

宋晓峰所说全部都能对得上号，胖子叫朱益群，那位萧大哥是萧劲，这绝对不会错，而且，连胖子跟萧劲是来找阿苏妮的这事他都知道。

"这么说起来，我们也算是一家人，那我问你，你师父胖子他现在在什么地方？"朱笑东问道。

"这个吗……"宋晓峰很是犹豫，而且不想说。

高原本来想要再次威胁他一下，但是顾忌到这个宋晓峰是胖子的徒弟，对弟子不亲，那就是对师父不敬，所以只得忍了。

朱笑东转过身回到车子里，窸窸窣窣弄了片刻，拿了一叠没开封、像砖头一样的钞票出来，走到宋晓峰面前，像是丢块石头一样丢给他，然后说："我既然是你师伯，你也明白我跟你师父的关系，这点钱先拿着，算是见面礼，说说你师父他怎么回事。"

"啊，我师父他死了……"宋晓峰掂量着这一叠钱，几乎是脱口而出。

"什么？"朱笑东失声。

"什么！"杨薇叫了起来。

"放屁！"梁三怒道。

"绝对不会……"高原愤声说。

"不可能的，胖子不会死……"阿苏妮也不相信。

场面几乎又要失控。

宋晓峰没想到一时口误，几个人居然会有如此大的反应，不由得再次吓了一大跳。

稍过片刻，宋晓峰才赶紧解释说："我是说我原来的师父死了，我原来的师父临死前，把我们交给了现在的胖子师父……"

梁三跟胖子两个也是称兄道弟的，也懂得要对胖子的弟子客气一些，但是梁三仗着自己跟胖子是兄弟，也不怕胖子日后来责怪他，当下跳了起来，指着宋晓峰的鼻子怒道："你个小崽子，把话说清楚不行啊，把我们吓出心脏病来你负责？"

可是宋晓峰接下来说的话，真的差点把几个人吓出心脏病来。

"事情是这样的……"宋晓峰说，"我原来的师父叫金九……"

朱笑东、高原，甚至是杨薇，一听"金九"这两个字就差点跳起来，这个名字太熟悉了，还被朱笑东列为下一次行动之中主要防范的对手之一，一听宋晓峰说金九死了，如何不激动。

"简单地说，我金九师父在这里找到一座墓葬，我们就到这里下墓，我师父死在墓里，临死前要胖子答应收我们为徒，而且，金九师父的尸体还是靠胖子师父抢出来的……"

墓里有机关陷阱，这个不稀奇，朱笑东也是见过的，探墓取宝，在墓里死人更是不算稀奇，能抢出同伴的尸体，也算是"义举"。

宋晓峰接着说："因为还没找到要找的东西，胖子师父就跟那位姓萧的留了下来，而我因为家里有急事，胖子师父就让我先行离开……"

宋晓峰说得很是坦诚，朱笑东等人不得不相信，只是前面的的确句句属实，但最后一句话他却撒了个弥天大谎，不是胖子跟萧劲要留下来，实在是胖子被困在顶流沙墓里，现在生死未卜，但是宋晓峰不想让朱笑东等人现在就知道这一实情，更不想惹祸上身，所以在十句真话后说了一句假话，而且是至关重要的一句假话。

朱笑东听说胖子不但活着，还收了徒弟，心里由衷为他高兴，只是胖子这家伙放着正事不干，私下里却干起了盗墓的勾当，这又让朱笑东很是恼火，心想待会儿见到他，必须要狠狠教训一顿。

杨薇又问胖子他们现在在什么位置，宋晓峰转头看了看方向，说就在前面，两三公里的地方，还说那里有个明显的标志，有栋茅草屋，这会儿胖子他们应该正在喝酒聊天。

杨薇有些疑惑："胖子不爱喝酒的啊，他会喝酒聊天?"

宋晓峰回答说："胖子师父是不爱喝酒，但天这么冷，胖子师父也是一小口一小口抿着喝，暖暖身子。"

这说得也挺合理的，杨薇心想，胖子不喜欢喝酒，但绝对不是滴酒不沾，跟朱笑东一样，不怎么爱喝，但是也能喝。

宋晓峰还说："既然几位师伯师叔来了，我也有急事，就不打扰几位师叔师伯了。"

言下之意，就是要开溜。

高原想要把宋晓峰带上，一起找到胖子再说。朱笑东想了想说："还是算了，他有急事，自然是不愿耽误，何况他又把地理标志说得一清二楚，用不着耽误他。"

　　朱笑东转头对宋晓峰说道："这天乌漆墨黑的，又前不着村后不着店，你一个人这样走，不太安全吧？"

　　宋晓峰笑了笑，说："前面有人来接，约好了的，也是车子。"

　　朱笑东点了点头，又问为什么他一个人走路，不开个手电什么的。

　　宋晓峰依旧笑了笑，又说："在这里忙活了几天，我就带了一把手电，还想着再见到来接我的车子时发信号呢，再说，我们大多时候做事都是在暗地里，对于黑暗习惯了，嘿嘿……"

　　"嗯！"朱笑东稍微一沉默，转头对杨薇说，"我们刚过来，带的手电之类的还算丰富，给这位师侄拿上一把，免得他只有一把会出现意外。"

　　杨薇点了点头，回到车子里随手拿了一把新手电出来，递给宋晓峰。

　　宋晓峰感激不尽似的叫了两声"谢谢师伯"，这才转身扬长而去。

　　有了胖子跟萧劲两个人的下落，而且知道这两个人还活着，朱笑东几乎是狂喜起来，迫不及待地上了车子，要去跟胖子这家伙会面。甚至在心里开始计划，胖子这家伙这次私自盗墓，严重违反自己的原则，待会儿一见面，必须要以雷霆万钧之势狠狠地敲打敲打他，要不然，这家伙真的会翻天。

　　朱笑东还嘱咐杨薇，待会儿不管胖子如何花言巧语，坚决不能护短，不论胖子那家伙找到什么，通通都得给他扔掉。

第十三章
好大的风

朱笑东说得严厉，但是藏不住他眼底里的那一抹高兴。

宋晓峰没说假话，的确只有两三公里，远远地就能看见一丝亮光，亮光不远处还有一堆微弱的火光。

虽然还隔着数百米，朱笑东的心却已经飞到了那草棚子里，先给胖子来上一顿狠的，然后再好好拥抱他一下，这几天可真算是难熬。

再往前去，车子去不了，阿苏妮只得把车子停下来锁好，然后跟着背了背包的朱笑东等人一齐朝茅草棚子走去。

只是这一路之上，阿苏妮很是不高兴，连话也懒得说，朱笑东等人因为极度高兴，反而把这个细节给忽略了过去。

越走得近，朱笑东等人越是发现不大对头，就在茅草棚子旁边，有两座新坟！宋晓峰说过，他那个金九师父是死在墓里了，有一座新坟这不奇怪，但是另外一座又是谁的？

这一点，胖子的那个徒弟宋晓峰没有说过，也就是说，宋晓峰有所隐瞒。但是他到底隐瞒了多少？

一时间朱笑东心潮起伏，六神不定。

这两天朱笑东等人的情绪大起大落，由忧而悲，由悲转喜，由喜转为疑惑，紧绷的神经几乎扯断，这让一向精明的朱笑东、杨薇、高原等人几乎失去了理性。

很多事情、很多细节，朱笑东都已经没办法去细细斟酌、思量，以致几人都像是没头的苍蝇四处乱闯，瞎折腾碰运气。

刚刚听说胖子不但活着还收了徒弟而为此高兴不已的朱笑东等人一见到这两座新坟，没来由地又惊疑起来。

新坟前，微弱的火光已经将熄，看得出来是刚刚烧过的纸钱。金九带人来盗墓，带点纸钱也还算正常，本来是准备孝敬各路过往神灵的，没想到金九等人这次是自己享用了。

只是这两座墓上，连最简陋的墓碑也没有一块，不知道金九的墓是哪座，另外一座又是谁的？

朱笑东等人慢慢地靠近草棚，烛光从缝隙和窗户之中透露了出来，但是里面却死气沉沉的，看不见一个人影，绝对不是宋晓峰所说的胖子他们在喝酒聊天的场景。

见里面没有人，朱笑东忍不住推开草门，刹那间，桌子上的烛光顿时熄灭，屋里陷入了一团黑暗。

饶是朱笑东也因为突然之间的明暗转换有些不适应，后面的杨薇等人更是两眼一抹黑。因为草棚子里有烛光，他们又准备进入草棚，所以站在门外就已经把手电熄灭了，这个时候蜡烛突然熄灭，自然也就闹了个手忙脚乱。

朱笑东眨了几下眼睛，恢复了视力，正准备去摸打火机重新点燃蜡烛，陡然间只看见桌子底下伸出来一只手，将先前那半截蜡烛收了回去，然后又换上另一截蜡烛。换蜡烛的手法很是迅疾，换好蜡烛之后，一个瘦小的人从桌子底下钻了出来，绕过桌子，轻脚轻手地走到朱笑东面前，看了看，又轻脚轻手地走到他背后，踮起脚尖。

朱笑东看得一清二楚，但是没吱声，也是悄悄转过身去，面对着踮起脚尖的小个子，想要看看这家伙到底想玩什么把戏。

那小个子这时候好像发现朱笑东转过身来，当下蹑手蹑脚地退开了一些，伸手在跟着朱笑东进来的梁三手上轻轻拍了两下。

梁三"唔"了一声，问："小朱，是你吗？"

朱笑东不吭气，还想看看这小个子要怎么干。

小个子又在梁三身上拍了拍，然后蹑手蹑脚地退开，梁三再次"唔"了一声，又问："小朱，是你吗？"

朱笑东假意地"嗯"了一声，但没多说。

这时，那小个子悄悄走到朱笑东面前，一伸手，准备去抢他的打火机。

朱笑东看得明白，微微一缩手，那小个子便落了个空，小个子明显呆了一下，矮下身子，捏起拳头，准备给朱笑东肚子上来上一拳。

朱笑东哪里肯上这个当，看不见也就罢了，眼睁睁看着别人来打自己，他自然不会客气。朱笑东一脚踢了出去，正中小个子的胸口，把小个子踢了一个筋斗。

梁三听见"噗"的一声，忍不住问道："怎么回事，小朱你撞到了吗？"

朱笑东顺势回答道："嗯……可能我撞到了米袋子什么的，你们先等等，我把蜡烛点亮你们再进来，免得再撞到。"

这时最后面的高原已经摁亮了手电，不过前面好几个人挡着，虽然有丝丝光亮透进来，但还是看不清楚。

那小个子见已经有了光亮，赶紧从地上爬了起来，然后从桌子底下拉出来一个包裹，极为迅速地抖开，往身上一套。

这一眨眼间，小个子便成了将近八尺来高，一头长发遮住脸孔，连正反面都看不出来的"怪物"。

原来这家伙是准备装神弄鬼来吓唬人。

不过朱笑东很是好奇，这小个子也能在黑暗之中看见？

看来，这世上还真是无奇不有，老梁三也有一双夜猫子眼，在黑暗之中看得见，朱笑东当时感觉很是惊奇，还以为老梁三跟自己的眼睛一样，都有奇异的功能，后来才弄明白，其实老梁三那一双眼根本不及朱笑东这双眼睛之万一，也就仅仅能在黑暗之中勉强视物而已。

看这小个子的动作，估计他也有老梁三那样的一双眼睛，也能在黑暗之中视物，只是不知道眼力敏锐到了什么程度。

朱笑东正准备伸手去试试，但是身后的高原、杨薇、阿苏妮等人都已经亮起了手电。

他怕杨薇等人进来，一看到那个鬼样子会受到惊吓，当下只得喝道："朱笑东在此，你是谁，干吗要装神弄鬼？"

披了一身鬼皮的小个子很明显吃了一惊，但又似乎不大相信，一时间犹豫在那里，没有了动作，僵直着身体，真像个鬼一样。

这短暂的一刻，梁三借着背后的手电光也看见前面伫立着一个僵尸一般的东西，忍不住大吃一惊，伸手就要从刀鞘里拔出刀来。

真正的僵尸梁三遇到过，知道这僵尸其实并不可怕，关键要有勇气去跟它拼。

朱笑东赶紧止住梁三的动作，再次大喝："你到底是谁，敢在这里装神弄鬼！"

后面的阿苏妮等人一听，还只道是朱笑东中了埋伏，手里有刀的统统把刀拔了出来，手里的手电却是乱晃，晃得人眼花缭乱。

那小个子躲在鬼皮里面，沙哑着声音问道："你果真就是朱……朱笑东……"

梁三一怔："咦，这僵尸居然会说话，还说的是人话，这简直就是撞鬼了。"

朱笑东傲然一笑："哼，行不更名坐不改姓，胖子朱益群的兄弟就是我。"

小个子一听，三下两下把身上的鬼皮卸掉，一边卸一边还说："真是大水冲了龙王庙，一家人不认识一家人了，原来是朱师伯……"

一听这口气，梁三以及后面的高原、杨薇等人均是忍不住一阵好奇，怎么又冒出来一个一开口就叫师伯的，搞不清楚状况的还以为是宋晓峰又回来了。

不过，这个小个子并不是宋晓峰，而是金九的关门弟子洪五。

洪五见朱笑东等人到来，一伸手从桌子底下取出蜡烛，又拿出打火机把蜡烛点燃，这才又叫了一声"朱师伯"。

屋里的蜡烛一亮，梁三等人也看清楚了，叫"朱师伯"的原来是个小个子。

听见洪五叫"朱师伯"，朱笑东也猜到了一些，这个人肯定又是金九门下的，只不过是改投胖子了。

一众人全部进来，或坐或站，一个个都盯着这个小个子。

小个子倒是挺坦白，还没等朱笑东问，自个儿就说了起来，内容跟宋晓峰差不多，唯一的区别就是胖子为了救宋老大已经被墓里的流沙机关封在里面了，现在生死未卜这件事。萧劲还有金老三安葬完金九以及洪五的四师兄后又下到墓里去了，而那个宋晓峰在安葬了师父之后就明言散伙走人，从此以后大家分道扬镳。

而且洪五还特别说明，认胖子为师是金九临死前的唯一要求，而且胖子也答应过，说得言之凿凿。

朱笑东没什么兴趣管胖子收徒弟当师父的事，得知胖子现在仍然被困在流沙下面，而且是今天中午的事，顿时像是被火烧燎一般，当即要洪五带路。

偏偏在这个时候，阿苏妮的那部车子发出震天般的发动机响，不消片刻便消失在了远处。

阿苏妮大怒，咬着牙说："要是让我知道是谁偷了我的车子，就算他有三条腿，也绝对一齐给他打折。"

梁三想要笑，却笑不出来："偷车的多半是那宋晓峰，他哪有三条腿啊？就算有，那最小的一条怎么打折？"

阿苏妮暴跳如雷："打不折？你要不要试试？"

车子是被偷走了，但所幸朱笑东等人的背包全部背在背上，要不然几人铁定要大大吃上一回亏。

洪五带着朱笑东等人下了盗洞，进了第一道、第二道门，远远就看见两个人在不停挖沙子、清石块。

第二道门的通道几乎就被挖出来的沙子填了一半。

朱笑东眼眶一热，忍住泪叫了声："萧大哥……"

萧劲回过头来，见是朱笑东等人，一喜，马上又悲从中来，一屁股坐到挖出来的流沙石块上面号啕大哭起来。

杨薇不敢想象萧劲如此刚烈的一个人会哭成那样，小孩子似的眼泪鼻涕一起流了出来。

萧劲一双手十个指头全都血肉模糊，手掌手背鲜血淋漓，惨不忍睹，要是朱笑东等人再迟来半晌，萧劲这一双手就会毁在这里。

这一刻，杨薇等人的心都碎了。

即使刚刚还暴跳如雷的阿苏妮也悄悄扭过头去，不忍再看。

好一会儿，杨薇才止住抽泣，从背包里找出药物、绷带、碘酒、棉球等，走上前去，轻柔地拉过萧劲的手，细细洗净擦干，敷上最好的治伤药物。

许久，萧劲止住号哭，跟朱笑东说："对不起，是我没能保护好胖子，我希望你能允许我继续挖下去，直到把胖子挖出来为止。"

本来，朱笑东也已经几近崩溃，但是到了眼前这个程度，他知道自己不能崩溃，自己要是倒了下去，这里所有的人势必会发疯，尤其是杨薇。

所以，他深深吸了一口气，强忍着心里的悲痛对萧劲说道："其实你们错了，这种顶流沙墓，像你们这样子挖法根本就挖不出胖子来。"

萧劲哀哀地说道："可是，我根本不懂这个，我……对不起……"

朱笑东摇了摇头，说："我不是那个意思，萧大哥，你没有对不起谁，我很感谢你能为胖子做到这个程度。我的意思是说，除了这样的挖法，还有一种更简便的办法，能够快速通过被阻塞的通道。"

金老三跟洪五两个人不可置信地看着朱笑东，要知道，为了这座空墓，师父金九死了，孙老四师兄也死了，现在胖子师父也是生死不明。

可是，任何人都没想过选择另一个办法进入主墓室。

就算是银钩金九也是测来算去，最后将盗洞打在通道的一侧，然后逢门开门，逢关闯关，以致折了孙老四跟金九本人。

朱笑东说还有更简便的方法，这可就是从来没听说过的事。

朱笑东沉吟了片刻，说："大凡盗墓，无非两种进入方法，第一种就是走墓道，也就是金九这种逢门开门见关闯关的法子，要说这种法子本来还算正道，可惜的是，这需要三分运气、三分技术，还要四分的智慧……

"其实这种法子是最不保险的一种，有技术有智慧，那运气差了一点点，也是死路一条；另外一种，根本就不理墓道，就算盗洞打进墓道，也必须折向避开，选择薄弱之处，直接进入主墓室。

"当然，这种方法只适合土陵这一类的墓葬，要是遇上山陵，那当然是另当别论，但是既然是以山为陵，其中水、火、毒、虫、暗器机关较多，顶流沙墓几乎可以说没有。"

其实，金九的错误在于太过自负，他说他生平下过的大墓有一百零八座，这些成绩的确斐然，但是这就让金九在任何一座墓前丧失了应有的警惕，导致他自己与孙老四一同葬身在了这里。

这座墓虽然艰险奇诡，但终究只是一座土陵，就算有石壁，那也可以说是脆弱不堪，只要算准主墓室的位置，下手取宝并不难。

朱笑东这么一说，金老三跟洪五两个人顿时如同醍醐灌顶，茅塞顿开。两个人都是打洞的好手，再加上梁三帮忙，就在墓道里选择了离主墓室最接近的一处石壁，用撬棍试试石头砖的缝隙。

这里的石头砖使用糯米与石灰在缝隙里灌浆砌铸，可以说极为坚固，但是糯米与石灰灌浆对于金老三与洪五这两个老土爬子来说就是小菜一碟，早就准备好了破解的姜汁酸醋，只稍微往那缝隙上喷洒一点，灰浆就如同稀泥一般，不多时，两个人便起出来第一块石砖。

接着第二块、第三块，不到一小时，几个人面前就出现一个直径将近一米的大洞，而且石砖后面果然是一层夯土。

挖夯土又比起挖石砖的进度快了一倍有余，不到两小时，一条六七米长的盗洞便抵近了主墓室的石壁。

不过要破开主墓室的石壁就比较困难了，因为主墓室的石壁全部是由巨大的整块板石砌成的，每一块板石的长宽都接近一米。

本来，如果是没有流沙封堵，这并不算太难，现在关键是里面有流沙，要是选择地点不当，即使打开石壁，流沙也会在一瞬间将盗洞堵住，让朱笑东等人前功尽弃。

朱笑东想了想，没说现在要怎么去选择开启哪一块石壁，而是让梁三先用撬棍敲击石壁，必须是可劲敲，敲到有反应为止。

整个盗洞也就六七米长，朱笑东才说完，金老三跟洪五两个人就叮叮当当地敲了起来。

只是洪五跟金老三两个人敲了足足十来分钟，也没发现有什么反应。

朱笑东想了想，让两个人先出来透口气再说，待两个人出来，朱笑东接过了撬棍钻进盗洞。

梁三跟在后面，为朱笑东帮忙照明，顺便学习学习"经验"。

朱笑东到了主墓室的石壁边上，先是把耳朵贴在石壁上，然后轻轻地敲了一下，再敲一下，然后换了一个地方继续敲。

如此四次，终于在盗洞的右边选定了一个位置，让洪五他们把姜汁酸醋拿了进来，细细喷洒了一遍，等了十来分钟，才跟梁三一起动手。

只可惜的是，朱笑东的计策虽然高明，但是打盗洞之类的活却远远比不上洪五跟金老三两个人。又撬又撞，忙活了半个多小时，那块石壁半分未动，倒把朱笑东累得气喘吁吁。

梁三更是不成，才坚持十多分钟就嚷开了，这洞里又闷又热，真不是人待的地方，招呼着那个洪五过来帮忙。

朱笑东也是觉得很是气闷，在这狭小的空间里半蹲半站，想要伸伸胳膊蹬蹬腿都没地方。

不过这也是没法子的事，谁叫朱笑东跟梁三两个人都是大个子。

跟金老三、洪五两个人交代清楚需要撬开的是哪一块石壁之后，朱笑东才退了出来。

金老三跟洪五两个人到底是专业人士，进去不到半小时就打开了一道口子。

两个人合力往里一推，"轰"的一声，顿时露出一个将近一米的洞口，不等朱笑东吩咐，金老三跟洪五就钻了进去。

朱笑东第三个进入主墓室。

随后是萧劲、杨薇、高原和梁三，最后一个是阿苏妮。

进到主墓室，众人这才发现整个主墓室几乎被流沙填了一半多，连那口被打开的楠木棺材都被淹没了不少，而且连棺材盖子都不见了，想来也是被流沙掩埋了。

一进到里面，萧劲等人就大声呼喊："胖子……胖子……"

可惜，胖子的音信杳如黄鹤。

朱笑东细细查看流沙堆周围，见满地的脚印杂乱无章，流沙堆上也有不少刨动的痕迹，知道胖子没有被埋进流沙，只是却没发现他的踪迹。

杨薇看了一阵，忍不住有些纳闷："按说，这顶流沙墓上的流沙一旦被机关发动便倾泻而下，照说应该是极有可能在顷刻之间将这间墓室填满的，怎么会留下这么大个空间？"

朱笑东解释说："顶流沙墓跟平常人眼里的流沙墓是两个概念，

平常人眼里的流沙墓是直接将墓主人的棺椁置放在墓室正中，然后填塞流沙石块，直至地表，这种流沙墓需要的流沙量大到令人吃惊。

　　"据说，有个流沙墓葬估计原有积沙在五千立方米以上，而且沙层中精心埋藏着许多积石，积沙为黄色细沙，非常纯净，流动性很强，考古人员在积沙层中发现了一千余块积石，大小不匀，最小的仅几公斤，最大的达到几百公斤。这些石块石质石色多样，形状不一，但边角都十分锋利，应当是特意开采并经过有意拣选的具有杀伤力的石块，石块还分为乱石层、蒙顶石层、贴顶石层、拦腰石层和卧底石层，可以说，摸金盗墓遇上这样的流沙墓，就只能望而兴叹。

　　"再说顶流沙墓，从规模上来讲，顶流沙墓比不上流沙墓，顶流沙墓的积石、积沙量要远远小于流沙墓。简单地说，多数顶流沙墓的积石、积沙量不会超过三个墓室、通道的空间体积，大大节省了积石、积沙的采集量，但是防盗效果却跟流沙墓别无二致，一样能够阻绝盗墓者的行动。

　　"但是，这种顶流沙墓却比流沙墓要危险得多，盗墓者不管用哪种打盗洞方式，总是由外及里，若是流沙墓，就算沙子流动会带动石头塌方，给盗墓者带来的伤害都不会太大，而顶流沙墓则不同，一旦盗墓者触发机关，引发沙子倾泻下来，其后果是直接将人活埋。

　　"所以说，流沙墓与顶流沙墓虽然都有流沙，却有着本质上的区别——流沙墓让人望而兴叹，顶流沙墓却是诱敌深入，一网打尽。"

　　杨薇等人听得毛骨悚然，半晌才说："这害人的法子，当真也算得上是残忍了。"

　　"残忍！"朱笑东冷冷地笑了笑说，"把一个已经死去了的、已经变成白骨的人从棺材里拖出来，暴尸露骨，你们不觉得残忍？"

洪五、金老三两个人听朱笑东这么说，都禁不住低下头来。摸金盗墓一行虽然古来有之，但确实是有损阴德之事，扪心自问，两个人的确有些惭愧。

朱笑东顿了顿，又说："据我所知，有一伙摸金盗墓的人陷入了与这个情景同样的境地，一开始，大家都是齐心协力地想办法挖流沙，但是到了后来，见这流沙挖之不尽，取之不绝，这一伙人便开始互相指责埋怨，直至动手斗殴、相互残杀，到后来仅有的一个人靠着吃同伴的尸体才终于得脱。我看，即使是我们这一伙人要是被困在这里，说不定为了生存下去，最后也会走同样的道路。"

朱笑东越往下说，语气越是严肃，到最后几乎是声色俱厉，听得洪五、金老三两个人没来由地心惊肉跳起来。

其余的人一个个也是噤若寒蝉，不敢作声。

过了片刻，杨薇低声叫道："笑东，胖子的事，我知道你难过，可是这里并没有看见他，应该，应该……"

"我难过？哼哼……"朱笑东冷笑了起来，"我为什么要难过，胖子这叫活该，死在这里也是咎由自取，怨不得别人，哼哼！他死了不足惜，还害得萧大哥一双手都差点废了，你说，我为什么要难过！"

顿了顿，朱笑东回过头来，对金老三跟洪五两个人说道："金三、洪五，你们两个记住，待会儿我们出去之后，把这里的盗洞全部给我炸掉，你们的两个师父都死在这里，把盗洞给我炸塌了，算是厚葬你们的胖子师父。"

金老三畏畏缩缩地问朱笑东："朱师伯，真要炸？"

杨薇也有些迟疑："笑东，不可以，就算胖子没在这里也不能炸，或许胖子是去找其他的出路了，倘若找不到，回来他还有一线生机。"

朱笑东冷冷地说道："这地方就这么大，你们也看过了，胖子根本就不在这里，留着这盗洞算什么，以后被人揭发的证据吗？我可背不起这个大黑锅。"

顿了顿，朱笑东又大喝一声："把炸药准备好，走！"

朱笑东有令，金老三跟洪五两个人不敢不遵，而且在这鬼地方一件东西没捞着，还害死了两个师父一个师兄，炸了它也难以平息金老三跟洪五两个人心中的悲愤。两个人当下翻开背包找出炸药，放置在盗洞的紧要之处。

随后朱笑东再次大吼一声："准备好了没有，准备好了就给我点火。"

这时，流沙之中传来了一个极为郁闷的声音。

"哥儿几个，你们拐着弯子教训我，我该听的也听了，该检讨的我也做好了检讨的准备，你们的宗旨我也心领神会了，我有错，我改还不成吗，你这又是残忍又是炸药的，你们也太不讲义气了吧！"

"胖子！"一听这个声音，杨薇第一个叫了出来。

"胖子，你还活着！"萧劲欣喜得热泪差点夺眶而出。

"胖子，你这家伙，可把我们吓了一大跳，你在哪里啊？"梁三喊了起来。

"胖子，呵呵，我就知道你会没事，呵呵。"高原笑了起来。

"胖子师父！"金老三跟洪五两个人一起叫道。

"死胖子，快滚出来，我要找你算账！"阿苏妮愤声怒道。

仅剩的半间墓室里顿时人声鼎沸、热闹非凡。

唯有朱笑东一个人默默地转过身去，悄悄地在脸上擦了一下。

杨薇发现朱笑东转过身去，赶紧上前柔声问道："笑东，你怎么了?"

朱笑东咳咳地清了清嗓子,才说:"没什么,突然间风大,眼里
进沙子了……"说着,还使劲眨巴了几下眼睛。

这地下墓室,空气流通不畅,哪里来的能把沙子吹进眼睛里
的风!

角落边的沙堆上,流沙突然间动了起来。

流沙下面有个人在说话:"哥儿几个,好歹咱们兄弟一场,要炸
盗洞,等我出去了你们再点火,好歹给我留条生路。"

第十四章
祸不单行

朱笑东当然不是诚心要炸这墓，进来后稍一检查，他就发现胖子只是被封堵在墓室里，并没被流沙掩埋，又看见墓主人的那口棺材没了棺盖，而四下里也找不到棺盖的踪迹，朱笑东就明白，胖子还活着。

胖子不但活着，还在捣鬼。

虽然不知道胖子到底在捣什么鬼，但是胖子只要活着，已经就是天大的喜事了，他本来还打算放胖子一马，不跟胖子计较私自盗墓摸金的行为，可是胖子这家伙，听见大家伙儿如此焦急地呼喊，还要装神弄鬼，躲着不出来，这就使朱笑东不由得不大动肝火。

朱笑东指桑骂槐，又说盗墓的人残忍，又威胁要把这座大墓炸掉，目的就是要逼胖子现身。

本来，在把宋老大强行推出流沙堆之后，胖子自己却被阻隔在了主墓室里，他也很是惊恐，也发了疯一般去刨流沙，只是没刨几下，流沙里面夹着的粗粝石块便割破了胖子的一根手指头。

十指连心，胖子顿时疼痛难忍，不过这一阵疼痛把他也痛醒了过来。胖子知道，这样刨下去，就算把十根指头都刨没了也不见得能刨开一条生路。

思来想去，胖子觉得，反正萧劲是逃出去了，绝对不会眼睁睁看着他被困死，就算他们挖不出通道来搭救他，也铁定会搬救兵过来。

出去只不过是早晚的事。

既然如此，去冒着被石头割破手指的危险，徒劳无功地刨流沙，反而不如安安心心保存体力，静下心来等待救援。

想通了这一节，胖子自然是安静了下来。

只是这家伙，想要让他真正安心下来，除非给他手里塞上一本书，让他看着看着就睡过去。

墓室里虽然没有书看，但是墙壁上有壁画可看，胖子也不再去管那还在往下倾泻的流沙，转头专心致志地去看那墙壁上的壁画。

这一看，胖子还真是看出了一点蹊跷，而且是个大大的蹊跷。

事实上，并不是这些所描绘墓主人生平光辉事迹，或者偶尔几幅诸天神佛的壁画让胖子发现了蹊跷之处，而是那墙壁！

胖子记得，当时宋老大一心求死，坐在地上用头部猛击墙壁，所以才触动流沙机关，不管怎么说，其他的机关也许还能够往复循环利用，但是这流沙机关绝对只能使用一次，虽然威力巨大，但是触动过一次之后，流沙泻下，也就成了一件没有任何杀伤力的摆设。

反正也没有了杀伤力，胖子倒想要看看这些机关是如何连接起来的。

因此，胖子就发现了蹊跷之处，宋老大触发那个机关的地方，有一丝不同寻常的缝隙。

胖子等人进到主墓室，根本就没有时间，也没有兴趣关注那些壁画，自然也就没有人去注意那条缝隙。

因此直到这个时候，才发现这条不同寻常的缝隙。

简单地说，这条缝隙应该是一道门，通往侧室的门，这道门隐蔽得很好，不仔细看还不容易发现。

不过，在胖子发现这道门的时候，流沙已经快要堆积过来了。

流沙一下子倾泻下来，堆积到一定高度之后，就只能靠自身重力往外扩张，因为里面夹着石块，虽然能给挖掘通道的人增加难度和危险，但同样也限制了往外扩张的速度，所以胖子才有了时间和机会，找到这个主墓室里的蹊跷之处。

胖子见流沙快要堆积过来，也没有阻挡的良策，但是很快，胖子就看见了被几个人掀翻在一边的棺材盖子。

如此宽厚的棺材盖子，做别样不行，但若是拿来阻挡石块、流沙还是绰绰有余的。

因此，朱笑东等人进来之时，一直都找不到这块棺材盖的踪影。胖子凭借着棺材盖阻挡住流沙，正钻在里面研究那道侧室门的机关呢。

金老三跟洪五两个人挖盗洞，在石壁上一阵乱敲的时候胖子早就知道援兵已到，但那时正是胖子研究那道侧室门机关的关键时刻，再说他也知道，只要是援军，不管回不回应，他们都要进到墓室里面来，所以，胖子干脆置之不理，继续研究那道机关。

只是胖子实在是没料到来的援军竟然是朱笑东，要早知道是朱笑东来了，不要说是去研究那道机关，就是金银财宝摆在面前，他也不敢多去看上一眼，要赶紧地、乖乖地去迎接师兄，才不会被骂个狗血淋头。

但是在知道师兄来了之后，胖子又犯了一阵糊涂，满脑子只想着他为什么会来，而且来得如此之快，见了面之后，又该如何交代……以致错过了主动"坦白交代"的良机，这才让朱笑东大动肝火。

见胖子从自己意料之中的地方爬了出来，还亲亲热热地叫了一声："东哥……"

朱笑东无语，凝视了胖子片刻，才不冷不热地丢了一句话："立刻、马上出去，给王晓娟打个电话！"

说着，朱笑东头也不回，转身钻出盗洞。胖子这家伙却嬉皮笑脸地跟高原、梁三、杨薇、阿苏妮等人胡扯："哟，高大哥，梁大个儿，你们怎么跟这头'母狼'搅到了一起？哎……哥儿几个，知道胖子我又英雄了一回吗？"

朱笑东听着胖子的胡侃，很想转回身去在他脑袋上敲上一记，但是想了想，又笑了笑，还是算了。

一群人全部出了盗洞，挤进草棚，顿时感到浓重的寒意。

在底下，因为空气流通缓慢，人又多，反而暖烘烘的，这茅草棚子四面透风，一阵冷风吹进来，所有人都禁不住打了个寒战。

胖子有些心虚地看着黑着脸的朱笑东，吞吞吐吐地问道："东哥，这……这电话一定要打吗？"

朱笑东一头黑线，没说话，只是狠狠地瞪了胖子一眼。

胖子赶紧赔着笑脸说："我打，我这就打去，东哥你别生气，让我干什么都成……"

早有高原拿了电话出来递给胖子，胖子拨了电话号码，然后"喂"了一声，估计王晓娟应该还没睡，或者是根本睡不着，胖子"喂"了一声之后就赶紧说道："亲爱的老婆，是我，你最爱的人，胖子……"

随后的话，胖子也不怕肉麻死人，更不避嫌，直接就当着大伙儿的面说了出来："晓娟儿，我最亲爱的宝贝，我很好，就是实在太想念你了，先来一个啵儿……再来一个……"

到后来，一向大大咧咧的阿苏妮都红着脸低着头，一双手拢起来也不是，分开也不是，干脆直接捂住了耳朵，不听下去了，胖子的那些话对于一个女孩子来说太过羞人了。

金老三、洪五两个人你望望我我望望你，感觉这胖子师父和金九师父的差别真是一个在天上一个在地下。

高原已经疲累至极，半闭着眼睛趴在桌子打起了瞌睡。

杨薇仔细地为萧劲检查伤口，换绷带、敷药物。

梁三捂着肚子，在喉咙里发出沙哑的嘎嘎声，想来实在是受不了胖子的话，连笑声都变了调。

本来还装着生气的朱笑东也实在是忍不住了，这胖子，这"宝器"。

胖子这一通电话打了半个多小时，梁三也笑了半个多小时，阿苏妮也羞了半个多小时。

胖子打完电话，还不等朱笑东开口，便一个立正，规规矩矩站在他面前，深深地鞠了个躬。然后才一副死猪不怕开水烫的样子做了一番"极为深刻"的检讨，所谓胖子的检讨，跟胡说八道没什么区别。

这一群人里，除了金老三跟洪五两个人并不知道胖子最是喜欢胡说八道之外，其余的人哪一次不是被胖子逗得躺在地上打滚。

胖子足足做了五分钟的长篇检讨，然后才非常严肃地说道："下面，请我们最有经验的、最有风度的、最高尚的、最受人敬仰的东哥发言，大家鼓掌……"

胖子不管地上早已躺倒一片的人，一边说一边还真的"啪啪"鼓起掌来。

朱笑东眼里满是笑意，但依旧沉着脸说："你闹完了？"

胖子的态度恭顺至极，大声回答道："报告，我的台词，啊不，我发自内心的检讨念完了，接下来请东哥师兄指示！"

"很好，天亮之后，你立刻给我滚回京城去，从今以后不准靠近我半步。"朱笑东拉着脸，呵斥道。

"东哥……"胖子抓了抓脑袋，嬉皮笑脸地说道，"东哥，这儿离京城好几千里地，我要什么时候才能滚得回去啊。"

"少来！"朱笑东怒道，"你那一套对我没用，我没让你滚着回去，我是要你离我远一点。"

胖子还想要装糊涂，但是一看朱笑东发怒，又不敢了，歪着脑袋挖了挖耳朵，说道："东哥，对不起，我们的确不是故意耽误事情的……"

"不要说了！"朱笑东打断胖子的话头，"我早跟你说过，你的贪心会害了你，今天死的是金九，是孙老四，明天死的就有可能是你。我不想眼睁睁看着我的好兄弟在我面前死去，也不想帮任何人背黑锅，这事你自己看着办。"

萧劲忍住痛，抬头望着朱笑东说："小朱，那天我们真的只是误闯进来的。为了躲避风雪，我们在附近找了好几处，想要去落脚，但是……胖子兄弟在这一次的事情当中，可以说完全没有一点私心，他救过金九，救过宋老大，也是为了救宋老大，才被困在墓室里的……"

关于胖子救过金九以及宋老大，还是两次救宋老大这件事，朱笑东从几个人口中都听说过了，可以肯定地说，胖子不是故意来盗墓，而且救过两次人，这事还算是做得很好，即使是朱笑东，在当时的情况下，也完全有可能这么做。

他之所以这么说，完全是为了吓唬吓唬胖子，这家伙，不给他念一念紧箍咒，真是不得了。

胖子一副悲痛欲绝的表情，拉了拉离他最近的杨薇，哀声说道："嫂子，这事你可得帮我美言几句，要不然晓娟儿一定会宰了我的。嫂子，我可是求你了……"

杨薇忍住笑，绷着脸摇了摇头说："你看萧大哥为了你都落到什么地步了，大家都是好兄弟，你忍心吗？"

胖子连忙说道："请大家放心，萧大哥的事情的确是我不对，我不但对不起萧大哥更对不起大家，所以即日起，萧大哥放假三个月，好好养伤，期间工资花销我全认……"

胖子的话还没完，茅草棚外却突然传来一些异响，高原大喝一声："谁？"

喝声刚落，外面就响起了一声阴恻恻的笑声："哼哼……里面的人识相的，主动把东西交出来，否则，明年的今天就是你等的忌日。"

金老三惊叫了一声："黑吃黑！"

这当真是异变突生！

朱笑东从草棚的缝隙望了出去，不知道什么时候，茅草棚子已经被十几个手里拿着枪的人给围住了。

看样子，这一群人真是金老三所说的黑吃黑的，想来，应该是金九行动不慎泄露风声，一早就被人盯上了。

见对方手里有枪，朱笑东急速思考了一下，问金老三跟洪五两个人："这茅草棚后面的地形怎么样，有没有利于隐蔽的地方？"

洪五和金老三两个人连连摇头："茅草棚后面是一片不足一尺来高的野草，地形一览无余，根本没有藏身之地。"

高原皱着眉头说："既然对方是有备而来，我们的后路肯定已经被堵死了，对方有枪，这就是个很麻烦的事。"

金老三想了想，说："我们手上根本就没有东西，出去跟他们说明一下，或许就可以……"

胖子打断洪五的话头："你傻啊，你说你手里没有东西，他们就会相信？就算你真没有，到时候他们也有办法让你说有。"

洪五也说："就算是遇上黑吃黑的黑道人物，他们也应该讲江湖道义、江湖规矩才是吧！"

阿苏妮很是鄙视地看了洪五一眼："人人都讲江湖道义、江湖规矩，那还算什么黑道，知道这一伙人是哪一伙吗？"

朱笑东转头问阿苏妮："这一帮人是哪条道上的？"

阿苏妮说："这是一伙最近才出现的流窜作案劫匪，头头是一个叫古朗的通缉犯，这个人心狠手辣，所到之处，顺者昌逆者亡，在无人区边缘地带劫掠游客，骚扰牧民，官方都出动了好几次，由于古朗在无人区里有好几个秘密窝点，又是流窜作案，官方一时半会儿拿他也没办法。古朗手下有将近二十号人手，都佩戴枪械，是一个危害极大的犯罪团伙。今天遇上他们，要么就竭尽全力反抗战死，要么就只能受尽屈辱后死亡。"

朱笑东看了一眼杨薇跟阿苏妮两个女人，转头对胖子说道："收拾好东西，立刻下墓。"

说话间，就已经听到"哗哗啦啦"的拉枪栓声，看样子已经在准备强攻了，估计是因为不清楚里面的人是不是也有枪，一时半会儿还没冲过来。

朱笑东跟高原两个人都相信这种情况不会维持多久，只要古朗布置妥当，就会开始试探性攻击，接着，后面的结果就不用说了。

茅草棚里九个人几乎是用最快的速度收拾好了背包用具，一个接一个跳下盗洞。

朱笑东最后一个跳下盗洞，脚还没落地，就听见头顶上响起了一阵枪声。

还好高原发现得及时，几个人动作又麻利，要是稍微耽误一下，肯定就有人横尸在上面。

下了盗洞，胖子问朱笑东现在怎么办？

阿苏妮说："古朗的人一看没人反击，肯定会一拥而上，不消片刻就会找到这个盗洞，现在还能怎么办，尽量往里走，人家手里有枪，我们也可以仗着地形反击他们。"

高原、阿苏妮两个人身手好，愿意留下来伏击追兵，这盗洞里狭窄，他们一下进不来太多人，枪并不是最好用的东西。

朱笑东想了想说："怕就怕那家伙心一横，直接往下面扔炸弹，这盗洞通道加起来还没三十米长，赤手空拳地守肯定守不了多久，还是趁他们立足未稳，还没把注意力放在盗洞上的时候，赶紧想办法开溜。"

阿苏妮却不大同意朱笑东的说法，不管怎么样，这一伙恶匪人人得而诛之，就在这墓道里打他们个伏击。

胖子嚷道："被敌人追着屁股打，谁都心里窝火，谁都想刀对刀枪对枪地跟他们火拼一场，不过这想法是好的，勇气也很可嘉，但跟他们打，那也得要有个资本才行！要不，我精神上支持你……"

胖子的话还没说完，盗洞口上就落下来一团火光，还不住地有

272

野草掉落下来，不到片刻，通道里就笼罩上了一层浓烟。

一看这个架势，别说阿苏妮，就算是朱笑东都傻了眼，还想着要在盗洞通道里跟人家火拼一场，人家小小的一把火，这几个人马上就会撑不下去。

急切之间，朱笑东让胖子带路，干脆先退进主墓室再说。

几个人慌慌张张地钻进主墓室，但是由于空气流动，主墓室也飘进来一些烟雾，一群人被呛得不住地咳嗽。

慌乱之中，高原、梁三等人赶紧用石头、流沙去堵那盗洞口，要不然用不了一时半刻，几个人不被熏死在这里也会被熏晕过去。

高原、梁三等人忙着堵洞口，胖子、朱笑东两个人虽然没闲着，但是也没动手，他们两个在动脑。

因为有流沙，那块棺材盖子虽然有些碍事，却不能随便去动，动一下起码要落下来好几倍的流沙。

可是棺材盖子不动，又看不清这道侧室门的全貌，不要说打开门，就是开门的机关都不知道在哪里。

胖子说："你们先前不是在石壁上开了个盗洞吗？要实在不行，重新在石壁上再开一个盗洞不就得了。"

朱笑东白了一眼胖子："开一个盗洞那得要多久，你不怕古朗闯进来把你当烧烤？你要再打岔，就让大家一块儿死在这里好了。"

胖子不敢再说下去，怕打扰朱笑东的思路。

朱笑东仔细看了片刻，又想了良久，直到高原等人将盗洞口全部堵住，都围了过来，还在皱着眉头想事情。

胖子指挥着众人刨流沙，搬石块，想要将那棺材盖子挪开一点儿。

这流沙石块抛开多少流下来多少，几个人为了把棺材盖子挪开一点，可谓是绞尽了脑汁，磨破了双手，但进展却极为缓慢，一个多小时过去，也没能清理出来多少。

几个人还没把棺材盖子挪开，盗洞那边又传来那阴恻恻的声音："里面的人听着，立刻无条件投降，我们只要东西，绝对不想伤害任何人，要是敢反抗，就格杀勿论。"

高原跟阿苏妮两个人一听古朗在盗洞里叫唤，不愁反喜，既然古朗已经进到盗洞里，这说明他们已经不再利用火攻和烟攻了。

没有烟雾，就算古朗等人手里有枪，只要守住洞口，他们进不来不说，还可以利用地形消耗他们的实力。

谁知道，古朗早就估计了里面的形势，接着说道："我现在要你们立刻打开洞口，让我们进来，否则我就动用炸药炸开洞口。"

"老子什么命啊！一天不到，就有两个人来威胁我，要用炸药来活埋老子。"胖子大怒，"有朝一日，那个古什么朗的要是落在胖爷我手里，胖爷我一定要在一小时里活埋他三回，叫你来吓唬胖爷我！"

胖子怒火朝天，古朗却在外面高叫："拿炸药过来，炸开洞口……"

高原急得满头大汗，高声叫道："古朗，你听着，你一动炸药，这里就将变成一片流沙，所有的东西你一件也得不到！"

古朗在外边得意扬扬地说："你们这是在怀疑我的爆破技术吗，我的定向爆破技术不敢说能达到首屈一指的水平，但是要炸开一个洞口，并把另一边的人全部炸伤，这点自信我还是有的。

"但是我不想杀人，所以，我给你们一分钟的时间，立刻打开洞口，把东西从洞里丢出来，否则等我闯进来，你们将看到最残忍的一幕。"

古朗是个通缉犯，他说不想杀人那是假的，等他闯进来，大家都会惨遭毒手，那绝对是真的。

古朗在外面高喊："计时开始，一分钟之后，炸洞……"

短短的一分钟很快就会过去，死亡的阴影顿时笼罩在整个墓室中，甚至连高原都嗅到死亡的气息，主墓室里的人全都把目光投向朱笑东。

可是朱笑东竟然不闻不问，低着头好似老僧入定，不知道是在默算墓葬方位，还是思考机关的利用。

高原计算着时间，暗暗数到四十秒的时候，忍不住叫了起来："古朗，我们认输，不要炸洞口。"

可惜的是，高原叫了两遍也没听到古朗的回答，大家鼻子里反而闻到一股火药味，听到了"嘶嘶"的导火索燃烧声。

高原顿时脸色煞白，大叫："古朗，你这个疯子……我做鬼也不会放过你！"

金老三跟洪五以及一众人顿时一脸悲愤，一边大声诅咒着古朗，一边想要寻找可以避开爆炸的地方。

就在这一刻，朱笑东突然大喝："快，到棺材里面去！"

金老三等人顿时醒悟，那棺里的确是最好躲避爆炸的地方！半人来高的棺材，又是楠木的，厚实、坚固，绝对能抵挡住炸药爆炸时崩飞过来的石块，而且棺材里面空间不小，九个人只要稍微注意一下姿势，全部蹲在里面也不是问题。

所以几个人几乎是同一时间扑到棺材面前，纵身跳了进去。

朱笑东稍慢，刚刚蹲下身子，就听得"轰"的一声闷响，无数石块激射过来，打在棺材上，发出一阵"砰砰"的闷响。

不少的石块都嵌进了厚重的楠木棺材里面，几达半寸深度，棺材口子上被石块划过的地方如同被一柄柄百十来斤的巨斧砍斫过似的，这要是打在人的身上，那创口铁定比挨上一颗子弹还厉害。

几个人要不是藏身在棺材中，就果真会如古朗所说，看到这世上最残忍的一幕。

不得不说古朗的定向爆破技术果真是首屈一指，通道炸开了，对整个墓室的构造影响却并不大。

几个人藏在棺材里侥幸躲过刚刚这一劫，胖子大骂："古朗，你还真炸啊，胖爷我问候你全家！"

胖子还在怒骂，阿苏妮跟高原两个人却不约而同地从棺材里跳出来，一起扑向洞口，防止古朗趁机冲进来。

谁知道古朗奸猾异常，根本就没进来，而是站在远处大声笑道："怎么样？我的定向爆破还算可以吧！现在我要你们三分钟之内一个一个地走出来，否则，我还有更厉害的让你们瞧瞧。"

古朗虽然不知道主墓室里面的情况，但是听了朱笑东那一声大喝，也猜到炸开洞口那一下极有可能没怎么伤害到人，为了保险起见，自然不愿硬冲，反而又开始了他的第二次狂虐计划。

高原怒骂道："古朗，你个胆小鬼、懦夫，有本事过来我们单打独斗一场。"

古朗阴笑着说："我为什么要过来跟你单打独斗？你也用不着激我，都什么年代了，我还跟你单打独斗，你当我傻啊，你们现在就是我的一盘菜，我爱怎么吃就怎么吃，我爱怎么玩就怎么玩。呵呵，告诉你，还有两分半钟，你们要是不出来，我会给你们一个更刺激的惊喜。"

高原等人心里一边暗暗想象古朗会再给他们一个什么样的"更刺激"的惊喜，一边还嘴怒骂。

现在，可以说每一个人的生命都只能用"秒"来计算，而唯一的希望就寄托在朱笑东身上了。

朱笑东虽然也是满头大汗，却始终没有言语和动作，从这一点上看，显然他现在也遇上了一个极大的难题。

两分半钟的时间一眨眼间就过去了，就在最后几秒，金老三几乎崩溃，一边爬出棺材一边疯狂地叫喊："我投降……我受不了啦……我要投降！"

洪五扑了过去想要将金老三摁住，无奈，金老三不知道哪里来的力气，一掌推得洪五倒在胖子身上，避开梁三跟杨薇两个人，几步跑到盗洞口边。

金老三叫喊着，不顾高原和阿苏妮的阻拦，弓着腰跑出了盗洞口，高原大叫："回来，危险……快回来！"

阿苏妮也叫道："你去送死啊，快回来！"

金老三头也不回，依旧弓着腰往前冲，只是在出了盗洞口快要进入墓室通道的时候，脚下却一声闷响，两条小腿顿时飞了过来。

金老三一下子扑倒在地上，翻过身来，看着没了的两条小腿叫道："我已经投降了，你们不讲道义！"

金老三的声音里充满了惊恐和绝望，比即将要被宰杀的猪叫得还惨烈凄厉，直让人头皮发麻，毫毛倒竖。

原来，古朗害怕里面的人冲出来突然袭击，在通道里埋上了目前最为先进、最为歹毒的反步兵地雷。

在墓室通道里，古朗呵呵笑了起来，说道："怎么样，够刺激吗？要不要来点更刺激的？呵呵，我本来不想杀人的……"

洪五看着金老三躺在盗洞里，一边惨绝人寰地哀号着，想要爬回来，忍不住一边哭喊："三哥……"一边想要跑出去把他接回来。

胖子跟梁三两个人死命地摁住洪五，坚决不肯让他去涉险，所有人都知道，无论这几人手里有没有东西，古朗都不可能轻而易举地放了他们。

这家伙是一个通缉要犯，人命对他来说比蝼蚁更卑贱。

听到洪五在主墓室里大声号哭，古朗高兴极了，这说明主墓室里至少有一个人在想着这个被炸掉了一双小腿的人，也就是说，里面开始混乱起来了。

只要主墓室里面开始混乱，他就有机可乘，有乐子可寻。

所以，古朗又对准金老三的左腿开了一枪。

面对这种情况，主墓室里几乎所有的人都开始发疯，所有的人都大声诅咒古朗，但是没人敢直接闯进盗洞去把金老三拖回来。

古朗藏身在墓道与盗洞的死角处，他能用手枪对里面出来的人进行射击，而里面的人根本伤不到他。

踏进盗洞就是死路一条，无论进去多少人，都是死路一条，而古朗等的就是他们一个个把持不住自动走出来。

金老三在短短的几米盗洞里蠕动着身子，想要拼命爬回主墓室，现在他才明白，面对古朗这样的杀人狂魔，主墓室才是最安全的地方，可惜现在已经悔之晚矣。

但是他还有一口气，他还不想死，所以他还是想要回到主墓室，哪怕是能够得到片刻的安全感。

只是古朗根本没有放过他的打算，也没有让他活着回到主墓室的打算，反而对他越来越弱的惨叫很是不满。

所以，古朗再次向金老三的右腿开了一枪。

金老三只是闷闷地号叫了一声，他已经叫不出声来，即使是子弹钻进他的大腿，他都已经叫不出更大的声音来了。

洪五哭叫着扑通一声跪倒在胖子身前号叫："师父，你救救他，我求求你……救救他……"

杨薇不忍，扭过头去悄悄落泪，这种事谁也做不到。

古朗躲在死角里，一遍一遍地大笑着说："来啊……来救他啊……你们怎么能见死不救啊……哈哈……"

"我本来不想杀人的，这是你们逼我的，哈哈……你们早点把东西拿出来不就什么事都没有了……你们非要逼我这么做……"

古朗正在得意忘形，盗洞里突然飞出来一个黑乎乎的东西，一下子就掉在他的脚边，而且那黑乎乎的东西头上不但发出一寸来长的火光，还冒出一股白烟，嗞嗞作响。

古朗一怔，一个念头在他的脑袋里闪过："这是炸药。"

"妈呀……"古朗一声惊叫，一下子跑出去四五米远，扑到地上，一双手护着脑袋，浑身瑟瑟发抖。

另外的七八个手下见状，也是一窝蜂地狼狈乱窜，只片刻间就全都趴在了地上。

只是足足过了一分钟，一群人都没听到那一声巨响，又过了片刻，古朗立刻明白过来，这是主墓室里的人在骗他，目的是把金老三拖回去。

这家伙发现上了当，恼羞成怒，挥舞着手枪，逼迫着四五个手下在前面充当挡箭牌，正式向主墓室发起进攻。

他那几个手下的胆子也不见得比古朗大多少，一个照着盗洞口毫无目的地放了一阵枪，又重新上好弹夹，这才猫着腰一边放枪一边往前走。

他们的速度很快，而且盗洞只有六七米长，不消片刻就到了石壁边上。

第一个人毫无目标地打光了枪里的子弹，才猛地窜了进去，紧接着第二个、第三个、第四个……最后一个是古朗。

前面的几个人很是威风，训练有素，一进到主墓室便组成一个枪阵，无死角地对准主墓室里的每一个角落。

只是主墓室里已经没有人了，巨大的楠木棺材翻倒在地上，除此之外就剩下半间墓室的流沙。

主墓室的人走了，从楠木棺材底下的密道走了，留下的是一路殷红的血迹。

古朗等人一步步靠近楠木棺材，偏偏这个时候，一个喽啰毫无知觉地绊到了一根细尼龙丝线，一声轻响下那丝线便断了开来。